W0409261

BASTEI
LÜBBE

Taschenbücher von MARGARET WEIS & TRACY HICKMAN
im BASTEI-LÜBBE-Programm:

Die Rose des Propheten
20200 Das Buch der Götter
20202 Das Buch Quar
20212 Das Buch der Unsterblichen
20214 Das Buch Akhran
20225 Das Buch der Nomaden

Die Saga vom Dunklen Schwert
20159 Kind des Todes
20161 Sohn der Verbannten
20171 Der Weg nach Merilon
20173 Der Fluch der Wahrheit
20183 Die Engel des Untergangs
20185 Der Herrscher von Merilon

Die Sternenhüter
24156 Der letzte König
24162 Die Königsprobe
24170 Das Königsopfer

Die vergessenen Reiche
28198 Himmelsstürmer
28201 Elfenstern
28205 Feuersee
28210 Drachenmagier
28216 Drachenelfen

MARGARET WEIS &
TRACY HICKMAN

Das Buch Promenthas

Die Rose des Propheten

Fantasy Roman

Ins Deutsche übertragen
von Ralph Tegtmeier

BASTEI
LÜBBE

BASTEI-LÜBBE-TASCHENBUCH
Band 20228

Erste Auflage:
April 1994

© Copyright 1989
by Margaret Weis
and Tracy Hickman
Published by arrangement
with Bantam Books,
a division of
Bantam Doubleday Dell
Publishing Group, Inc.
All rights reserved
Deutsche Lizenzausgabe 1994
Bastei-Verlag
Gustav H. Lübbe GmbH & Co.,
Bergisch Gladbach
Originaltitel:
The Prophet of Akhran (Teil 2)
Lektorat: Reinhard Rohn
Titelillustration:
Hans Hauptmann
Umschlaggestaltung:
Quadro Grafik, Bensberg
Satz: Fotosatz Schell, Bad Iburg
Druck und Verarbeitung:
Brodard & Taupin,
La Flèche, Frankreich
Printed in France

ISBN 3-404-20228-7

Der Preis dieses Bandes
versteht sich einschließlich der
gesetzlichen Mehrwertsteuer.

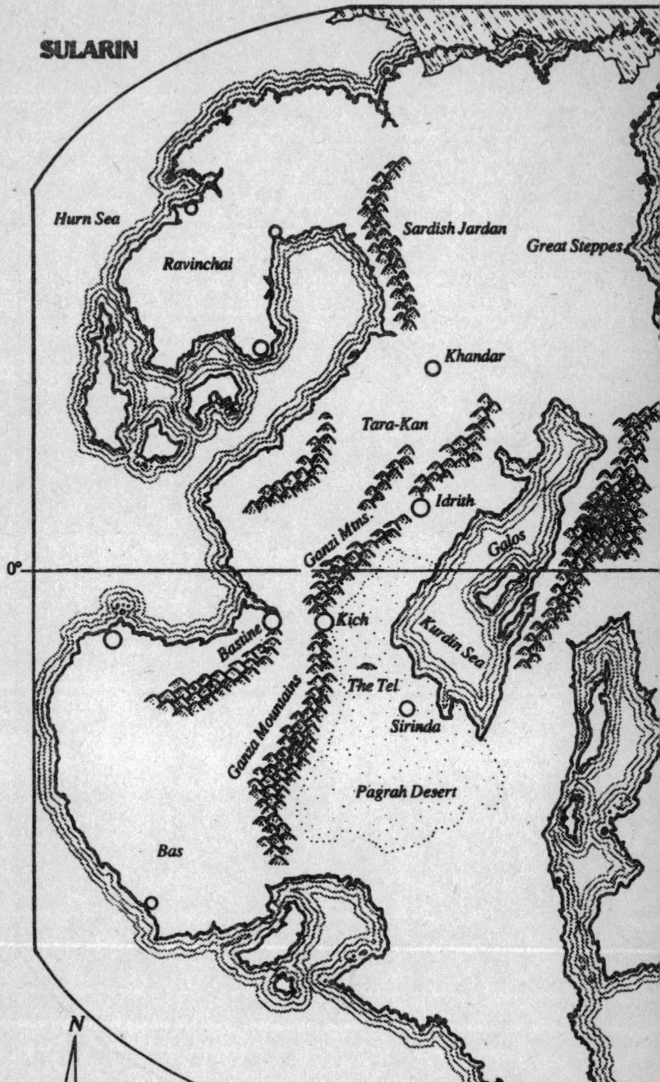
SULARIN
Hurn Sea
Ravinchai
Sardish Jardan
Great Steppes
Khandar
Tara-Kan
Idrith
Ganzi Mtns.
Galos
0°
Kich
Bastine
Kurdin Sea
The Tel
Sirinda
Ganza Mountains
Pagrah Desert
Bas
N

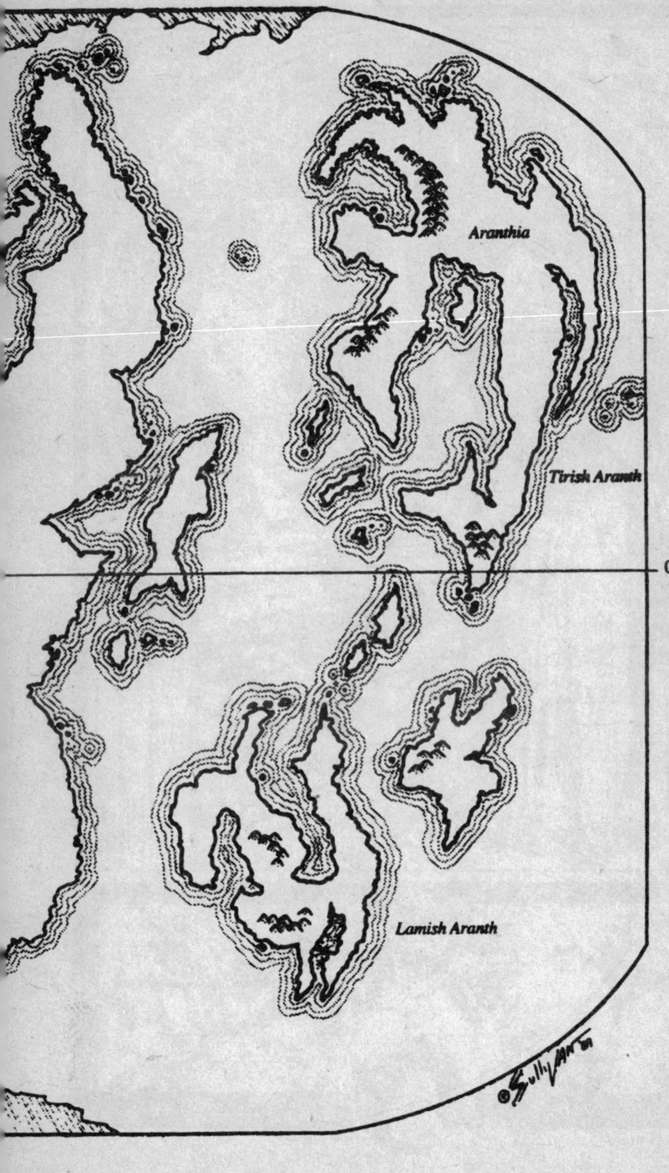
Aranthia
Tirish Aranth
0°
Lamish Aranth

Das Buch Promenthas

1

Zögernd wälzte Achmed sich von seinem Lager. Ein weicher Arm legte sich um seinen Hals, drängte ihn zurückzukommen. Warme Lippen strichen über seine Kehle, flüsterten Verheißungen bisher noch nicht gekosteter Freuden. Achmed gab nach, vergrub den Kopf in dem goldenen Haar, das sich neben ihm über das Kissen ergoß, und ließ sich für einige atemlose Augenblicke von den Lippen und dem Fleisch betören. Dann, als er die Erregung wieder in sich anwachsen spürte, stöhnte er und erhob sich hastig vom Bett, um sich anzukleiden.

Auf einen Arm gestemmt, musterte Meryem ihn durch das zerzauste Haar, das im Lampenlicht schimmerte wie poliertes Gold.

»Mußt du unbedingt gehen?« fragte sie schmollend.

»Ich bin heute diensthabender Offizier der Nachtwache«, erwiderte Achmed knapp und versuchte wegzuschauen, doch es gelang ihm nicht, gierig mußte er einfach die glatte weiße Haut betrachten.

Als er seine Rüstung anschnallte, glitten seine Finger ab, und er murrte einen barschen Fluch. Meryem erhob sich vom Bett, ließ die Decke auf den Zeltboden fallen und trat auf ihn zu.

»Laß mich das machen«, sagte sie und schob seine bebenden Hände beiseite.

»Bedeck dich! Irgend jemand wird dich noch sehen!« sagte Achmed empört und blies hastig die Flamme der Lampe aus.

»Was spielt das schon für eine Rolle?« fragte Meryem achselzuckend und befestigte geschickt die Schnallen. »Jeder weiß doch, daß du dir eine Frau hältst.«

»Ja, aber sie wissen nicht, *was* für eine Frau!« erwiderte Achmed und drückte sie an sich und küßte sie. »Selbst Qannadi hat gesagt ...«

»Qannadi?« Meryem schob ihn zurück und blickte furchterfüllt zu ihm auf. »Qannadi weiß von mir?«

»Natürlich.« Achmed zuckte mit den Schultern. »So etwas spricht sich eben herum. Er ist schließlich mein Kommandeur. Mach dir keine Sorgen, Geliebte.« Seine Hände fuhren über den Leib, der vor Leidenschaft zitterte. »Ich habe ihm erzählt, daß ich dich im Hain gefunden habe. Er hat nur den Kopf geschüttelt und gesagt, daß es schon in Ordnung sei, wenn ich mein Herz verliere, solange ich nicht auch den Kopf verliere.«

»Dann weiß er also nicht, wer ich bin?«

»Über deine wahre Identität weiß er nichts, Gazellenauge«, erwiderte Achmed liebevoll. »Wie sollte er auch? Du hältst doch dein Gesicht verschleiert. Und weshalb sollte er in dir die Tochter des Sultans wiedererkennen? Er kann dich doch höchstens einige wenige Augenblicke gesehen haben, als seine Soldaten deinen Vater festnahmen.«

»Qannadi hat von mir ebensoviel gesehen wie du, du Narr«, murmelte Meryem halblaut vor sich hin. Und laut murmelte sie kokett: »Und, hast du dein Herz verloren?« Ihre Arme schlangen sich um seine Hüfte.

»Das weißt du doch!« hauchte Achmed leidenschaftlich. »Meryem, warum willst du mich nicht heiraten?«

»Ich bin nicht würdig ...« fing Meryem an und ließ den Kopf hängen.

»Ich bin es, der nicht würdig ist, dir die Füße zu küssen!« widersprach Achmed. »Ich liebe dich von ganzem Herzen! Ich werde nie eine andere lieben!«

»Dann werde ich es vielleicht eines Tages zulassen, daß du mich zu deiner Frau machst«, sagte Meryem und schien unter seinem Streicheln nachzugeben. »Wenn Qannadi tot ist und du Emir geworden bist ...«

»Sprich nicht so!« sagte Achmed abrupt, und seine Miene verfinsterte sich.

»Es stimmt doch! Du wirst doch Emir werden! Ich weiß es, ich habe es doch vorhergesehen!«

»Unsinn, mein Täubchen.« Achmed zuckte mit den Schultern. »Er hat schließlich Söhne.«

»Mit Söhnen kann man fertigwerden«, flüsterte Meryem und fuhr mit den Armen um seinen Hals.

Achmed stieß sie von sich. »Ich habe gesagt, du sollst nicht so reden«, erwiderte er mit kalter Stimme. Er kehrte ihr den Rücken zu und griff nach seinem Schwert, das am Zeltpfahl hing.

Obwohl sie merkte, daß sie zu weit gegangen war, lächelte Meryem – ein heimtückisches, unangenehmes Lächeln, das in der Dunkelheit verborgen blieb. »Nein, du bist noch nicht bereit«, sagte sie bei sich. »Aber du wirst es noch werden. Du kommst ihm jeden Tag näher.«

Meryem legte den Kopf in die Hände und begann leise zu weinen. »Du liebst mich nicht!«

Darauf gab es nur eine Antwort, und Achmed, dessen Zorn angesichts ihrer Tränen dahinschmolz, gab sie ihr – mit dem Ergebnis, daß er ungefähr eine halbe Stunde zu spät zur Wachablösung kam und sich einen strengen Verweis holte, wobei ihm eine schwerere Strafe nur deswegen erspart blieb, weil jedermann wußte, daß er der Liebling des Emirs war.

Als Achmed schließlich gegangen war, seufzte Meryem erleichtert. Sie wusch sich den Schweiß der Leidenschaft ab, kleidete sich an, musterte mißmutig den ärmlichen Kaftan aus grünem Tuch, den sie zu tragen gezwungen war, und träumte sehnsuchtsvoll von den Seidenkleidern und den Juwelen, die sie im Palast zu tragen gewohnt war.

»Eines Tages«, sagte sie entschieden zu Achmeds Kleidern, die auf einem Haufen in der Ecke lagen, »eines Tages werde ich all das haben und mehr, wenn ich nämlich die Hauptfrau in deinem Serail bin. Ja, du wirst Emir werden! Wenn Qannadi nicht in diesem Krieg stirbt, was unwahrscheinlich ist, da er bereits gesiegt hat, wird er vielleicht zu Hause in Kich einen tödlichen Unfall erleiden. Und dann werden auch seine Söhne, einer nach dem anderen, erkranken und sterben.« Sie fuhr mit der Hand in ihr Kissen, holte einen Beutel mit zahlreichen Schriftrollen hervor, die alle mit verschiedenfarbigen Bändern verschnürt waren. Sie streichelte die Rollen und lächelte dabei, während sie sich die verschiedenen Tode der Söhne Qannadis vorstellte. Sie malte sich aus, wie Qannadi die Nachricht erhielt, während er in der Gunst des Kaisers immer höher und höher stieg. Sie sah ihn, wie er sie anblickte und sich auf die Lippe biß aber schwieg, weil er mittlerweile wußte, daß er zwar über Millionen herrschen mochte, selbst aber von einem Menschen allein beherrscht wurde.

Meryem lächelte lieblich und kleidete sich in den grünen Kaftan. Es war ein Geschenk Achmeds, und daher war sie gezwungen, ihn zu tragen. Dann holte sie ihre Hellsehschale hervor und füllte sie mit Wasser. Sie vertrieb alle störenden Gedanken aus ihrem Geist, begann mit dem geheimen Singsang, und schon bald formte sich ein Bild in der Schale. Als sie es erblickte, murmelte Meryem äußerst unweibliche Worte. Hastig sprang sie auf, schlug einen Schleier aus grüner und golddurchwirkter Seide um Kopf und Gesicht – ein weiteres Geschenk des vernarrten Jünglings – und schlüpfte aus Achmeds Zelt.

2

»Ich sage dir, ich muß den Imam sprechen!« beteuerte Meryem. »Es geht um eine Sache von größter Dringlichkeit.«

»Aber werte Dame, es ist mitten in der Nacht!« protestierte einer der Soldatenpriester, die Feisal nun anstelle von Sklaven dienten, weil gewöhnliche Menschen als unwürdig galten, sich um die persönlichen Bedürfnisse des Imams zu kümmern. »Der Imam muß ruhen ...«

»Ich ruhe nie«, ertönte eine sanfte Stimme aus der Tiefe der nächtlichen Schatten, die sich hinter dem von Kerzen erleuchteten Widderkopfaltar ballten. »Quar wacht im Himmel. Ich wache auf Erden. Wer ist es, der mich in diesen dunklen Stunden der Nacht braucht?«

»Eine, die sich Meryem nennt, mein Gebieter«, antwortete der Priester und warf sich mit ganzem Körper zu Boden, wie er es auch getan hätte, wenn der Kaiser in den Raum gekommen wäre. Vielleicht wäre er vor dem Kaiser aber doch nicht ganz so tief gekrochen, denn der war schließlich – wie Feisal nun lehrte – auch nur ein Sterblicher.

»Meryem!« Die sanfte Stimme durchlief eine subtile Verwandlung. Die Nase an den Boden gepreßt, hörte der Soldatenpriester nichts davon. Meryem dagegen tat es, und so grinste sie, während sie auf dem Boden lag, auf den sie sich hatte fallen lassen, weil sie es für politisch klüger hielt. »Laß die Frau kommen«, sagte Feisal würdevoll. »Und du darfst uns verlassen.«

Der Soldatenpriester sprang auf und verließ katzbuckelnd den Raum. Meryem blieb am Boden liegen, bis er fort war; dann, als sie das Rascheln von Feisals Gewändern vernahm, hob sie den Kopf und spähte in den Schatten hinaus.

»Ich habe ihn gesehen!« zischte Meryem durch den Schleier.

Sie hörte ein kurzes Stocken des Atems. Feisal bedeutete der Frau, sich zu erheben und vor ihm aufzustellen.

Im Altarlicht wirkte das Gesicht des Priesters wie ein Leichnam: Die Wangen waren hohl, die Haut wächsern und straff über die zerbrechlichen Knochen gezogen. Die Gewänder hingen lose von seinem ausgemergelten Körper, der Hals ragte aus ihnen hervor wie bei einem frischgeschlüpften Bussard, seine Arme schienen nur von brüchigem Pergament bedeckt zu sein. Kein Wunder, daß seine Anhänger ihn für unsterblich hielten – er sah aus, als hätte der Tod ihn schon vor langer Zeit geholt.

»Wen hast du gesehen?« fragte der Priester teilnahmslos, doch Meryem ließ sich nicht narren.

»Du weißt sehr gut, wen ich meine!« brummte sie bei sich, sagte aber galant: »Khardan, Imam. Er ist am Leben! Und er ist zu seinem Stamm zurückgekehrt!«

»Das ist unmöglich!« Feisal ballte die Faust, die Knochen seiner Finger schimmerten weiß im Altarlicht. »Kein Mensch hätte die Überquerung des Sonnenambosses überleben können! Bist du dir ganz sicher?«

»Ich begehe keine Fehler!« rief Meryem, doch dann riß sie sich wieder zusammen. »Verzeih mir, Gebieter, aber für mich steht mindestens ebensoviel auf dem Spiel wie für dich, vielleicht sogar noch mehr.«

»Daran zweifle ich«, versetzte Feisal trocken. »Aber ich will mich nicht streiten.« Er hob eine hagere Hand, um Meryem das Wort abzuschneiden. Nachdenklich ging er nun vor dem Altar auf und ab, blickte ihn gelegentlich an, als hätte er, wäre die Frau nicht dagewesen, Trost in der Besprechung der Angelegenheit mit seinem Gott gefunden. Offensichtlich kam ihm die gesuchte Antwort jedoch auch ohne Gebet, denn plötzlich blieb er unmittelbar vor Meryem stehen und sagte: »Ich will ihn tot sehen.«

Meryem erschrak und sah ihn unter ihren langen Wimpern an. »Wozu die Mühe, o Heiliger?« fragte sie scheu. »Er ist doch schließlich nur ein einzelner, der Anführer eines Pöbels ...«

»Sagen wir, daß ich jedem mißtraue, der von den Toten aufersteht«, versetzte Feisal kühl. »Damit wollen wir es bewenden lassen, Meryem, es sei denn, du meinst, dies sei die Zeit, da wir unsere kleinen Geheimnisse miteinander teilen sollten.«

Das tat Meryem offensichtlich nicht, denn sie erwiderte nichts.

»Dann sind wir beide uns doch wohl darin einig, daß Khardan sterben soll, nicht wahr, Meryem? Schließlich wäre es doch schade, wenn Achmed herausbekommen sollte, daß sein Bruder noch am Leben ist. Nicht auszudenken, was er tun würde, sollte er entdecken, was für eine verlogene kleine Hure du bist. Er wird dich eigenhändig umbringen. Oder er übergibt dich Qannadi ...«

»Was verlangst du von mir?« fragte Meryem mit angespannter Stimme.

»Es wird einer sehr besonderen Person bedürfen, um jetzt noch so nahe an Khardan heranzukommen, daß sie seinen Tod herbeiführen kann«, sagte Feisal und kam selbst sehr nahe an Meryem heran, um sie mit seinen brennenden Augen anzublicken. Sie spürte seinen heißen Atem auf der Haut und wich unwillkürlich zurück. Schmerzhaft packte er sie am Handgelenk. »So nahe!« sagte er. »Oder noch näher!«

Er riß sie an sich; sein Körper berührte ihren, und sie erschauerte bei diesem gräßlichen Gefühl.

»Gibt es jemanden, der so nahe an ihn herankommt?« wollte der Imam wissen.

»Ja!« keuchte Meryem. »Oh, ja!«

»Gut.« Feisal ließ die Frau unverhofft fahren. Aus der Fassung gebracht, sank Meryem zu Boden und verblieb dort, den Blick gesenkt. »Du bist geübt in deiner Kunst. Dir brauche ich nicht zu sagen, wie du vorzugehen hast. Du mußt noch heute los. Du wirst zu Pferd reisen müssen ...«

Erschrocken blickte Meryem zu ihm auf. »Weshalb nicht mit Kaug?«

»Der Ifrit ist ... in Angelegenheiten Quars unterwegs, in wichtigen Angelegenheiten«, sagte Feisal.

Der Priester wirkte beunruhigt, und Meryem fragte sich zum erstenmal, ob vielleicht etwas an den Gerüchten dran sein mochte, die man sich in der Dunkelheit der Nacht zuraunte. Gerüchte, denen zufolge Kaug verschwunden war; Gerüchte, daß man ihn schon seit Tagen nicht mehr gesehen und auch seine Macht nicht mehr gespürt hatte. Vorsichtig fragte Meryem danach.

»Du willst doch bestimmt nicht, daß ich Zeit vergeude, Imam! Es würde mich Wochen kosten ...«

»Ich habe gesagt, daß du zu Pferd reist!« unterbrach der Imam sie in scharfem Tonfall, und seine Augen blitzten vor Zorn.

Zur Antwort warf Meryem sich demütig hin, mehr aus dem Bedürfnis heraus, ihre abschweifenden Gedanken zu verbergen, als aus Ehrfurcht. Wo war Kaug? Irgend etwas stimmte nicht. Sie konnte Feisals Furcht spüren. Zweifellos würde sie dies zu ihrem Vorteil wenden können.

»Ich werde heut nacht abreisen, wie du es wünschst, Imam«, sagte sie und erhob sich. »Ich werde Geld brauchen.«

Feisal schritt zu einer Schatztruhe hinter dem Altar, öffnete sie und kehrte mit einem Münzsack zurück.

»Ich kann dir eine Eskorte bis Kich geben, aber nicht weiter. In der Wüste bist du auf dich allein gestellt. Aber das sollte für dich ja kein Problem sein, mein Kind«, fügte der Imam sarkastisch hinzu und reichte Meryem das Geld. »*Deinen* Weg müssen ja selbst Schlangen fliehen.«

Meryem würdigte ihn keiner Antwort, sondern nahm nur den Sack entgegen. Ihr eigener kalter Blick traf auf Feisals lodernde Augen. So wurde viel gesagt, aber nichts ausgesprochen. Es waren zwei Menschen, die einander zutiefst kannten, einander zutiefst mißtrauten und bereit waren, einander gnadenlos zu benutzen, um ihre Ziele zu erreichen.

Wortlos verneigte Meryem sich und verließ Feisal.

»Quars Segen sei mit dir, mein Kind«, murmelte er ihr nach.

Sehr spät in dieser Nacht hallte ein leises Klopfen an der Tür der Behausung eines gewissen Muzaffahr, eines armen Händlers von Eisentöpfen, Kesseln und Spitzen, dessen Stand der schäbigste im ganzen *Souk* war. Seine ungeschickt hergestellten Gegenstände wurden nur von jenen gekauft, die ebenso arm waren wie er selbst und sich nichts Besseres leisten konnten. Servil und demütig wie er war, hob Muzaffhar beim Sprechen niemals den Blick.

Doch jetzt war es ein sehr scharfsichtiger, kein serviler Muzaffahr, der durch die Fugen der Holztür des Eisenhändlerladens spähte. »Wie lautet das Paßwort?« fragte er mit erstaunlich fester Stimme.

»Benario, Gebieter der Diebischen Hände und Schnellen Füße«, ertönte die Antwort.

Die Tür ging auf, und eine in einen grünen Kaftan gekleidete und verschleierte Frau huschte über die Schwelle. Der Eisenwarenhändler schloß leise die Tür und führte die Frau, einen Finger an seine Lippen gelegt, in ein Hinterzimmer. Dort entzündete er eine Öllampe, um schließlich einen fadenscheinigen Teppich vom Boden beiseite werfend und eine Falltür zu öffnen, womit er eine Leiter freilegte, die in völlige Dunkelheit hinunterführte.

Er deutete auf die Leiter. Mit einem Schütteln des Kopfs

wich die Frau zurück, doch der Eisenwarenhändler deutete erneut darauf hin, diesmal gebieterisch. Nun warf die Frau ihm einen drohenden Blick aus ihren blauen Augen zu und machte sich langsam und umständlich an den Abstieg.

Muzaffahr folgte ihr schnell und ließ über ihnen die Falltür wieder zugleiten. Unten angekommen, entzündete er eine weitere Lampe. Licht durchflutete den Raum. Die Frau sah sich in staunender Bewunderung um. Händereibend lächelte der Eisenwarenhändler stolz und verneigte sich mehrere Male.

»Du wirst kein größeres Lager zwischen hier und Khandar finden, werte Dame. Und auch in Khandar gibt es nur sehr wenige«, fügte er bescheiden hinzu, »die über einen solch umfangreichen Warenbestand verfügen wie ich.«

»Das glaube ich«, murmelte die Frau, und Muzaffahr grinste vor Freude über das Kompliment.

»Darf ich nun fragen, was die gnädige Frau wünscht? Dolche, Messer? Ich habe viele aus eigener Herstellung und Entwicklung. Dieses hier …« Stolz hob er ein bösartig aussehendes Messer mit schartiger Klinge und einem Griff aus Menschenknochen hoch. » … wurde von dem Gott persönlich gesegnet. Oder vielleicht Gift – der Liebling hochwohlgeborener Damen?« Mit einer galanten Geste wies er auf mehrere in die höhlenartigen Wände des Raumes eingelassenen Regale. Krüge in allen erdenklichen Formen und Größen standen in sauberen Reihen darauf, jeder mit einem Etikett versehen. »Ich verfüge über Gifte, die binnen weniger Augenblicke töten und keine Spur im Körper des Opfers hinterlassen.«

Meryem schwebte auf das Regal zu und las die Inschriften eines jeden Krugs mit dem Gehabe einer Kennerin. Ihr Blick heftete sich auf einen schweren Steinkrug, und der Eisenwarenhändler nickte. »Ich sehe, daß du eine Expertin bist. Das ist eine hervorragende Wahl. Es braucht dreißig Tage, um zu wirken. Das Opfer erleidet die ganze Zeit die gräßlichsten Qualen. Ideal für eine Rivalin um die Liebe deines Manns.« Er wollte gerade den Deckel heben, da schüttelte die Frau jedoch den Kopf und wandte sich ab.

»Ah, meine Ringe. Dann geht es also nicht um eine Rivalin, sondern um einen Liebhaber? Ich kenne die Bedürfnisse von Frauen und weiß, wie sie vorzugsweise arbeiten. Ich bin ein einfühlsamer Mann, edle Dame. Laß mich deine Hand sehen. Schlanke Finger. Ich weiß nicht, ob ich überhaupt etwas so Kleines habe. Hier ist einer – ein Chrysoberyll in silberner Fassung. Und er funktioniert folgendermaßen ...«

Muzaffahr machte eine halbe Drehung mit dem Stein, wodurch eine winzige Nadel aus der Fassung hervorsprang. Die Spitze funkelte im Lampenlicht.

»Wenn du den Finger einrollst, ragt die Spitze über den Knöchel hinaus und läßt sich leicht ins Fleisch bohren.« Der Eisenwarenhändler drehte den Stein um eine weitere halbe Umdrehung, worauf die Nadel verschwand. »Und jetzt wieder ein unschuldiger Ring. Ich kann die Spitze für dich behandeln, vielleicht zieht die gnädige Frau es aber auch vor, das Zubehör zu kaufen und es selbst zu tun?«

»Selbst«, sagte die Frau mit leiser Stimme, die unter ihrem schweren Schleier gedämpft klang.

»Also schön. Wirst du ihn tragen?«

Das verschleierte Haupt nickte. Die Frau streckte die Hand aus und ließ sich den Ring von dem Eisenwarenhändler über den Finger streifen.

»Wieviel und welcher Art? Schnell wirkend oder langsam?«

»Schnell«, sagte sie und deutete auf einen der Krüge im Regal.

»Hervorragende Wahl!« murmelte Muzaffahr. »Ich verneige mich vor einer Kennerin.«

»Lassen wir das jetzt. Beeilung!« sagte die Frau herrisch, und der Eisenwarenhändler beeilte sich zu gehorchen.

Das ausgewählte Gift wurde in ein kleines Parfümfläschchen abgefüllt. Die Frau verbarg es in den Falten ihres Kleids. Geld wechselte den Besitzer. Die Lampe wurde gelöscht, die Leiter erklommen, die Falltür gehoben. Bald standen die beiden wieder im Eisenwarenladen, der jetzt wieder tatsächlich ein Laden war, die Werkzeuge des Attentäters gut verborgen unter der Falltür.

»Möge Benario deine Hand lenken und die Augen deines Opfers blenden«, wiederholte Muzaffahr feierlich den Diebessegen.

»Ja, das möge er!« flüsterte die Frau bei sich und schlüpfte in die Nacht hinaus.

Als Achmed an diesem Morgen in sein Zelt zurückkehrte, fand er auf einem Stück Pergament folgende Nachricht vor:

Mein Geliebter. Heute nacht habe ich etwas gehört, das mich zu dem Glauben bewegt, daß Deine Mutter und die anderen Anhänger unseres Heiligen Akhran, die in Kich gefangengehalten werden, in schrecklicher Gefahr schweben. Ich bin gegangen, um sie davor zu warnen und zu tun, was ich kann, um sie zu retten. Da Dir mein Leben und jenes Deiner Lieben teuer ist, wirst Du niemandem etwas davon erzählen! Vertraue mir. Du kannst nichts anderes tun, als hierzubleiben und Deinen Dienst als tapferer Soldat zu tun, der Du ja bist. Etwas anderes zu unternehmen, könnte mich verdächtig machen. Bete zu Akhran für uns alle. Ich liebe Dich mehr als das Leben selbst.

Meryem

Im Dienst des Emirs hatte Achmed lesen gelernt. Nun wünschte er sich, daß man ihm lieber die Augen ausgestochen hätte, als ihm solche Nachricht zu bringen. Mit dem Brief in der Hand stürzte er aus dem Zelt und suchte das Lager ab. Er wagte niemanden danach zu fragen, ob sie sie gesehen hätten, und Stunden später mußte er niedergeschlagen allein in sein Zelt zurückkehren.

Meryem war fort. Daran gab es keinen Zweifel. Sie war in

der Nacht geflohen. Achmed überlegte. Er hatte das überwältigende Verlangen, ihr nachzueilen, doch das hätte bedeutet, seinen Posten ohne Erlaubnis zu verlassen – was dem Hochverrat gleichkam. Nicht einmal Qannadi könnte den jungen Soldaten vor der Todesstrafe schützen, die auf Fahnenflucht stand. Er überlegte sich, den Emir aufzusuchen und ihm alles zu erklären.

Da Dir mein Leben und jenes Deiner Lieben teuer ist, wirst Du niemandem etwas davon erzählen!

Die Worte sprangen ihn vom Papier an und fraßen sich in sein Herz. Nein, er konnte nichts tun. Er mußte ihr vertrauen, ihrem Adel, ihrem Mut. Mit Tränen in den Augen preßte er den Brief leidenschaftlich an die Lippen und sank auf das Bett, streichelte zärtlich die Decken, in denen noch immer ihr lieblicher Duft hing.

3

Khardan und seine Gefährten verließen Serinda in den frühen Abendstunden, um die Pagrahwüste während der kühlen Nacht zu überqueren. Die Reise verlief wortlos, denn jeder war in seine eigenen Gedanken versunken. Vom rhythmischen Wogen der Kamele eingelullt blickte Mathew launisch zu den Zehntausenden von Sternen empor und fragte sich, was wohl vor ihnen liegen mochte. Nach Khardans grimmigem Ausdruck und Zohras dunkel blitzenden Augen zu schließen, würde es nichts Angenehmes sein.

»Bestimmt hat uns niemand gesehen«, wiederholte Mathew tröstlich immer und immer wieder. »Wir sind zwar monatelang fortgewesen, aber das läßt sich erklären. Bestimmt hat uns niemand gesehen ...«

Doch noch während er die Litanei wiederholte und sich wünschte, daß sie Wirklichkeit werden würde, spürte er, wie ihn jemand beobachtete; und als er sich in seinem Sattel umdrehte, erblickte er die grausamen Augen des Schwarzen

Paladins, die im Mondlicht glitzerten. Audas Hand streichelte den Griff des Dolchs an seiner Hüfte. Erschauernd kehrte Mathew dem Paladin wieder den Rücken zu und beugte sich in seinem Sattel vor, entschieden, seine Gedanken sorgsamer im Zaum zu halten.

Sie ritten bis zum späten Vormittag. Mathew hatte entdeckt, daß er in einen Halbschlaf versinken konnte, der es einem Teil seines Geists gestattete zu schlafen, während ein anderer Wache hielt, damit er nicht vom Kamel fiel. Er wußte, daß Zohra ihn aus den dunklen Augenwinkeln beobachtete, und verspürte kein Bedürfnis, den stechenden Schmerz ihrer Kamelgerte auf seinem Rücken zu verspüren.

Sie durchschliefen die Tageshitze, und Khardan gestattete es ihnen, am frühen Abend zu ruhen, dann brachen sie wieder auf. Der Kalif wollte gegen Sonnenaufgang im Lager am Tel eintreffen.

Ihr erster Blick auf das Nomadenlager war nicht sehr vielversprechend. Die vier standen oben auf einer großen Sanddüne, hinter ihnen die aufgehende Morgensonne. So konnte niemand im Lager sie erkennen, da von ihnen nur schwarze Silhouetten zu sehen waren, doch bewies Khardan durch sein ungeschütztes Auftreten, daß er keine feindliche Absichten hegte.

Es sollte allerdings noch einige Zeit dauern, bevor irgend jemand sie bemerkte. Ein schlechtes Zeichen, dachte Mathew, als er mitansah, wie Khardan immer grimmiger wurde. In der Mitte der Landschaft befand sich der Tel, jener einsame Berg, der sich auf unerklärliche Weise plötzlich aus dem flachen Wüstenboden hob. Seine rote Oberfläche war von einigen braungrünen Flecken übersät – jene Kakteenart, die man als Rose des Propheten bezeichnete. Khardans Blick verharrte nachdenklich auf der Rose.

Mathew kannte die Geschichte der Rose. Zohra hatte ihm erzählt, wie ihr Gott, Akhran, ihre von ihr verabscheute Ehelichung Khardans verkündet hatte, indem er erklärte, daß die beiden heiraten und ihre miteinander verfeindeten Stämme solange in Frieden zusammenleben müßten, bis die häßliche Kaktee zu blühen begann. Vielleicht war Khardan überrascht zu bemerken, daß die Pflanze noch Leben in sich hatte. Mathew jedenfalls schien es bemerkenswert, daß überhaupt irgend etwas in einer derart trostlosen und feindseligen Umgebung überleben konnte.

Die Oase war beinahe ausgetrocknet. Wo sich früher ein kühles Gewässer befunden hatte, das von üppigem grünem Wuchs umgeben war, gab es jetzt nur noch eine große, schlammige Pfütze, einige wenige Palmen und hohes Wüstengras, die sich am Uferrand ans Leben klammerten. Eine Herde abgemagerter Kamele und eine noch kleinere Herde von Pferden waren in Wassernähe angepflockt.

Das Lager selbst war in drei abgetrennte und unterschiedliche Gruppen geteilt. Mathew kannte die Farben von Khardans Stamm, der Akar, und er erkannte auch die Farben von Zohras Stamm, der Hrana. Doch die dritte Farbe sagte ihm nichts, bis er Khardan murmeln hörte: »Zeids Leute«, und er sah, wie Zohra stumm nickte. Die Zelte selbst waren armselige, provisorische Bauten, die ohne Ordnung oder Sorgfalt über den Sand verstreut dalagen. Und obwohl es früh am Morgen war und im Lager eigentlich emsiges Treiben hätte herrschen müssen, war niemand zu sehen.

Keine Frauen, die sich trafen, um gemeinsam zum Brunnen zu gehen. Keine Kinder, die über den Sand liefen, die Ziegen zum Melken zusammentrieben und die Pferde zu Tränken führten. Endlich erblickten die vier einen einzelnen Mann, der sein Zelt verließ und sich mit hängenden Schultern zu den Tieren begab, um sich um sie zu kümmern. Er sah sich in seiner Umgebung um, mehr aus verzweifelter Langeweile, wie es schien. Seine Überraschung, sie über ihm auf der Düne stehen zu sehen, war offenkundig. Schreiend rannte er davon, auf das Zelt seines Scheichs zu.

Khardan saß ab und führte sein Kamel die Düne hinunter, gefolgt von den anderen. Auda trat neben den Kalifen und wollte schon sein Schwert offen zur Schau stellen, doch Khardan legte dem Paladin die Hand auf den Arm.

»Nein«, sagte er. »Das ist mein Volk. Sie werden dir nichts Böses tun. Du bist ein Gast in ihren Zelten.«

»Nicht ich bin es, um den ich fürchte, Bruder«, erwiderte Auda, und Mathew erschauerte.

Männer kamen herbeigelaufen, und als Khardan auf das Lager zuschritt, entfernte er langsam und bedächtig den *Haik*, der sein Gesicht verdeckte. Mathew hörte, wie alle die Luft einsogen.

Khardan erreichte den Rand des Lagers. Die Männer standen in einer Reihe vor ihm, versperrten ihm den Weg. Niemand sagte etwas. Das einzige vernehmbare Geräusch stammte von dem Wind, der in den Dünen sein gespenstisches Lied sang.

Mathews Hände, die die Zügel seines Kamels hielten, waren schweißnaß. Die Hoffnung in seinem Herzen war gestorben, durchbohrt von dem Haß und dem Zorn, die deutlich in den Augen des Volks des Kalifen zu erkennen waren. Die vier standen vor der Menge, die von Moment zu Moment größer wurde. Khardan und Auda standen vorn, Zohra ein Stück weiter hinten rechts, Mathew links von ihnen. Mit einem Blick auf Khardan sah Mathew, wie er sich anspannte. Ein Schweißstrom rann ihm die Schläfe hinab und verschwand in seinem schwarzen Bart. Grimmig und ohne ein Wort zu sagen, trat Khardan ein paar Schritte vor, bis er beinahe den ersten Mann in der Menge berührte.

Der Mann stand mit vor der Brust verschränkten Armen da, seine dunklen Augen brannten. Khardan machte einen weiteren Schritt. Achselzuckend wich der Mann ein Stück beiseite. Der Rest der Menge folgte seinem Beispiel, wich zurück und gab einen Durchgang frei. Langsam und aufrechten Hauptes schritt Khardan ins Lager und führte sein Kamel mit sich. Auda, der neben ihm ging, hatte eine Hand in sein Gewand geschoben. Mathew und Zohra folgten.

Mathew hielt den Blick auf seine Füße gerichtet und versuchte, des Zitterns in seinen Beinen Herr zu werden. Einmal warf er einen schnellen Blick auf Zohra und sah, wie sie majestätisch dahinschritt, das Kinn hochgehoben, die Augen auf den Himmel gerichtet, als gäbe es darunter nicht das geringste, was ihrer Aufmerksamkeit würdig gewesen wäre. Mathew beneidete sie um ihren Mut und ihren Stolz;

er dagegen zitterte und schwitzte unter seinen Gewändern. Plötzlich blieb die Gruppe stehen.

Mathew erinnerte sich, einen Befehl durch das Hämmern des Bluts in seinen Ohren vernommen haben, und nun nahm ihm jemand die Kamelzügel aus seiner tauben Hand und führte das Tier davon. Mit der vagen Vorstellung, Khardan den Rücken zu decken, trat Mathew vor, nur um gegen Auda zu prallen, der sehr viel schneller und geschickter dasselbe tat.

»Bleib aus dem Weg, Blumenblüte«, befahl Auda leise, aber barsch.

Errötend wich Mathew zurück und spürte, wie Zohra eine Hand ergriff und ihn hinter sie riß. Zögernd hob er den Blick.

Drei Männer standen vor ihnen. Den einen erkannte Mathew sofort als Scheich Jaafar, Zohras Vater. Der andere war ein gedrungener, dicker Mann mit einem ölig wirkenden Gesicht und sauber gestutztem schwarzem Vollbart. Das mußte jener Zeid sein, vermutete Mathew, den Khardan auf der Düne erwähnt hatte. Der dritte Mann kam ihm bekannt vor, doch Mathew wußte ihn nicht einzuordnen, bis Khardan mit gepreßter Stimme sagte: »Vater.«

Mathew stockte der Atem. Das war Majiid! Doch welch schreckliche Verwandlung hatte dieser Mann durchgemacht? Der Mann, der einst den kleinen Jaafar weit überragt hatte, war nun auf gleicher Höhe mit ihm. Die Schultern, die einst so trotzig und aufrecht gewesen waren, waren nunmehr gebeugt. Die Hände, die einst den Stahl in der Schlacht geführt hatten, hingen schlaff an seiner Seite, die Füße, die einmal stolz durch die Wüste geschritten waren, schlurften nur noch durch den Sand. Allein die Augen schienen wild und stolz; die große Nase ragte aus dem hageren Gesicht hervor, wie der reißende Schnabel eines Raubvogels.

»Nenn mich nicht Vater«, sagte der alte Mann mit einer Stimme, die von unterdrücktem Zorn bebte. »Ich bin niemandes Vater! Ich habe keine Söhne!«

»Ich bin dein ältester Sohn, Vater«, erwiderte Khardan gelassen. »Kalif meines Volks. Ich bin zurückgekehrt.«

»Mein ältester Sohn ist tot!« versetzte Majiid mit Schaum vor dem Mund. »Und wenn nicht, dann sollte er es besser sein!«

Khardan zuckte zusammen; sein Gesicht erbleichte.

»Man hat dich gesehen!« schrie Jaafar mit schriller Stimme. »Der Dschinn, Fedj, hat gesehen, wie du als Frau verkleidet vom Schlachtfeld geflohen bist, in der Gesellschaft jener Wildkatze, die ich einstmals Tochter nannte. Der Dschinn hat es mit dem Schwur des Sul beeidet! Streite es doch ab, wenn du kannst!«

»Ich streite es nicht ab«, sagte Khardan und ein leises Murmeln zog sich durch die Schar der Männer. Audas dunkle Augen huschten hin und her, seine Hand fuhr aus der Robe, und Mathew sah Stahl in der Sonne blitzen.

»Ich bestreite nicht, daß ich vom Schlachtfeld geflohen bin!« Khardan hob die Stimme, damit ihn alle vernehmen konnten. »Und ich bestreite auch nicht, daß ich verkleidet war als ...« Er stockte einen Augenblick, dann fuhr er in forschem Ton fort: » ... als Frau. Aber ich bestreite, daß ich als Feigling floh!«

»Tötet ihn!« Majiid zeigte mit dem Finger auf ihn. »Tötet sie alle!« In seinem Zorn perlten die Worte schäumend von der Zunge. »Tötet den Feigling und seine Hexenfrau.« Der Scheich griff selbst nach seinem Krummsäbel, doch seine Hand glitt ins Leere. Er hatte schon vor langer Zeit aufgehört, seine Waffe zu tragen. »Mein Schwert!« rief er an einen Diener gewandt. »Bring mir mein Schwert! Aber nein, gib mir deines!« Er drehte sich zu einem seiner Männer um, riß ihm das Schwert aus der Hand und schwang es heftig über dem Kopf, als er sich Khardan zuwandte.

Auda schlüpfte mit geübter Anmut und Leichtigkeit vor den Kalifen und fing Majiids wilden Schlag mit seinem Schwert ab. Der nächste Hieb des Schwarzen Paladins hätte Majiid den Kopf vom Hals abgetrennt, wenn Khardan und Scheich Zeid die beiden nicht zurückgerissen hätten.

»In alle Ewigkeit verdammt ist der Vater, der seinen Sohn tötet!« keuchte Zeid und rang mit Majiid um die Waffe.

»Das ist mein Volk! Ich verbiete dir, ihnen Schaden zuzufügen!« Khardan packte Auda fest.

»Der Kalif muß ein gerechtes Urteil bekommen und Gelegenheit haben, zu seiner eigenen Verteidigung zu sprechen«, rief Jaafar.

Majiid wehrte sich kraftlos. Als er einsah, daß es in seinem geschwächten Zustand sinnlos war, sich losreißen zu wollen, schleuderte er das Schwert beiseite. »Pah!« Mit wütendem Blick spuckte er seinem Sohn vor die Füße, machte kehrt und schlurfte zu seiner Behausung zurück.

»Bringt den Kalifen unter Bewachung in mein Zelt«, befahl Zeid hastig, als er das dumpfe Knurren der Menge vernahm. Mehrere Männer des Scheichs umringten Khardan. Sie nahmen ihm Schwert und Dolch ab und wollten ihn fortführen, als Auda sich vor ihnen aufstellte.

»Was ist mit diesem Mann?« wollte Jaafar wissen und zeigte mit bebendem Finger auf Auda.

»Ich gehe mit Khardan«, sagte der Schwarze Paladin.

»Er ist ein Gast«, erklärte Khardan, »und soll auch als solcher behandelt werden, um der Ehre unserer Stämme willen.«

»Er hat die Klinge gezogen«, rief Zeid, der den stattlichen Auda mißtrauisch betrachtete.

»Zu meiner Verteidigung. Er hat einen Eid abgelegt, mich zu schützen.«

Ehrfürchtiges Gemurmel erhob sich. Es war nicht zu übersehen, daß es Zeid widerstrebte, dem schwarzgekleideten Auda seine Gastfreundschaft anbieten zu sollen, aber es ging, wie Khardan gesagt hatte, um die Stammesehre. »Also gut«, entschied Zeid zögernd. »Er soll drei Tage Gastfreundschaft genießen. Du bringst ihn in dein Zelt«, wies er Jaafar an.

Der Scheich wollte protestieren, er bemerkte aber Zeids Blick und schwieg. Mit einem zähneknirschenden *Salaam* verneigte sich Jaafar, bedeutete, daß sein Heim auch Audas Heim sei, und wies ihm mit einer ausladenden Geste den Weg.

Khardan nickte dem Schwarzen Paladin beruhigend zu und ließ sich von seinen Wächtern abführen. Auda folgte ihnen und sah zu, bis sich die Zeltklappe hinter dem Kalifen geschlossen hatte; dann verneigte er sich mit einem dunklen Blick auf Jaafar und schritt zu dem Zelt hinüber, das der Scheich ihm angewiesen hatte.

»Und was ist mit deiner Tochter?« rief Zeid Jaafar nach.

»Ich will die Hexe nicht in meiner Nähe haben!« rief der Scheich. »Schick sie zu ihrem vermaledeiten Gatten!«

Trotz Zohras verschleiertem Gesicht konnte Mathew die Verachtung in ihren Augen sehen.

Scheich Zeid al Saban war offensichtlich ratlos. Er konnte die Frau nicht in seine eigene Behausung mitnehmen. So etwas wäre nicht schicklich gewesen. »Es gibt keine Frauenzelte«, teilte er ihr entschuldigend mit. »Weil es hier keine Frauen mehr gibt.« Der Scheich zögerte. »Du«, er zeigte auf einen seiner Stammesgenossen, »mach deine Unterkunft frei. Bring sie dorthin und bewache sie.«

Der Mann nickte, dann trat er eilig mit einem weiteren Stammesgenossen vor, um Zohra abzuführen. Sie hätten sie an den Armen gepackt, wenn ihr funkelnder Blick sie nicht ebenso wirksam abgeschreckt hätte wie eine schwingende Schwertklinge. Zohra warf den Kopf zurück und stolzierte ihnen nach. Sie hatte die ganze Zeit kein einziges Wort gesprochen.

Nur Mathew blieb zurück; allein stand er da, mit glühendem Kopf vor hundert wütenden Blicken.

»Was ist mit dem Verrückten?« fragte schließlich jemand.

Mathew schloß die Augen vor den vernichtenden Blicken, die Fäuste geballt, als trüge er seinen Mut in den Händen.

»Wir dürfen ihn nicht anrühren«, sagte Zeid schließlich. »Er hat das Antlitz Akhrans geschaut. Es steht ihm frei zu gehen. Außerdem«, sagte der Scheich und wandte sich achselzuckend ab, »ist er harmlos.«

Der Rest der Männer, die begierig darauf waren, die Köpfe zusammenzustecken und Mutmaßungen darüber anzustellen, wie die Scheichs entscheiden und wie bald die Hinrichtungen des Feiglings und seiner Hexenfrau stattfinden würden, stimmte ohne weitere Frage zu und eilte davon.

Als er die Augen öffnete, fand Mathew sich allein wieder.

4

Am Abend schritt Mathew zu dem Zelt hinüber, in dem Zohra gefangengehalten wurde. Es befand sich ganz in der Nähe von Khardans Zelt. Vor beiden Eingängen standen Wachen, denen offensichtlich unbehaglich zumute war, weshalb ihre Hände unentwegt zu ihren Schwertern glitten. Im Schatten eines in der Nähe stehenden Zelts kauerte Auda auf dem Wüstenboden, seine dunklen Augen wichen niemals von Khardans Behausung. Der Schwarze Paladin hatte sich zur Mittagszeit hier postiert. Er hatte sich den ganzen Tag nicht gerührt, und seiner wachsamen Haltung nach schien er nicht vorzuhaben, sich jemals wieder zu bewegen.

Hastig schritt Mathew auf Zohras Zelt zu. Beide Wachen verneigten sich mit der übertriebenen Höflichkeit, mit denen die Nomaden dem Verrückten zu begegnen pflegten. Schließlich hatte Mathew das Antlitz des Gotts geschaut. Da war es alles andere als ratsam, ihn zu beleidigen. Das verlieh Mathew eine gewisse Macht über sie. Er hatte vor, sie zu nutzen, und hatte sogar wieder Frauenkleider angelegt, die er Jaafar abgebettelt hatte, um den Eindruck zu verstärken, er wäre geistig gestört.

»Ich will Zohra sprechen«, sagte er zu dem Posten. Er deutete auf ein Bündel, das er in den Händen hielt. »Ich habe einige Gegenstände für sie.«

»Was für Gegenstände?« wollte der Posten wissen und griff nach dem Bündel.

»Nur für Frauen«, sagte Mathew und hielt es fest.

Der Posten zögerte – bestimmte intime Habseligkeiten der Frauen galten als unschicklich für männliche Blicke. »Dann laß mich sie wenigstens abtasten, um sicherzustellen, daß du keine Waffe mit dir führst«, meinte der Posten nach kurzer Pause.

Bereitwillig streckte Mathew das Bündel vor, worauf der Wächter es ergriff und befühlte, hineinstach und, endlich zufrieden, Mathew ins Zelt eintreten ließ.

Keinem Mann hätte man erlaubt, dieses Zelt zu betreten,

dachte Mathew verbittert, als er die Klappe hinter sich schloß. Aber einen Verrückten – einen Mann, der sich lieber in Frauenkleidern versteckte – *mich* lassen sie hinein.

Zohra saß auf dem kahlen Zeltboden. Es gab zwar auch Kissen im Zelt, aber nachdem er einen Blick darauf geworfen und die Nase gerümpft hatte, verstand Mathew, weshalb sie sie lieber in eine Ecke geworfen hatte, als sie für ihre Bequemlichkeit zu nutzen. Sie blickte zu ihm auf, ohne ihn willkommen zu heißen.

»Was willst du?« fragte sie nur.

»Ich bin gekommen, um dir Kleider zum Wechseln zu bringen«, sagte Mathew für die Ohren des Wächters.

Zohra machte eine verächtliche Geste und wollte etwas entgegnen, dann brach sie ab, als Mathew schnell den Finger an die Lippen legte.

»Leise«, warnte er sie. Er kniete neben ihr nieder, faltete die Kleider auseinander.

»Ein Messer?« flüsterte Zohra begierig, doch das Feuer in ihren Augen erlosch, als sie sah, was das Bündel enthielt. »Ziegenhaut?« fragte sie angewidert und hob die Stücke aus gegerbter Haut mit Daumen und Zeigefinger hoch.

»Einen Moment!« zischte Mathew drängend. Khol zum Einfärben der Augenlider und mehrere Falkenfedern fielen zu Boden. Plötzlich verstand Zohra. Ihre dunklen Augen flackerten.

»Schriftrollen!«

»Ja«, erwiderte Mathew und hauchte ihr dabei die Worte ins Ohr. »Ich habe einen Plan.«

»Gut!« Zohra lächelte und hob eine Feder mit zugespitztem Kiel auf. »Lehre mich die Schriftrollen des Todes!«

»Nein, nein!« Mathew unterdrückte ein empörtes Seufzen. Er überlegte, ob er Zohra mitteilen sollte, daß er kein Menschenleben nehmen durfte, daß sein Volk friedlich war. Nach kurzem Nachdenken sagte er jedoch: »Du wirst Schriftrollen für Wasser machen.«

Zohra schnitt eine Grimasse. »Wasser! Bah! Ich werde sie umbringen. Sie alle umbringen! Angefangen bei diesem speichelleckenden Schwein, meinem Vater ...«

»Wasser!« sagte Mathew streng. »Mein Plan sieht folgendermaßen aus ...«

Er wollte es ihr gerade erklären, als draußen Stimmen erklangen.

»Laßt mich hinein«, forderte eine Stimme vor dem Nebenzelt. »Ich will den Gefangenen sehen.«

Mathew zog die Zeltklappe ein winziges Stück beiseite und spähte hinaus.

Es war Majiid, der mit Khardans Wache sprach.

»Laßt uns allein«, befahl der alte Mann den Posten. »Ich werde nicht in Gefahr sein, und er wird nicht weglaufen. Nicht schon wieder.«

Hastig zog Mathew sich zurück. Zusammen mit Zohra hörte er wie die Schritte der Wachen auf dem Sand knirschten. Mathew konnte sich vorstellen, wie Majiid den unbeweglichen Auda wütend ansah, dann hörten sie, wie die Zeltklappe beiseite geworfen wurde und Khardan respektvoll seinen Vater willkommen hieß.

Zohras Wachen sprachen mit leisen Stimmen darüber. Zohra und Mathew wechselten vielsagende Blicke, dann krochen sie lautlos in den Teil des Zelts, der sich dicht neben Khardans Unterkunft befand. Wenn sie die Luft anhielten, konnten sie einen großen Teil des Gesprächs zwischen Vater und Sohn belauschen.

»Haben die Scheichs über mein Schicksal entschieden?«

»Nein«, knurrte Majiid. »Wir kommen heute abend zusammen. Du wirst das Recht haben zu reden.«

»Warum bist du dann hier?« Khardans Stimme klang matt.

Es folgte ein tiefes Schweigen, als würde der alte Mann um Worte ringen. Dann sagte er mit müder Stimme: »Sag ihnen, daß die Hexe dich verzaubert hat. Sag ihnen, daß es ihr Plan war, unseren Stamm zu vernichten. Die Scheichs werden zu deinen Gunsten urteilen, weil du unter dem Einfluß von Magie gehandelt hast. Dann wird deine Ehre wiederhergestellt sein.«

Khardan schwieg. Zohras Gesicht war bleich, aber kühl und ausdruckslos. Ihre Augen waren voller Finsternis. Doch sie war nicht so gelassen, wie es schien. Unwillkürlich streckte sie den Arm vor und ergriff Mathews Hand.

Schließlich hatte Majiid von Khardan nichts anderes gefordert, als die Wahrheit zu sagen.

»Was wird mit meiner Frau geschehen?«

»Was schert es dich?« versetzte Majiid zornig. »Sie ist dir doch nie eine Ehefrau gewesen!«

»Was wird geschehen?« Khardans Stimme klang hart wie Stahl.

»Man wird sie steinigen – das Schicksal der Frauen, die böse Magie ausüben!«

Sie hörten ein Rascheln, so als ob Khardan sich erhöbe.

»Nein, Vater. Das werde ich den Scheichs nicht sagen.«

»Dann liegt dein Schicksal in den Händen Akhrans!« fauchte Majiid verbittert, und sie hörten ihn aus dem Zelt stürmen.

Mathew und Zohra wollten sich gerade wieder an ihre Arbeit machen, als sie Khardan noch einmal sprechen hörten – doch nicht zu einem Menschen, sondern zu seinem Gott. »Mein Schicksal liegt in deinen Händen, *Hazrat* Akhran«, sagte der Kalif ehrfürchtig. »Du hast mir mein Leben genommen und es mir aus irgendeinem Grund zurückgegeben. Mein Volk ist in Gefahr. Demütig trete ich vor dich und flehe dich an, mir zu zeigen, wie ich ihm helfen kann! Wenn es bedeuten sollte, mein Leben zu opfern, werde ich das frohen Muts tun! Hilf mir, Akhran! Hilf mir, ihnen zu helfen!«

Seine Stimme verstummte. Eine heiße Träne fiel auf Mathews Hand. Als er aufblickte, sah er, wie ihre Gefährtin soeben Zohras bleiche Wange herabglitt.

»Ich spreche davon, sie umzubringen«, murmelte sie. »Er spricht davon, sie zu retten. Akhran verzeih mir.«

Sie gab sich nicht damit ab, die Träne fortzuwischen, sondern huschte schnell und lautlos zur Mitte des Zelts. Dort nahm sie den Kiel auf, rieb ihn in Khol und beugte sich über die Ziegenhaut, um sie für den Fall zu verbergen, daß irgend jemand ins Zelt kam. Dann begann sie, mühsam die geheimen Worte aufzumalen, die Wasser aus dem Sand hervorbringen würden.

5

Kurz nachdem Majiid Khardans Zelt verlassen hatte, kam der Rat zusammen. Jedenfalls schienen Mathew die heftigen Streitereien darauf hinzudeuten, die in der stillen Nachtluft zu vernehmen waren. Als er mit der Arbeit an seiner Schriftrolle begonnen hatte, hatte er befürchtet, nicht genügend Zeit zu haben, um das Werk zu vollenden. Doch nach und nach, als die Stunden verstrichen und das Gezänk sich fortsetzte, beruhigte Mathew sich wieder. Aus gelegentlichen Rufen schloß er, daß die Scheichs sich darüber stritten, in welchem Teil des Lagers das Gericht stattfinden und welcher Scheich und wessen *Aksakal* den Vorsitz führen sollte.

Zeid forderte, daß er das Urteil fällen solle, da er mit keiner der beteiligten Parteien verwandt war. Das führte zu einem stundenlangen Streit darüber, ob der Sohn des Bruders des siebten Sohns der Schwester einer Mutter des Vaters auf Majiids väterlicher Seite als naher Verwandter zu gelten habe oder nicht. Als dieser Streit endlich entschieden war (Mathew fand nie heraus, mit welchem Ergebnis), begann der Zank über den Gerichtsort mit einer Reihe völlig neuer damit im Zusammenhang stehender Fragen.

Doch wenn der Disput ihnen auch Zeit bescherte, mußte Mathew zugleich feststellen, daß sein Gefühl der Leichtigkeit dabei erlosch. Das Geschrei setzte seinen Nerven zu wie die Feile eines Holzschnitzers, wenn sie gegen die Maserung anfuhr. Es fiel ihm zunehmend schwer sich zu konzentrieren, und als er schon die zweite Rolle ruiniert hatte, indem er ein Wort falsch schrieb, das er seit seinem sechsten Lebensjahr richtig zu schreiben vermochte, warf er den Federkiel empört beiseite.

»Wozu denn auch die Eile?« fragte er plötzlich und erschrak Zohra damit. »Die werden doch sowieso noch eine Woche brauchen, bis sie etwas entschieden haben! Die können sich doch nicht einmal darüber einig werden, wie viele Sonnen am Himmel stehen! Jaafar würde sagen, daß es eine sei, Majiid würde schwören, daß es zwei seien, von denen eine unsichtbar ist, und Zeid würde behaupten, daß sie beide im Unrecht seien, daß es überhaupt keine Sonnen am Himmel gäbe und er jedem die Kehle durchschneiden würde, der ihn der Lüge bezichtige!«

»Alles wird bis zum Morgen entschieden sein«, erwiderte Zohra leise. Sie kniete am Boden, um die Buchstaben auf die Ziegenhaut aufzutragen. Langsam und genau formten ihre Lippen den Laut eines jeden Buchstabens, den sie malte.

Als er begriff, was sie soeben gesagt hatte, fing Mathews Hand an zu zittern, und so schloß er hastig die andere darüber. »Woher weißt du das?« fragte er gereizt.

»Weil sie sich insgeheim schon alle festgelegt haben«, erwiderte Zohra achselzuckend. Sie sah zu Mathew auf, ihre Augen waren zwei dunkle Funken im Lampenlicht. »Es geht um eine schwerwiegende Sache. Wie würde das vor den Leuten aussehen, wenn sie da binnen weniger Stunden zu einer Entscheidung kämen?«

Ein plötzliches Klirren von Stahl ließ Mathew zusammenzucken und beinahe aufspringen, weil er glaubte, daß sie kämen, um sie abzuholen. Zohra jedoch fuhr fort zu schreiben, und als Mathew merkte, daß das Geräusch auf das Ratszelt beschränkt blieb, überlegte er verbittert, daß diese Angelegenheit, ihren Kalifen und seine Frau in den Tod zu schicken, den Scheichs wohl so wichtig vorkommen mußte, daß sie zuerst etwas von ihrem eigenen Blut darüber vergießen mußten.

Vielleicht bringen sie sich ja alle gegenseitig um, dachte er. Wilde! Weshalb mache ich mir überhaupt die Mühe? Was kümmern mich diese Barbaren? Sie halten mich ja doch nur für verrückt! Für sie werde ich immer eine fremde und seltsame Kreatur bleiben, sie werden mich niemals akzeptieren.

Mathew wußte nicht, daß seine verzweifelten Gedanken seiner Miene überdeutlich anzusehen waren, bis sich ein Arm um seine Schultern schob.

»Keine Angst, Mat-hew«, sagte Zohra sanft. »Dein Plan ist wohl durchdacht! Alles wird gut werden!«

Mathew klammerte sich an sie und ließ sich von ihrer Berührung trösten, bis er merkte, daß ihre streichelnden

Finger ihn nicht mehr beruhigten, sondern erregten. Hastig lehnte er sich zurück und blickte sie voller wilder Hoffnung an. In den dunklen Augen war Zuneigung zu sehen, doch nicht von jener Art, nach der er sich sehnte. Das glatte Gesicht drückte Sorge, Betroffenheit aus, sonst nichts.

Doch was wollte er mehr? Wie konnte man gleichzeitig in zwei Menschen verliebt sein?

Zwei Menschen, die man niemals besitzen würde ...

Ein Stöhnen entrang sich Mathews Lippen.

»Bist du wieder krank?« Zohra kam näher, und Mathew wehrte sie mit erhobener Hand ab.

»Ein leichter Schmerz. Es wird vorbeigehen«, keuchte er.

»Wo?« fragte Zohra nach.

»Hier.« Mathew seufzte und preßte sich die Hand aufs Herz. »Das habe ich schon öfter gehabt. Du kannst nichts dagegen tun. Niemand kann etwas dagegen tun. Wir sollten besser die Magie zu Ende führen, wenn wir morgen früh bereit sein wollen«, fügte er hinzu.

Zohra schien immer noch etwas sagen zu wollen, doch dann beherrschte sie sich, nachden sie den jungen Mann eindringlich angeschaut hatte, und kehrte schweigend an ihre Arbeit zurück.

Sie weiß es, begriff Mathew verzweifelt, aber sie weiß nicht, was sie dazu sagen soll. Vielleicht hat sie mich einmal geliebt, oder nach mir verlangt, aber das war damals, als ich zum erstenmal hierherkam und sie und ich beide schwach und verloren waren. Doch jetzt hat sie gefunden, was sie gesucht hat; sie ist sich ihrer selbst sicher, ist stark in ihrer Liebe zu Khardan. Sie weiß es zwar noch nicht, sie will es sich nicht eingestehen. Aber es ist da, und es verleiht ihr Kraft.

Und Khardan liebt sie, obwohl er sich gegen diese Liebe einen Panzer zugelegt hat und sie auf Schritt und Tritt bekämpft.

Was soll ich tun, der ich doch beide liebe?

»Du kannst sie einander schenken«, ertönte eine Stimme, leise und traurig, ein Widerhall seines gebrochenen Herzens und doch erfüllt von einer tiefen Freude, die er nicht verstand.

»Was hast du gesagt?« fragte er Zohra.

»Nichts!« Sie blickte ihn besorgt an. »Ich habe nichts gesagt. Bist du sicher, daß es dir gutgeht, Mat-hew?«

Er nickte, rieb sich den Nacken und versuchte, sich eines seltsamen Gefühls zu entledigen, wie von Federn, die über seine Haut strichen.

6

Als die ersten Strahlen der Sonne am nächsten Morgen über die Wüste fuhren, krochen sie durch die Löcher in Majiids Zelt und brachten Stille. Der Streit brach ab. Zohra und Mathew blickten einander an. Zohras Augen wiesen dunkle Ringe und rote Ränder auf. Mathew wußte, daß er genauso aussehen mußte, vielleicht sogar noch schlimmer.

Plötzlich hörte sie, wie die Posten draußen auf die Beine sprangen und wie Schritte näher kamen. Sowohl Mathew als auch Zohra waren bereit, seit das erste Licht erschienen war. Zohra trug die Frauenkleider, die Mathew ihr gebracht hatte. Sie waren nicht von der feinen Seide, die sie zu tragen gewöhnt war, nur ein einfacher *Chador* aus weißer Baumwolle, der von der zweiten Frau eines armen Manns getragen worden war. Seine Schlichtheit stand ihr gut und betonte ihre ernste Haltung. Ein einfacher weißer Umhang bedeckte Kopf und Gesicht, Schultern und Hände. In den Händen hielt sie, tief in den Falten ihres Schleiers verborgen, mehrere Stücke sorgfältig zusammengerollter Ziegenhaut.

Mathew trug die schwarze Kleidung, die er sich auf Burg Zhakrin zugelegt hatte. Da es ihm freistand, zu kommen und zu gehen, wie ihm beliebte, hatte er das Zelt mitten in der Nacht verlassen und in der mondbeschienenen Dunkelheit das Lager abgesucht, bis er ihre Kamele entdeckt hatte.

Man hatte den Tieren die Lasten abgenommen, sie zu Boden geworfen und hatte das Gepäck im Sand liegenlassen, als sei es verflucht. Mathew hätte sich die Gewänder – die Auda aus ihrem Lager am Ufer der Kurdinischen See gerettet hatte – etwas sauberer gewünscht, doch er hoffte, daß sie selbst im befleckten und zerknitterten Zustand für diese Leute eindrucksvoll genug aussahen.

Nachdem er sich umgezogen hatte, war er zum Zelt zurückgehuscht und hatte die Gestalt des Schwarzen Paladins unbeweglich vor Khardans Behausung sitzen sehen. Die schlanke weiße Hand, die im Mondlicht schimmerte, als strahlte sie ein eigenes Licht aus, hatte ihm gewunken. Mathew hatte gezögert und dem aufmerksamen Posten einen besorgten Blick zugeworfen. Da hatte Auda ihn wieder gedrängt, zu ihm zu kommen, und schließlich war Mathew zögernd auf ihn zugegangen.

»Keine Sorge, Blumenblüte«, hatte der Mann unbeschwert gesagt, »sie werden uns nicht am Sprechen hindern. Schließlich bin ich ein Gast, und du bist verrückt.«

»Was willst du?« hatte Mathew geflüstert und sich unter dem forschenden Blick der ausdruckslosen Augen gewunden.

Audas Hand hatte den Saum von Mathews schwarzen Gewändern ergriffen und den Samt zwischen den Fingern gerieben. »Du führst etwas im Schilde.«

»Ja«, hatte Mathew unbeweglich erwidert und einen weiteren Blick auf die Wächter geworfen.

»Das ist gut, Blumenblüte«, hatte Auda leise erwidert und sanft das schwarze Tuch verdreht. »Du bist ein raffinierter und einfallsreicher junger Mann. Offensichtlich wurde dein Leben aus einem bestimmten Grund verschont. Ich werde beobachten und abwarten. Du kannst auf mich zählen.«

Er hatte das Tuch freigegeben, gelächelt und sich bequem zurückgelehnt. Mathew war gegangen, war in Zohras Zelt zurückgekehrt, unsicher, ob er erleichtert oder noch beunruhigter sein sollte.

Die Wächter rissen die Augen weit auf, als Mathew in seiner schwarzen Kutte aus dem Zelt ins erste Morgenlicht hinaustrat. Der junge Hexer hatte sein langes rotes Haar gebürstet und gekämmt, bis es im Sonnenschein loderte wie Flammen. Die kabbalistischen Zeichen, die auf eine solche Weise in den Samt gestanzt waren, daß sie nur bei unmittelbarer Lichtbestrahlung zu erkennen waren, fingen die Sonnenstrahlen ein und schienen plötzlich aus dem schwarzen Tuch hervorzuspringen und alle Betrachter in Staunen zu versetzen.

Mathews Hände waren mit seinen eigenen Schriftrollen in den langen, fließenden Ärmeln verborgen. Er trat vor, ohne ein Wort zu sagen oder irgend jemanden anzuschauen, hielt den Blick starr geradeaus gerichtet. Er sah, wie Khardan sein Zelt verließ und bemerkte den verwunderten Blick, mit dem der Mann ihn bedachte. Mathew wagte es nicht zu reagieren oder den Schein des Geheimnisvollen zu brechen, mit dem er sich umhüllte.

Plötzlich fiel Mathew ein, was der Erzmagus wohl gesagt hätte, wenn er seinen Schüler jetzt sehen könnte, und ein schiefmäuliges Lächeln hätte die Illusion beinahe zerstört. »Billiger Tand! Jenen angemessen, die die Zauberei mißbrauchen, um damit die Leichtgläubigen zu verführen! Der wahre Magus braucht keine schwarzen Kutten oder einen Spitzhut! Der könnte auch nackt in der Wildnis Magie praktizieren.« – Da es niemand wagte, in Anwesenheit des Erzmagus zu lachen, hatte diese Behauptung unter den Studenten stets plötzliche Hustenanfälle bewirkt. »Magie nackt in der Wildnis praktizieren, wenn er sich nur auf seine Kunst versteht und Sul im Herzen trägt!«

Nackt in der Wildnis. Mathew seufzte. Jetzt war der Erzmagus tot, abgeschlachtet von Audas *Gumen*. Der junge Hexer hoffte, daß der alte Mann verstehen und verzeihen würde, was sein Schüler vorhatte.

Hastig schritt Mathew durch das Lager und begab sich zum Tel. Er erweckte den Anschein, blindlings dahinzuschreiten, obwohl er in Wirklichkeit sorgfältig darauf achtete, wohin er trat.

Hinter ihm hörte er, wie die Männer ihm folgten, wie die Scheichs jedermann danach fragten, was hier los war, und wie die Nomaden verwirrte Antworten gaben.

»Das ist doch lächerlich!« sagte Zeid zornig. »Warum hält ihn nicht irgend jemand auf?«

»Er ist verrückt«, murmelte Majiid düster.

»Halte du ihn doch auf«, schlug Jaafar vor.

»Na schön, das werde ich!« knurrte Zeid.

Der kleine Scheich baute sich mit erhobenen Händen und aufgesperrtem Mund vor Mathew auf. Der Hexer ging aber einfach weiter und hätte den Scheich glatt umgerannt, wäre Zeid nicht im letzten Augenblick zur Seite gesprungen.

»Er hat mich nicht einmal bemerkt!« keuchte der Scheich.

»Er wird von dem Gott geführt!« rief Jaafar mit ehrfürchtiger Stimme.

»Er wird von dem Gott geführt!« Die Nachricht verbreitete sich in der Menge wie eine Flamme auf dem Öl, und Mathew segnete den Mann insgeheim dafür.

Dann erreichte Mathew den Tel und begann mit dem Aufstieg, wobei er zwischen den Felsen und den Rosen des Propheten immer wieder ausrutschte und stürzte. Als er ungefähr auf halber Höhe war, drehte er sich um und breitete die Arme aus. Er verbarg dabei die Ziegenhäute, indem er seinem Publikum die Handrücken zukehrte.

»Volk der Akar, der Hrana und der Aran, lauscht meinen Worten«, rief er mit so tiefer Stimme, wie er nur konnte.

Am Fuß des Tels, unmittelbar vor ihm stand Zohra. Der von seinen Wachen festgehaltene Khardan starrte Mathew finster an; er war vielleicht davon überzeugt, daß der junge Mann nun wirklich verrückt geworden war. Neben ihm beobachtete Auda mit dunkel glitzernden Augen das Geschehen. Sein Anblick beunruhigte Mathew, und so wandte er schnell die Augen von ihm ab.

»Verrückter, komm runter!« Majiid klang ungeduldig. »Wir haben keine Zeit für so etwas ...«

»Keine Zeit für das Wort Akhrans?« rief Mathew streng.

Die Menge murmelte. Köpfe wurden zusammengesteckt.

»Holt ihn dort runter, damit wir endlich zu Gericht sitzen

können«, befahl Zeid und gab mehreren seiner Männer ein Handzeichen.

Mathew glaubte erst, daß sie ihm den Gehorsam verweigern würden, bis Zeid angesichts dieses Ungehorsams rot anlief. Drei Männer begannen damit, den Tel hinaufzusteigen.

Mathew murmelte ein kurzes Stoßgebet an Promenthas und ein weiteres an Sul, dann warf er eine der Schriftrollen auf den Boden, wobei er die Worte rezitierte, die er mit großer Sorgfalt aufgeschrieben hatte.

Eine Explosion ließ Felsentrümmer und Staub in alle Richtungen davonstieben. Purpurgrüner Rauch stieg auf und verhüllte den jungen Hexer. Mathew versuchte, seinen Hustenreiz zu unterdrücken und sich zusammenzunehmen, damit die Menge nach Auflösung des Rauchs einen gebieterischen Hexer zu sehen bekam und keinen jungen Mann, dem vom Rauch die Augen tränten.

Die drei Männer, die soeben noch den Aufstieg versucht hatten, kletterten so schnell zurück, als hinge ihr Leben davon ab. Zeid war so bleich geworden wie sein Turban; Majiids Augen sprangen hervor, und Jaafar hielt seinen Kopf mit den Händen bedeckt. Selbst Zohra, die doch wußte, was er vorhatte, wirkte beeindruckt.

»Ich habe nicht nur das Antlitz Ankhrans geschaut, ich habe auch mit ihm gesprochen«, schrie Mathew. »Wie ihr seht, hat er mir sein Feuer geliehen! Hört auf meine Worte, sonst schleudere ich es in eure Mitte!«

»Dann rede«, rief Majiid in einem barschen Tonfall.

»Es ist nicht meine Absicht zu bestreiten, was der Dschinn Fedj euch berichtet hat. Zohra und ich haben diesen Mann tatsächlich davongetragen.« Mathew wies auf Khardan, der den Kopf schüttelte und Mathew bedeutete, daß er schweigen solle. »Verkleidet als Frau! Aber«, schrie Mathew gegen das Gemurmel der Menge an, »es war kein lebendiger Leib, den wir trugen. Es war ein Leichnam. Khardan, euer Kalif, war tot!«

Genau wie Mathew es erwartet hatte, waren seine Zuhörer wie gebannt. Schweigen legte sich über sie; die Luft war so schwer und geladen wie eine Gewitterwolke.

»Du, sein Vater, weißt, daß es wahr ist!« Mathew zeigte mit einem stechenden Finger auf Majiid. »In deinem Herzen weißt du, daß dein Sohn tot war. Du hast ihnen ja gesagt, daß er tot sei, nicht wahr!«

Dem verblüfften Scheich blieb nichts anderes übrig, als finster dreinzublicken, die weißen Augenbrauen heftig zusammenzuziehen und Mathew böse anzusehen.

»Wie viele von euch sind mit diesem Mann in die Schlacht gezogen?« Mathews Finger schwang hinüber und deutete auf Khardan. »Wie viele von euch haben seine Tapferkeit mit eigenen Augen gesehen? Wie viele von euch verdanken seinem Mut sogar ihr Leben?«

Gesenkte Köpfe, betretene Blicke. Mathew wußte, daß er sie jetzt an der Leine hatte.

»Und doch soll das der Mann sein, den ihr der Feigheit zeiht? Ich sagte euch, daß Khardan schon tot war, bevor sich auch nur einer von euch auf dem Schlachtfeld eingefunden hatte!« Mathew stieß schnell nach, nutzte seinen Vorteil aus. »Die Prinzessin Zohra und ich haben, nachdem wir die Soldaten des Emirs abwehrten, die uns gefangennehmen wollten, den Kalifen fallen sehen, tödlich verwundet. Wir schafften ihn vom Schlachtfeld fort, damit die dreckigen Kafiren nicht seinen Leichnam schänden sollten. Und wir kleideten ihn in Frauengewänder.«

Völlige Atemlosigkeit: Nicht ein Mann wagte sich zu rühren, um Mathews nächste Worte nicht zu verpassen.

»Wir taten dies nicht, um ihn vor den Soldaten zu verbergen«, sagte Mathew mit einer leisen Stimme, die zu vernehmen sich alle anstrengen mußten. »Wir taten es, um ihn vor der Todin zu verbergen!«

Jetzt atmeten sie allesamt durch, mit einem Rauschen, das wie eine Nachtbrise war. Mathew riskierte einen schnellen Blick auf Khardan. Der Kalif schnitt keine Grimasse mehr, sondern versuchte so ausdruckslos wie möglich dreinzublikken. Entweder ahnte er inzwischen, was Mathew beabsichtigte, oder er vertraute auf den jungen Mann, ihn mit verbundenen Augen dorthin zu führen.

»Die Todin suchte das Feld nach Opfern der Schlacht ab, und da wir wußten, daß sie nach Kriegern Ausschau hielt, kleideten wir Khardan in Frauengewänder. So fand die Todin ihn nicht. Aber euer Gott, *Harzrat* Akhran, fand ihn. Wir flohen vor der Todin in die Wüste. Und dort erschien uns Akhran und sagte uns, daß Khardan leben solle, daß er aber im Gegenzug für sein Leben dem ersten Fremden, der vorbeikäme, seine Dienste anbieten müsse. Der Kalif tat einen Atemzug und öffnete die Augen, und in diesem Augenblick kam dieser Mann zu uns.« Mathew zeigte auf Auda, der allein inmitten der Menge dastand, weil sich ihm keiner allzusehr nähern mochte. »Er bat uns um unsere Hilfe. Sein Gott, Zhakrin, wurde von Quar gefangengehalten. Er bedurfte unser, um ihn zu befreien. Des Handels eingedenk, den er mit Akhran getroffen hatte, willigte Khardan ein, und so gingen wir mit diesem Fremden und befreiten seinen Gott. Der Fremde ist ein Ritter in seinem Land, ein Mann, der auf Ehrenhaftigkeit eingeschworen ist. Ich frage dich, Auda ibn Jad, ob ich die Wahrheit sage?«

»Das tust du«, erwiderte ibn Jad mit seiner kühlen, tiefen Stimme. Er zog den Schlangendolch aus seinem Gürtel und hob ihn hoch. »Ich rufe meinen Gott, Zhakrin, an, meinen Eid zu bezeugen. Möge er dieses Messer in meine Brust stoßen, wenn ich lüge!«

Auda ließ das Messer fahren. Doch es fiel nicht zu Boden, sondern blieb in der Luft schweben, dicht über seiner Brust. Die Menge keucht vor Erstaunen und Ehrfurcht.

Mathew fand seine Stimme wieder und fuhr voller Erstaunen fort.

»Wir verließen die Heimat ibn Jads und kehrten in die Wüste zurück, denn einmal mehr war Akhran zu uns gekommen, um uns mitzuteilen, daß sein Volk in Gefahr sei und seines Kalifen bedürfe. Wir überquerten den Sonnenamboß ...«

»Nein! Unmöglich!«

Die Nomaden, die mühelos ein Kindermärchen über

Khardans Flucht in Verkleidung vor der Todin schlucken konnten, quittierten den Gedanken mit Hohn, daß irgend jemand den *Kavir* überqueren könnte.

»Wir haben es getan!« brüllte Mathew sie nieder. »Euer Kalif ist nicht der einzige, der ein Geschenk des Akhran empfing. Der Gott gewährte auch eurer Prinzessin eine Gabe.«

Jetzt hing ihr Leben von Zohra ab. Die Stammesleute richteten argwöhnische, mißtrauische Blicke auf sie. Mathew hätte beinahe die Augen geschlossen, aus Furcht, zuzusehen, aus Furcht, daß der Zauber nicht funktionieren könnte, daß sie in ihrer Aufgewühltheit die falschen Worte aufgeschrieben haben könnte.

Zohra nahm die Ziegenhaut aus den Falten ihres Gewands, hob sie in die Höhe und las die Worte mit klarer Stimme vor. Die Buchstaben begannen zu zappeln und sich zu winden und fielen einer nach dem anderen von der Haut in den Sand zu ihren Füßen. Wer neben ihr stand, stieß einen Schrei aus und stolperte über die eigenen Füße, während er sich in Sicherheit brachte, während jene, die nichts sehen konnten, Rufe und Fragen ausstießen und vordrängten. Mathew konnte die Lache aus blauem Wasser zu Füßen der Frau nicht erkennen, doch er wußte, daß sie dasein mußte; er erkannte es an dem plötzlichen Stolz, der Khardans Gesicht überzog, als er sie betrachtete.

»Khardan ist zu euch zurückgekehrt – ein Prophet des Akhran. Zohra ist zu euch zurückgekehrt – eine Prophetin des Akhran. Sie sind zurückgekehrt, um euch in den Krieg zu führen! Werdet ihr ihnen folgen?«

Hier erwartete Mathew den tobenden Jubel. Doch nichts geschah. Mit wachsender Furcht musterte der junge Mann die Menge unter sich.

»Das ist ja alles ganz schön«, sagte Scheich Zeid geschmeidig und trat vor. »Und wir haben einige prächtige Kunststücke gesehen, Kunststücke, die des *Souks* von Khandar würdig wären, wie ich hinzufügen darf. Aber was ist mit den Dschinnen?«

»Ja! Die Dschinnen!« ertönte der Ruf der Menge.

»Ich sage euch ...« Zeid wandte sich zu den Leuten um, »...ich sage euch, daß ich Khardan einen Propheten heißen und ihm in die Schlacht oder auch in die Hölle Suls folgen werde, wenn der Kalif dies wünscht, *vorausgesetzt*, er kann uns unsere Dschinnen zurückbringen! Gewiß wird Akhran doch wohl nichts Geringeres für einen Propheten tun!«

Die Menge jubelte. Majiid warf seinem Sohn einen finsteren Blick zu. Jaafar sah furchterfüllt auf Zohra, er schien damit zu rechnen, daß sie die ganze Wüste in einen Ozean verwandeln würde, der sie alle ersäufen würde, und Zohra blickte die Leute mit einem Ausdruck an, als sei ihr dieser Gedanke alles andere als fremd. Khardan sah Mathew mit einem dankbaren, in sein Schicksal ergebenen Blick an und dankte dem jungen Mann für seinen vergeblichen Versuch.

Mathew trat einen Schritt vor. »Er wird die Dschinnen zurückbringen!« verkündete er. »In einer Woche ...«

»Heute nacht!« entgegnete Zeid.

»Heute nacht!« schrie die Menge.

»Bis heute nacht«, willigte Mathew müde ein. »Die Dschinnen werden bis heute nacht zurückkehren.«

»Wenn nicht, muß er sterben«, entschied Zeid gelassen. »Und die Hexe mit ihm.«

Mehr gab es nicht zu sagen, und selbst wenn Mathew gewollt hätte, hätte man ihn in dem Getöse nicht mehr verstehen können. Mit hängendem Kopf machte sich der junge Hexer an den Abstieg vom Tel. Als er unten angekommen war, legte Zohra tröstend einen Arm um ihn.

»Es tut mir leid«, sagte er zu ihr, dann brach seine Stimme.

Vor ihm stand Khardan, von Wachen umringt.

»Danke, Mat-hew«, sagte der Kalif ruhig. »Du hast getan, was du konntest.«

Plötzlich hatte Mathew das seltsame Gefühl, in eine Decke aus Daunen gehüllt zu sein.

»Die Dschinnen werden zurückkehren!« sagte er und glaubte aus irgendeinem Grund plötzlich an seine eigenen Worte. »Sie werden zurückkehren!«

Khardan seufzte und schüttelte den Kopf. »Die Dschinnen sind fort, Mat-hew. Und was Akhran betrifft, so ist er vielleicht schon selbst geschlagen, soweit wir ...«

»Nein, schau doch!« Mathew beugte sich vor und berührte eine der häßlichen Kakteen. »Erkläre mir, wie dies hier am Leben bleiben kann, wo doch alles in der Umgebung tot und verwelkt ist! Dem ist so, weil Akhran lebt. Du mußt weiterhin glauben, Khardan! Du mußt!«

»Ich stimme Blumenblüte zu, Bruder«, sagte Auda und trat von hinten an sie heran. »Der Glaube an unsere Götter ist alles, was uns noch übriggeblieben ist. Der Glaube allein steht zwischen uns und dem Verderben.«

7

»Glauben. Ich muß glauben«, wiederholte Mathew immer und immer wieder den ganzen Tag. Jedes Geräusch, ob es das Bellen eines der abgemagerten Lagerhunde war oder die Bewegung eines Wachtpostens vor Zohras Zelt, ließ ihn auffahren und begierig aus der Zeltöffnung schauen.

Doch es war nichts, immer nur nichts.

Der Mittag kam, und Stille legte sich über das Lager, alle ruhten sich in der brennenden Hitze aus. Neidvoll blickte Mathew zu Zohra hinüber. Erschöpft von ihrem nächtlichen Werk und den Spannungen des Morgens, war sie eingeschlafen. Er fragte sich, ob Khardan wohl auch schlief. Oder lag er im schattigen Dunkel und überlegte sich, daß alles zum besten gekommen wäre, wenn er selbst gesprochen hätte, wie er es auch hätte tun sollen?

Mit einem tiefen Seufzen ließ Mathew seinen schmerzenden Kopf in seine Hände sinken. »Ich hätte mich heraushalten sollen«, tadelte er sich selbst. »Das ist nicht mein Volk. Ich verstehe sie nicht. Khardan hätte alles handhaben können. Ich hätte ihm vertrauen sollen ...«

Irgend jemand war im Zelt!

Aus dem Augenwinkel erblickte Mathew einen Schatten,

da aber hatte sich schon eine Hand über seinen Mund gelegt.

»Mach kein Geräusch, Blumenblüte«, hauchte eine Stimme in seinem Ohr. »Sonst schreckst du die Wachen auf!«

Sein Herz hämmerte so stark, daß ihm Sternenschauer vor den Augen erschienen, als er nickte. Auda löste seinen Griff und bedeutete Mathew, Zohra zu wecken, um dann wieder mit den dunkleren Schatten des Zelts zu verschmelzen.

Es schien ihm eine Schande, sie zu stören. Sollte sie doch ihre letzten paar Augenblicke des Friedens genießen, bevor …

Auda machte eine gebieterische Geste, die grausamen Augen verengten sich.

»Zohra!« Mathew schüttelte sie sanft. »Zohra, wach auf.«

Sofort war sie wach und fuhr zwischen den Kissen auf, um Mathew anzustarren. »Wie? Haben Sie …«

»Nein.« Er deutete auf Auda, der im matten Licht im hinteren Teil des Zelts kaum zu erkennen war. Der Paladin hatte sein Gesichtstuch abgelegt und preßte nun schweigengebietend den Finger gegen seine Lippen.

Furchterfüllt wich Zohra vor ihm zurück. Dann schien sie sich wieder zu fangen, versteifte sich und blickte ihn in heftiger Wut an.

Mit leisen Bewegungen kroch Auda zu ihnen herüber und winkte sie heran, um mit kaum hörbarer Stimme zu fragen: »Blumenblüte, welche Tötungszauber hast du zur Verfügung?«

Eine Eiseskälte schoß durch Mathew, der erstickenden Hitze zum Trotz. Seine Finger wurden taub, sein Herzschlag stockte, er konnte nicht mehr einatmen. Langsam schüttelte er den Kopf.

»Was? Du kennst keine?« fragte Auda, und seine dunklen Augen glitzerten.

Mathew zögerte. Ja, er würde antworten, daß er keine kannte. Die Worte lagen ihm schon auf der Zunge, doch da merkte er, daß er zu lange gewartet hatte. Die Lüge mußte in seinen Augen zu lesen sein. Er schüttelte sich wie vor Kälte und sagte gepreßt: »Ich werde nicht töten.«

»Mat-hew!« Zohras Finger gruben sich in seinen Arm. »Kannst du das vollbringen, diese ... Tötungsmagie?«

»Das kann er«, erwiderte Auda ruhig. »Er will nicht, das ist alles. Eher läßt er dich und Khardan sterben.«

Mathew errötete. »Ich dachte eigentlich, du wärst derjenige gewesen, der zum Glauben geraten hat!«

»Den Glauben in einer Hand.« Auda streckte die Linke vor, ballte sie zur Faust. »Dies ist der anderen.« Seine rechte Hand griff in sein Gewand und holte den Schlangendolch hervor. »So hat mein Volk überlebt.«

»Wir sind zum Tel zurückgekehrt, um dein Volk zu retten!« Mathew blickte Zohra an. »Und jetzt willst du sie abschlachten?«

Zohra fuhr sich mit der Zunge über die Lippen. Ihr Gesicht war fahl, ihre Augen geweitet und von einem heftigen inneren Hoffnungsfeuer lodernd, das nun langsam erlosch. »Ich ... ich weiß es nicht«, flüsterte sie zerstreut.

»Wir tun, was wir tun müssen! Die dort ...« Der Paladin deutete aus dem Zelt. »... sind nicht alle von deinem Volk.« Audas Stimme war sanft und tödlich. Ebensogut hätte der Dolch mit dem Schlangenkopf selbst sprechen können. »Die Frauen und Kinder und die jungen Männer werden in Kich gefangengehalten. Wir können sie retten, doch nur, wenn du und Khardan am Leben seid! Wenn ihr sterbt ...« Er zuckte mit den Schultern.

»Er hat recht, Mat-hew.«

»Mein Gott verbietet es, Leben zu nehmen ...« fing Mathew an.

»Gibt es in deinem Land keinen Krieg?« fragte Auda kühl. »Bekämpfen die Magi einander dort nicht?«

»Ich kämpfe nicht!« rief Mathew und vergaß sich selbst dabei. Die Posten draußen vor dem Zelt rührten sich. Audas Augen blickten bedrohlich. Mit einer Bewegung war er auf den Beinen. Ein Strahl der brennenden Sonne, der durch die Zeltklappe ins Innere drang, brach sich glitzernd am Messer in seiner Hand.

Mathew spannte sich an, der Schweiß strömte an seinem Leib herab. Die Posten traten nicht ein, und Mathew kam der Gedanke, daß sie von der Hitze halb betäubt sein mußten.

Auda setzte sich neben Mathew, nahm den Arm des jungen Manns und drückte schmerzhaft zu. Sein Atem brannte Mathew auf der Haut. »Du hast doch schon einmal einen Geköpften gesehen, nicht wahr, Blumenblüte? Das geht schnell und kurz, ein einziger Schlag der Klinge in den Nakken.«

Mathew zuckte zusammen, erschlaffte im grausamen Griff des Manns. Einmal mehr sah er John im Sand knien, sah, wie der Gum sein Schwert hob, sah den Stahl im sterbenden Licht der Sonne funkeln ...

Audas Griff verstärkte sich; er zog Mathew dichter an sich heran.

»So wird Khardan sterben. Kein schlechter Tod. Ein kurzes Zucken, dann nichts mehr. Aber nicht Zohra. Hast du schon einmal zugesehen, wie jemand zu Tode gesteinigt wurde, Blumenblüte? Ein Stein trifft den Kopf. Blutend und benommen und schmerzerfüllt versucht das Opfer verzweifelt, dem nächsten auszuweichen. Der trifft mit malmendem Geräusch den Arm. Ihre Knochen brechen. Wieder dreht sie sich um, versucht zu fliehen, doch es gibt keinen Ausweg. Ein weiterer Stein prallt ihr in den Rücken. Sie stürzt. Blut läuft ihr in die Augen. Sie kann nichts mehr sehen und das Entsetzen wächst, der Schmerz steigert sich ...«

»Nein!« Qualvoll ballte Mathew die Fäuste hinter seinem Kopf, bedeckte die Ohren mit zitternden Armen.

Auda ließ ihn los. Der Paladin lehnte sich zurück und musterte ihn befriedigt.

»Dann wirst du uns also helfen.«

»Ja«, erwiderte Mathew mit bebenden Lippen. Er konnte Zohra nicht in die Augen sehen. Vor seinem geistigen Augen hatte er sie geschaut, wie sie schlaff und leblos auf blutbespritztem Sand lag. »Der Zauber, den ich heute morgen ausübte.« Er schluckte, versuchte, die Kontrolle über seine

Stimme zu behalten. »Mächtiger ... noch viel mächtiger ...«

»Du wirst die Magie des Sul benutzen. Ich werde den Zorn meines Gotts herabrufen«, sagte Auda. »Jene, die wir nicht aufhalten, werden zu verschreckt sein, um uns zu verfolgen. Ich werde die Kamele bereithalten. Wir können nach Kich reiten. Welche Zutaten brauchst du für deinen Zauber, Blumenblüte? Ich vermute, daß sich dieser Zauber nicht mit einer Ziegenhaut vollziehen läßt.«

»Salpeter«, murmelte Mathew. »Das ist eine Chemikalie. Vielleicht die Rückstände von Pferdeharn ...«

»Ich weigere mich!« rief eine gequälte Stimme. »Es ist schon schlimm genug, daß ich das Zelt nach den Wutanfällen der Herrin saubermachen muß. Schlimm genug, daß ich auch keinen Augenblick Frieden habe, um mal einen ruhigen Happen zu mir zu nehmen. Schlimm genug, daß man mich herumkommandiert, geh hierhin, geh dorthin, hol dies, tu das! Aber ich weigere mich ...« Eine Rauchfahne stieg aus einem von Zohras Ringen und nahm in der Zeltmitte Gestalt an. »... ich weigere mich absolut«, sagte ein fetter Dschinn mit großer Würde, »jetzt auch noch Pferdepisse zu besorgen.«

Keiner sprach ein Wort oder rührte sich. Alle starrten den Dschinn benommen an.

Dann machte Zohra einen Satz. »Usti!« rief sie.

»Nein, Gebieterin! Tu das nicht!« Der Dschinn warf die fetten Arme schützend über den Kopf. »Tu es nicht! Ich flehe dich an! Wo sind denn die Pferde? Gib mir einen Eimer! Tu mir nur nicht weh ... ich ... Gebieterin! Also wirklich! Du bist doch eine verheiratete Frau!«

Mit Schamesröte im Gesicht wehrte der empörte Dschinn Zohra ab, die ihn umarmte und küßte und dabei hysterisch lachte.

»Was ist denn hier los?« wollte ein Wächter wissen.

Auda schlüpfte aus dem Zelt, verschwand ebenso schnell und lautlos, als wäre er selbst ein Dschinn.

»Wo sind Sond und Fedj und Pukah?« fragte Zohra plötzlich. »Antworte mir!« setzte sie nach und schüttelte den fetten Dschinn durch, bis ihm die Zähne klapperten.

»Ah! D-d-das i-i--ist m-mir sch-sch-schon l-l-lieber«, stammelte Usti. »Wenn d-d-die Ge-ge-ge-gebieterin m-mich l-loslassen m-möchte, werde ich ...«

»Die Dschinnen!« Einer der Wächter, der ins Zelt eingetreten war, starrte Usti fassungslos an. »Die Dschinnen sind zurück! Scheich Jaafar!« Er machte kehrt und floh, und Mathew konnte ihn im Laufen schreien hören. »Jaafar, *Sidi*! Die Dschinnen sind zurück! Der Verrückte hat die Wahrheit gesprochen! Khardan ist ein Prophet! Er wird uns anführen, die Kafiren zu besiegen! Unser Volk ist gerettet!«

Erleichterung ließ Mathew auftauen, löste seine Qual. Als er hinauseilte, sah er, wie Khardan in Begleitung von Sond, Fedj und einem riesigen dunkelhäutigen Dschinn aus dem Zelt trat, den der junge Hexer nicht erkannte.

Aber wo, fragte sich Mathew, ist Khardans Dschinn? Wo ist Pukah?«

Die Scheichs kamen herbeigelaufen. Zeids rundliches Gesicht war vor Freude und Entzücken rot angelaufen. Er verkündete jedem, der es hören wollte, daß er schon immer gewußt habe, daß Khardan ein Prophet sei, und daß er – Zeid al Saban – für den Beweis verantwortlich sei. Jaafar hatte vor Staunen den Mund aufgesperrt. Er wollte etwas sagen, da atmete er eine Riesenmenge Staub ein, die von den anderen Stammesmitgliedern aufgewirbelt wurde, und er wäre daran fast erstickt, wenn Fedj seinem Gebieter nicht fürsorglich auf den Rücken geklopft hätte.

Majiid sagte nichts. Der alte Mann lief geradewegs auf seinen Sohn zu, warf die Arme um ihn und vergoß die ersten Tränen seit mehr als fünfzig Jahren. Khardan umarmte seinen Vater, auch ihm liefen die Tränen über die Wangen und die Männer aller Stämme vereinten sich in heftigem Jubel.

Als Zohra aus ihrem Zelt trat, jubelten sie auch ihr zu. Jaafar kam herbeigeeilt, um seine Tochter an seinen Busen zu drücken, doch von dem Feuer in ihren Augen abgeschreckt, ließ er es damit bewenden, ihr vorsichtig den Arm zu streicheln. Dann duckte sich der Scheich hastig hinter den muskulösen Fedj.

Hochaufragend und den Arm um die Schulter seines Sohns gelegt, musterte Majiid die tanzende, singende Menge. Zohra kam soeben herüber, um sich neben ihren Mann zu stellen, als eine Unruhe im hinteren Teil der Menge die anderen veranlaßte, sich umzudrehen, und die Schreie auf ihren Lippen verstummten.

Ein Reiter näherte sich aus dem Osten. Die Gestalt war allein und so zückte niemand eine Waffe.

Das schweißnasse Pferd, dem der Schaum aus dem Maul troff, kam ins Lager gejagt. Männer stoben vor ihm auseinander. Der Reiter zügelte es in seinem Ansturm und blieb stehen, um die Gesichter zu mustern, als suche er jemanden.

Als er die gesuchte Person gefunden hatte, führte er das ermattete Pferd geradewegs auf Khardan zu.

Der Reiter zog den Kopfschleier beiseite und offenbarte einen Schopf goldenen Haars, der hell in der Sonne schimmerte. Dann rief Meryem seinen Namen, bevor sie ohnmächtig vom Pferd in seine Arme stürzte.

8

»Und so«, beendete Sond feierlich seine Erzählung, »opferte Pukah sich auf, indem er Kaug mit einer List in den Eisenberg lockte, während die unsterbliche Asrial, der Schutzengel des Verrückten – ich bitte um Verzeihung, *Effendi* ...« Sond verneigte sich vor Mathew. » ...Asrial, Schutzengel eines großen und mächtigen Zauberers, die Tore des Bergs zuschlug, so daß Kaug und Pukah nun auf alle Zeiten darin eingesperrt sind. Da der Ifrit keinen Hader mehr zwischen den Unsterblichen sät, haben sich viele von uns zusammengeschart, und so sind nun fast alle auf der himmlischen Ebene vereint im Kampf gegen Quar.«

Die Männer, die sich im und um das Zelt herum scharten, nickten ernst und ließen die Säbel rasseln, um anzuzeigen, daß es auch für sie an der Zeit sei, in die Schlacht zu ziehen.

»Darf ich etwas sagen, mein Gebieter?« fragte Meryem schüchtern von ihrem Sitz neben dem Kalifen.

»Gewiß, geschätzte Dame«, erwiderte Khardan und blickte sie dabei liebevoll an.

Neben Mathew stieß Zohra ein tiefes, kehliges Knurren aus wie eine hungrige Löwin. Mathew ergriff fürsorglich ihre Hand, er wollte erst hören, was Meryem zu sagen hatte.

»Es ist sehr edelmütig von dem Kalifen, seinen Dschinn zum Wohle seines Volks geopfert zu haben, und es ist auch wunderbar, daß der böse Kaug endlich unschädlich gemacht wurde, aber ich fürchte, daß das unseren Leuten in Kich nicht geholfen, sondern sie eher einer noch viel schlimmeren Gefahr ausgesetzt hat.«

»Was meinst du damit, Frau?« wollte Scheich Zeid wissen.

In dem Wissen, daß sich alle Augen auf sie gerichtet hatten, erbleichte Meryem angemessen und wurde noch schüchterner als zuvor. Khardan nahm ihre Hand und ermutigte sie. Errötend warf Meryem ihm einen dankbaren Blick zu und fuhr fort. »Der Imam wird in zwei Wochen nach Kich zurückkehren. Er hat verkündet, daß eure Leute, die in Kich gefangengehalten werden, sollten sie sich bis dahin nicht zu Quar bekehrt haben, ausnahmslos die Klinge zu spüren bekommen werden.«

»Ist das denn möglich?« fragte Khardan entsetzt.

»Ich fürchte ja, Kalif«, erwiderte Zeid. »Das hat er schon öfter getan, in Meda und in Bastine und in anderen Städten. Ich selbst habe dieselbe Drohung vernommen. Wenn Quar, wie die Dschinnen sagen, jetzt wahrhaft verzweifelt sein sollte ...« Selbst verzweifelt zuckte er mit den dicken Schultern.

»Dann müssen wir sie befreien«, entschied Khardan. »Aber wir können Kich nicht angreifen ...«

»Ich kenne einen geheimen Weg in die Stadt«, sagte Meryem eilfertig mit leuchtenden Augen. »Ich kann euch führen!«

Zohra erhob sich und stolzierte aus dem Zelt. Khardan sah sie gehen, und es schien, als wollte er etwas sagen, doch dann schüttelte er leise den Kopf und widmete sich wieder dem Gespräch. Mathew warf dem Kalifen einen empörten Blick zu, dann eilte er Zohra nach.

»Wir müssen es ihm sagen!« bedrängte er sie.

»Nein!« erwiderte Zohra und schüttelte wütend Mathews Hand vom Arm. »Soll er sich doch wegen dieser Houri zum Narren machen!«

»Aber wenn er wüßte, daß sie versucht hat, dich zu ermorden ...«

»Du hast ihm doch von dem Zauber erzählt, den sie über ihn verhängt hat!« Zohra fuhr herum und blickte Mathew ins Gesicht. »Hat er da vielleicht zugehört? Hat er dir geglaubt? Pah!« Sie drehte sich wieder um, ging weiter und stürmte in ihr Zelt.

Mathew setzte einen Schritt nach, dann blieb er stehen. Er machte einen Schritt zurück, auf das Kalifenzelt zu und blieb erneut stehen. Verwirrt und verunsichert, was er tun sollte, richtete der junge Hexer seine Schritte auf die offene Wüste. Obwohl die Nacht angebrochen war, strahlte der Sand noch viel Hitze ab, daß es noch einige Zeit dauern würde, bis die Temperatur erträglich geworden war.

»Ich habe ihm davon erzählt, wie Meryem einen Zauber über ihn verhängte. Ich habe ihm davon erzählt, wie sie versucht hat, ihn gefangenzunehmen und zum Emir zu bringen. Offensichtlich hat er mir nicht geglaubt, vielleicht hat ihm auch der Gedanke geschmeichelt, daß sie sich seinetwegen soviel Sorgen gemacht hat. Warum kann er denn nicht begreifen?« Mathew kochte vor Wut. »In allem anderen ist der Mann doch intelligent! Warum ist er ausgerechnet in dieser Hinsicht ein solch blinder Narr?«

Wäre Mathew in den süßen Qualen der Liebe erfahrener gewesen, hätte er sich diese Frage nie gestellt. Aber so sorgte er sich, stieß Verwünschungen aus und ging auf und ab, bis er voller Schweiß war, der auf seinem Leib trocknete und ihn mit zunehmender Nachtkälte zittern ließ.

Als ihm plötzlich bewußt wurde, daß das Stimmengewirr

verstummt war, merkte er, daß es schon sehr spät war. Die Versammlung hatte sich aufgelöst, die Stammesmitglieder waren in ihre Zelte zurückgekehrt. Müdigkeit überwältigte den jungen Mann. Als er in das stille Lager zurückkehrte, entdeckte er, daß in der Nacht alle Zelte gleich aussahen. Schläfrig und gereizt stolperte Mathew erst in die Richtung, dann in jene. Er hoffte darauf, noch irgend jemandem zu begegnen, der ihm den Weg weisen könnte. Als er eine Bewegung wahrnahm, ging er auf die Person zu, eine Bitte um Hilfe auf den Lippen. Die Worte erstarben unausgesprochen, und Mathew huschte in den Schatten eines Zelts zurück.

Eine geschmeidige Gestalt glitt durch das Lager. Sie trug seidene Schleier, aber es fiel Mathew nicht schwer, die zerbrechliche, kleine Statur, den anmutigen Gang wiederzuerkennen. Verstohlen folgte der junge Mann Meryem und war nicht überrascht, als er sie auf die verschlossene Klappe eines Zelts zuschleichen sah, das Mathews Schätzung zufolge Khardan gehören mußte.

»Wer ist da? Was ist los?« rief der Kalif, der offenbar selbst das leiseste Geräusch bemerkte.

»Es ist Meryem, mein Gebieter«, erwiderte die Frau im Flüsterton.

In die dunkelsten Schatten gedrückt, sah Mathew, wie die Zeltklappe sich öffnete. Khardan erschien, zeichnete sich vor dem goldenen Lampenlicht als Umriß ab. »Was tust du da? Es ist unschicklich ...«

»Das ist mir gleich!« rief Meryem mit bebender Stimme. »Mir war so erbärmlich zumute! Du weißt ja überhaupt nicht, wie das war! Die Soldaten des Emirs haben mich in der Schlacht gefangengenommen und nach Kich zurückgebracht! Ich fürchtete mich davor, daß sie in mir die Tochter des Sultans wiedererkennen und mich vor den Emir schleppen könnten. Doch das haben sie, Akhran sei Dank, nicht getan!« Sie begann zu schluchzen. »Deine Mutter, Badia, hat für mich gesorgt wie für ihre eigene Tochter. Sie hat nie daran geglaubt, daß du tot seist, und ich habe es auch nicht getan!«

Khardan legte dem Mädchen die Hände auf die bebenden Schultern. »Jetzt ist doch alles in Ordnung.« Der Kalif hielt inne, seine Finger verwoben sich mit dem seidenen Schleier. »Wenn meine Mutter in Gefangenschaft ist, wie kommt es, daß du nicht auch dort bist?«

Die Frage war wie beiläufig gestellt. Doch Mathew spürte die leichte Anspannung darin, und Hoffnung durchschoß ihn.

»Ich konnte fliehen«, sagte Meryem, schluckte ihre Tränen herunter und sah bewundernd zu dem Kalifen auf. »Ich bin zu dir geeilt, so schnell ich konnte.«

Die Antwort schien Khardan zu befriedigen, jedenfalls lächelte er liebevoll. Mathew knirschte mit den Zähnen. Siehst du denn nicht, daß sie lügt? Nur mit Mühe konnte er sich davon abhalten, aus seinem Versteck hervorzustürzen und den Mann endlich wachzurütteln.

»Laß uns zusammen glücklich sein, meine Liebe!« fuhr Meryem fort, wobei sie nähertrat und ihm streichelnd die Hände auf die Brust legte. »Ich will nicht solange warten, bis wir verheiratet sind. Die Gefahr ist so nah.« Sie schmiegte sich in seine Arme. »Wer weiß, wie lange wir noch füreinander haben?«

Khardan lächelte sie an, als er Meryem in sein Zelt zog.

Die Wut packte Mathew, Wut, wie er sie noch nie zuvor erlebt hatte.

»Beim Promenthas, ich werde ihr den Attentatsversuch auf Zohra vorwerfen! Soll sie ihn doch vor Khardan leugnen, wenn sie kann! Und wenn ich schon dabei bin, werde ich ihn auch an das kleine Silberamulett erinnern, das sie ihm um den Hals gehängt hat!«

Ohne darüber nachzudenken, wobei er wohl stören mochte, rannte Mathew zu dem Zelt hinüber. Die Klappe war noch offen; Khardan schien so sehr von Leidenschaft gepackt zu sein, daß er vergessen hatte, sie zu schließen.

Mathew schlüpfte lautlos ins Zelt. Im grellen Lampenlicht blinzelnd, wartete er ungeduldig darauf, daß sie seine Anwesenheit zur Kenntnis nahmen. Keiner der beiden tat es. Khardan hatte Mathew den Rücken zugekehrt, der Kalif schien voll damit beschäftigt zu sein, weiches Fleisch zu küssen. Meryems Arme lagen um Khardans Hals. Sie hatte die Augen geschlossen und stöhnte vor Verzückung. Keiner der beiden bemerkte den jungen Mann.

Errötend vor Scham wollte Mathew wieder hinausschlüpfen, aber da fielen ihm Meryems Hände auf: Die Haut leuchtete weiß im Licht der Lampe. Anstatt den Kalifen zu streicheln, taten diese Hände etwas höchst Seltsames: Zarte Finger schlossen sich um den Stein eines Rings an ihrer Hand und drehten ihn geschickt. Eine Nadel schoß hervor, glitzerte auf, um dann wieder im Schatten zu verschwinden, als Meryem langsam und zielstrebig den Ring auf Khardans nackten Hals zuführte.

Mathew hatte schon Ringe von Attentätern gesehen. Er wußte, daß Khardan binnen weniger Augenblicke tot sein oder im Sterben liegen würde. Die Waffen des Kalifen lagen auf einer Holztruhe am Fuß seines Betts. Mathew machte einen Satz nach vorn, packte den Dolch, und im selben Augenblick stieß der junge Hexer, ohne zu bemerken, daß sich Khardans Hand im selben Augenblick um Meryems Handgelenk schloß, der Frau das Messer in den Rücken.

Ein wimmernder Schrei betäubte ihn. Er fühlte, wie sich Meryems Leib versteifte. Warmes Blut troff über seine Hand. Der Körper zuckte gräßlich im Todeskampf und sackte gegen ihn. Entsetzt sprang Mathew zurück, und Meryem stürzte zu Boden. Sie lag auf dem Rücken, blaue, glasige Augen starrten zu ihm auf.

»Mein Gott!« flüsterte Mathew. Das blutbefleckte Messer fiel aus seiner schlaffen Hand.

Ein Schatten schlüpfte ins Zelt. Er hielt inne, schwenkte den Blick von Mathew zu dem Leichnam. Khardan beugte sich über Meryem, vielleicht auf der verzweifelten Suche nach einem Lebenszeichen.

»Gut gemacht, Blumenblüte«, bemerkte Auda.

»Khardan!« Mathew fuhr sich mit der Zunge über die trokkenen Lippen. Der Boden wankte unter seinen Füßen. »Ich ... ich ... sie war ...«

Zu seiner Verblüffung sah Khardan nur kühl zu Auda hoch.

»Du hast recht gehabt«, sagte er schleppend. »Das ist ein Werkzeug des Benario.« Der Kalif hob die schlaffe Hand und zeigte vorsichtig den Ring mit der tödlichen Nadel vor.

Mathews Augen weiteten sich. »Du hast es gewußt?« keuchte er.

Khardan warf ihm einen tadelnden Blick zu. »Natürlich. Ich habe lange über das nachgedacht, was du mir berichtet hast. Ich erinnerte mich an bestimmte Dinge, die sie zu mir gesagt hat, und begann schließlich zu begreifen. Ihr Versuch, mich für den Emir gefangenzunehmen, ist gescheitert, also ist sie zurückgekehrt, um das einzige zu tun, was ihr noch übrigblieb: mich zu ermorden.«

Mathew begann zu taumeln. Khardan schoß hoch und fing den jungen Mann in seinen Armen auf. Dann ließ er Mathew auf das Lager gleiten und bedeutete dem Schwarzen Paladin, Wasser zu bringen.

»Es geht schon!« keuchte Mathew kopfschüttelnd.

»Auda hat sie erkannt. Er hat sie in Khandar gesehen«, fuhr Khardan fort. Den Arm um Mathews Schulter gelegt, zwang er den jungen Mann dazu, wenigstens einen Schluck von der lauwarmen Flüssigkeit zu sich zu nehmen. »Meryem war keine Sultanstochter, sondern die Tochter des Kaisers mit einer seiner Konkubinen. Sie wurde Qannadi als Geschenk überreicht und handelte in seinem Dienst.«

»Ich habe sie getötet!« sagte Mathew matt. »Ich habe sie gespürt ... das Messer, wie es hineinfuhr ... dieser Schrei ...« Als er seine Hand anschaute, das feuchte und klebrige Blut, wie es im Mondlicht dunkel schimmerte, erschauerte er.

»Ihr Leben war vertan«, sagte Auda gelassen, während er neben dem Bett stand und mit Belustigung in den dunklen Augen auf Mathew hinabsah. »Sie hat schon öfter gemordet, daran besteht kein Zweifel. Das müssen die Anhänger des Benario nämlich. Sie nennen es ›Entbluten‹. Nur jemand, der hoch in der Gunst des Gotts stand und um seine

Wege wußte, hätte sich einen solchen Ring beschaffen können.«

»Khardan! Bist du in Sicherheit? Ich habe einen Schrei gehört!« Draußen vor dem Zelt ertönten Stimmen.

Auda bedeutete dem Kalifen zu bleiben, wo er war, dann nahm er Meryems Leichnam auf und trug sie hinaus. »Eine Attentäterin«, rief er der sich versammelnden Schar zu, »von Quar gesandt, um euren Kalifen zu ermorden. Glücklicherweise konnte ich sie noch rechtzeitig daran hindern!«

Mathew blickte zu Khardan auf. »Ibn Jad hat recht, Khardan. Sie hat auch versucht, Zohra umzubringen«, sagte er im heiseren Flüsterton. Stockend berichtete er dem Kalifen den Vorfall, der ihm mit ernster Miene zuhörte.

»Ihr hättet mir davon berichten müssen.«

»Hättest du uns geglaubt?« fragte Mathew leise.

»Nein. Du hast recht. Ich war damals das, für das du mich auch gehalten hast – ein blinder Narr.«

Mathew errötete, als er seine geheimsten Gedanken laut ausgesprochen hörte. »Ich habe nicht ...« begann er verwirrt.

Khardan legte dem jungen Mann die Hand auf die Schultern. »Einmal mehr, Math-hew, hast du mir das Leben gerettet.«

»Nein«, erwiderte Mathew niedergeschlagen. »Du hast von ihr gewußt. Du hast gewußt, was sie tun würde. Du warst bereit für sie.«

»Vielleicht nicht. Sie hätte nur mein Fleisch einmal verletzen müssen, dann ...« Khardan zuckte mit den Schultern. Seine Augen wandten sich von dem jungen Mann ab und blickten in die Nacht hinaus. »Glaub mir, Mat-hew«, sagte er sanft. »Ich habe dem Tod schon in vielen Gestalten ins Auge geblickt, aber als ich diesen Ring an ihrem Finger sah, als ich spürte, wie ihre Hände meine Haut berührten, überkam mich ein solches Grauen, daß meine Eingeweide sich zu Wasser verflüssigten und die Kraft aus meinem Leib entwich!« Er erschauerte und schüttelte den Kopf, als er zu Mathew zurücksah. »Es war gut, daß du gekommen bist. Dich hat Akhran geführt.«

»Ich habe einem Menschen das Leben genommen!« rief Mathew mit leiser Stimme.

»Wir tun, was wir müssen«, versetzte Khardan wie beiläufig. »Komm, junger Mann«, fügte er ungeduldig hinzu, als Mathew den Kopf schüttelte und sich weigerte, sich trösten zu lassen. »Wäre es dir lieber gewesen, wenn du zugelassen hättest, daß sie mich umbringt?«

»Nein!« Mathew hob hastig den Blick. »Es ist nur ...« Wie sollte er diesem Krieger die Lehre seiner Eltern erklären, daß sein Volk sich selbst in Kriegszeiten zu kämpfen weigerte und darauf bestand, daß alles Leben heilig sei. Und doch, dachte Mathew verwirrt, hatte es ja auch nie eine Zeit gegeben, da die Heiligkeit ihrer Heime zerstört und ihre Kinder schreiend aus den Armen ihrer Mütter gerissen worden waren.

»Du bist müde«, sagte Khardan, schlug ihm auf die Schulter und half ihm, von den Kissen aufzustehen. »Schlaf etwas, morgen früh wirst du dich schon besser fühlen. Morgen gibt es viel zu besprechen.«

Ich bin müde, dachte Mathew bei sich. Aber ob ich auch schlafen werde? Ob ich jemals wieder schlafen werde? Oder werde ich unentwegt das Blut spüren, auf alle Zeiten diesen gräßlichen Todesschrei vernehmen?

Wenigstens, bemerkte er dankbar, als er das Zelt verließ, würde er mit niemandem darüber sprechen müssen. Er konnte insgeheim und allein zurücktaumeln. Die Stammesmitglieder, die sich in der ersten Aufregung versammelt hatten, beachteten ihn nicht. Es kam zu einer überraschten Reaktion, als Auda seine Geschichte erzählte, und Mathew segnete den Paladin innerlich dafür, daß er den Mord auf sich nahm und ihn aus der Sache heraushielt. Die Leute unterhielten sich lautstark, einige Hrana behaupteten, daß sie der Frau schon auf den ersten Blick mißtraut hätten. Da damit aber Kritik am Kalifen angedeutet wurde, brüllte man sie nieder. Die Akar sprachen lautstark davon, wie sich alle von Meryems Schönheit, Unschuld und ihrem Zauber hatten täuschen lassen.

»Werft sie den Schakalen vor!« rief jemand.

Begleitet von einer Prozession von Nomaden, trug Auda den Leichnam zum Rand des Lagers. Der Körper hing schlaff im Griff des Paladins. Ein weißer Arm fiel plötzlich herab, um in einer Verhöhnung der Verführungskunst herabzubaumeln, so als versuchte Meryem ein letztes Mal, ihrem Schicksal zu entgehen. Doch wenn die Schakale diesen Körper erblickten, würden sie darin nur Fleisch zum Fressen sehen.

Schaudernd und mit einem Anflug von Übelkeit wandte Mathew sich ab.

Er spürte Augen, die sich auf ihn richteten, und als er sich umblickte, sah er Zohra im Eingang zu ihrem Zelt stehen. Sie sagte nichts, und er konnte ihren Blick nicht deuten. Sie gab ihm auch kein Zeichen, und Mathew ging nicht auf sie zu. Natürlich hatte sie Auda sprechen hören. Mathew vermutete aber, daß sie die Wahrheit erraten hatte.

Blindlings ging er weiter. Als er eher zufällig sein Zelt erreicht hatte, wollte er schon eintreten, als ihn der Gedanke daran, sich in diese erstickende Dunkelheit zu begeben, zum Würgen brachte. Mathew zog die Hand von der Zeltklappe zurück. Er atmete die kühle Nachtluft und ließ den Blick über die ihn umgebenden Zelte schweifen. Vor vielen Nächten hatte er einst dasselbe getan – war hinausgetreten, um verzweifelt zu Mond und Sternen hinaufzublicken, während er sich vorstellte, wie sie auf seine Heimat herableuchteten, sich am Wasser zahlloser Ströme, Flüsse, Seen und Teiche brachen.

Heute nacht erblickte er einen neuen Mond, der auf seiner Spitze am Horizont balancierte, als würde er sich selbst noch einmal prüfen, bevor er weiter aufstieg. Die nackte, öde Schönheit stach dem jungen Mann ins Herz.

Die Wüste ist einsam, aber das sind wir alle, eingesperrt in unsere zerbrechliche Fleischeshülle. Sie ist still, groß und leer, und sie verwischt die Spuren des Menschen in ihrem Sand mit achtloser Hand. Sie ist ewig und doch ständig im Wandel begriffen – die Dünen wandern mit dem Wind, plötzlicher Regen läßt Leben emporschießen, wo zuvor nichts anderes war als der Tod.

Die letzten Monate habe ich nur überlebt, weil ich mich davor fürchtete zu sterben. Mathew sah sich plötzlich als jenen kränklichen braunen Kaktus, die Rose des Propheten, der sich zwischen den Felsen an eine sinnlose Existenz klammerte. Auda hatte zu ihm gesagt; *Offensichtlich wurde dein Leben aus einem bestimmten Grund verschont*. Und alles, was er anscheinend mit diesem Leben anzufangen wußte, war, schmollend zu winseln und zu weinen, daß es nicht das sei, was er wollte. *Blumenblüte*, nannte Auda ihn. Er könnte entweder verfaulen oder aufblühen, um nicht nur seinem Leben, sondern auch seinem Tod einen Sinn zu geben.

Plötzlich genoß Mathew es, am Leben zu sein.

Er sah auf seine blutbefleckte Hand hinunter. Er hatte ein Leben genommen. Promenthas würde ihn dafür zur Rechenschaft ziehen. Doch er hatte es getan, um ein anderes Leben zu retten.

9

»Ich traue der Geschichte dieser Meryem nicht, vom Imam und seiner Rückkehr nach Kich«, knurrte Majiid.

»Ich habe ihr noch nie getraut«, flötete Jaafar. »Du warst es, der sie in seinem Heim beherbergte, Scheich als Fakhar – eine Beleidung für meine Tochter, eine Frau, deren Tugenden so zahlreich sind wie die Sterne am Himmel.«

Majiids Augen quollen hervor; er fauchte wie ein in die Enge getriebener Tiger.

»Kommt schon«, mischte sich Zeid selbstzufrieden ein. »Es gab drei, die zum Opfer der kaiserlichen Hure wurden – zwei davon alte Böcke, die es eigentlich besser hätten wissen müssen.«

»Alte Böcke!« kreischte Jaafar und fuhr zu Zeid herum.

Khardan, der sich die schmerzenden Schläfen rieb, schluckte die hitzigen Worte des Zorns und der Enttäuschung herunter, die ihm auf der Zunge lagen. Er zwang sich ruhig zu bleiben, und seine Stimme schlüpfte schnell und geschmeidig zwischen die Streithähne.

»Ich habe die Dschinnen nach Kich geschickt, um Meryems Geschichte zu überprüfen. Sie sollten jeden Augenblick mit einer Nachricht zurückkehren.«

»Doch wohl nicht meinen Dschinn?« Zeid funkelte Khardan böse an.

»Alle Dschinnen.«

»Wie kannst du es wagen? Raja ist mein persönlicher Dschinn! Du hast kein Recht ...«

»Wenn mein Sohn nicht gewesen wäre, hättest du überhaupt keinen persönlichen Dschinn mehr!« lachte Majiid polternd. »Wenn mein Sohn deinen Dschinn benutzen will ...«

»Wo ist Fedj?« Jaafar war aufgesprungen. »Hast du etwa Fedj genommen?«

»Ruhe!« brüllte Khardan.

Im Zelt wurde es still, die Scheichs starrten den Kalifen mit unterschiedlichen Blicken an – Zeid heimtückisch und verstohlen, Jaafar beleidigt und Majiid zornig.

»So spricht ein Sohn nicht mit seinem Vater!« erklärte Majiid wütend und erhob sich mit Hilfe eines Dieners. »Ich werde hier nicht im Zelt meines Sohnes sitzen und ...«

»Du wirst dich setzen, Vater«, sagte Khardan kalt. »Du wirst geduldig sitzen bleiben und auf die Rückkehr der Dschinnen warten. Du wirst sitzen bleiben, denn wenn du es nicht tust, ist unser Volk am Ende, dann können wir uns ebensogut dem Imam vor die Füße werfen und um Quars Gnade flehen.« Mit diesen Worten warf er den beiden anderen Scheichs einen strengen Blick zu.

»Nun ja.« Zeid glättete seinen Bart und musterte Khardan berechnend. Jaafar begann zu stöhnen, daß er verflucht sei, und murmelte, daß sie einander ohnehin ebensogut dem Quar ausliefern könnten. Majiid sah seinen Sohn böse an, dann warf er sich abrupt wieder auf den Zeltboden.

Khardan seufzte und wünschte sich, daß die Dschinnen sich beeilen würden.

Es war Nacht. Die Scheichs saßen in Khardans Zelt und

beratschlagten ihr künftiges Vorgehen. Die Männer aller drei Stämme scharten sich draußen um das Zelt, musterten einander argwöhnisch, hielten aber einen unruhigen Frieden.

Die Beratung hatte nicht sehr glücklich begonnen. Zeid hatte sie eröffnet, indem er verkündete: »Jetzt haben wir einen Propheten. Na und?«

Na und? wiederholte Khardan bei sich. Er wußte nur zu gut, in welch verzwickter Lage er sich befand. Durch die Eroberung der südlichen Ländereien von Bas war der Emir noch mächtiger geworden als damals, da er die Lager der Nomaden überfallen hatte. Qannadis Armee zählte in die Zehntausende. Seine Reiterei verfügte über magische Pferde, und Zeid hatte Berichte von seinen Spionen darüber erhalten, daß die Soldaten des Emirs – dank Achmeds Ausbildung – ebenso geschickt zu reiten und zu Pferd zu kämpfen wüßten wie jeder *Spahi*. Einer solchen Streitmacht stand nun eine Handvoll zerlumpter, halbverhungerter Stammesmitglieder gegenüber, die sich nicht einmal darin einig werden konnten, aus welcher Richtung der Wind wehte.

Eine Wolke materialisierte sich im Zelt und Khardan sah erleichtert auf, froh, seine düsteren Gedanken wenigstens vorübergehend auf etwas anderes lenken zu können.

Vier Dschinnen erschienen vor ihm – der stattliche Sond, der muskulöse Fedj, der riesige Raja und der rundliche Usti. Jeder Dschinn verneigte sich mit größtem Respekt vor Khardan, die Hände vor den Herzen gefaltet. Es war ein beeindruckender Anblick, und Majiid sah seine beiden Vettern triumphierend an, um sich davon zu überzeugen, daß er ihnen nicht entgangen war.

»Was gibt es für Neuigkeiten?« fragte Khardan streng.

»Ach, Gebieter«, antwortete Sond, der anscheinend der Sprecher geworden war, seit er nunmehr Khardan diente. »Die Frau hat wahrgesprochen. Der Imam befindet sich auf dem Rückweg nach Kich, begleitet vom Emir und seinen Truppen. Und er hat verfügt, daß alle Einwohner der Stadt ihn im Namen Quars willkommen heißen sollen. Jene, die das nicht tun, sollen getötet werden. Diese Speerspitze richtet sich geradewegs gegen unser Volk, *Sidi*, denn das sind die einzigen Ungläubigen in der Stadt.«

»Hat man sie ins Gefängnis geworfen?«

»Ja, *Sidi*. Frauen und Kinder und die jungen Männer – alle werden im Zindan festgehalten.«

»Ohne Nahrung!« warf Usti ein. Keuchend von der ungewohnten Anstrengung, war der Dschinn bei dem Gedanken daran erblaßt. Die anderen drei Dschinnen funkelten ihn böse an. Usti zuckte zurück, wedelte mit einer fetten Hand. »Ich dachte, der Gebieter soll es erfahren!«

»Dann lassen sie sie also verhungern?« schrie Majiid.

»Leise!« befahl Khardan, doch es war zu spät.

»Was? Hundesöhne! Sie werden sterben!«

Draußen vor dem Zelt machte sich Empörung breit, nachdem alle Stammesmitglieder Majiids Stimme deutlich vernommen hatten.

»Wir wollten nicht sofort damit herausplatzen, *Sidi*«, erklärte Sond und warf Usti einen giftigen Blick zu. »Und außerdem ist es nicht ganz die Wahrheit. Sie bekommen schon etwas zu essen, aber nur genug, um am Leben zu bleiben.«

»Das glaube ich nicht«, erwiderte Khardan entschieden. »Ich bin dem Emir begegnet. Er ist ein Soldat! Der würde keinen Krieg gegen Frauen und Kinder führen.«

»Verzeih mir, *Sidi*, warf Fedj ein, »aber es ist nicht der Emir, der diesen Befehl gegeben hat. Es ist Feisal, der Imam und – wie viele nunmehr sagen – der wahre Herrscher von Kich.«

»Quar ist verzweifelt«, fügte Raja hinzu, und seine polternde Stimme ließ das Zelt beben. »Der Krieg im Himmel hat sich gegen ihn gewendet, und nun wagt er es nicht, auf der Erde Kafiren in seiner Mitte zu dulden. Die Bewohner der eroberten Städte im Süden sind unruhig geworden; man spricht von Rebellion. Feisal wird an unserem Volk ein blutiges Exempel statuieren, das die Rebellen einschüchtern und disziplinieren wird.«

»Dann bleibt uns nichts anderes übrig«, schloß Khardan harsch. »Wir müssen Kich angreifen!«

»Die ersten, die dabei sterben werden, werden unsere Leute im Gefängnis sein, *Sidi*«, jammerte Usti. »Damit hat der Imam gedroht!«

Sond musterte den fetten Dschinn voll Wut und atmete ungeduldig ein, während er die Fäuste ballte.

Tief verletzt zog Usti eine Grimasse. »Du kannst mir drohen, soviel du willst, Sond! Aber es ist die Wahrheit. Schließlich bin ich doch ins Gefängnis gegangen, wenn du dich erinnerst! Nicht du! Und ich habe sie gesehen, Gebieter!« Der Dschinn fuhr fort und bahnte sich dabei seinen Weg zu Khardan. »Unsere Leute werden im Gefängnis gehalten, *Sidi*, umringt von den fanatischen Soldatenpriestern des Imam, die Tag und Nacht mit gezückten Schwertklingen Wache halten.«

»Das sind dieselben Soldatenpriester, die das Massaker an den Kafiren in Bastine verübt haben, *Sidi*«, fügte Sond zögernd hinzu. »Es besteht kein Zweifel daran, daß sie den Befehl des Imams, unser Volk zu ermorden, auch ausführen werden. Tatsächlich warten sie begierig darauf.«

»Unsere Leute wären bereits tot, bevor wir auch nur die Stadtmauern überwunden hätten«, knurrte Raja.

»Und nicht einmal über die Mauern werden wir kommen«, warf Scheich Zeid düster ein. Mit einer ausladenden Geste wies er auf das Lager, wo die Menge in ein unheilvolles Schweigen verfallen war. »Nur wenige Hundert gegen die Macht des Emir! Bah! Alles, was wir für unser Volk tun könnten wäre mit ihm zusammen zu sterben!«

»Wenn das alles ist, was wir tun können, dann müssen wir es auch tun!« sagte Khardan in verbittertem Zorn. »Können wir noch weitere Dschinnen bekommen oder vielleicht auch Ifrits?«

»Die Unsterblichen kämpfen auf ihrer eigenen Ebene, *Sidi*«, meinte Fedj und schüttelte dabei sein turbanbekleidetes Haupt. »Auch nachdem Kaug erledigt ist, tobt der Krieg weiter. Quar hat die Unsterblichen befreit, die er in Flaschen eingekerkert hat, und wenn sie auch schwach sein mögen, so sind sie doch zahlreich und verteidigen ihren Gott tapfer. *Hazrat* Akhran kann keine eigenen entbehren.«

»Wir sollten wenigstens dankbar dafür sein, daß bei der Verteidigung von Kich keine Unsterblichen mitmachen werden«, warf Sond ein, um ein paar hoffnungsvolle Worte zu sprechen.

»Wer braucht bei hunderttausend Mann schon noch Unsterbliche?« bemerkte Usti und zuckte mit den fetten Schultern.

Sond knirschte bedrohlich mit den Zähnen. »Ich glaube, ich habe gerade gehört, wie deine Gebieterin dich rief.«

»Nein!« Usti erbleichte und sah sich furchtsam um. »Das hast du doch nicht wirklich, oder?«

»Meine Vettern in Akhran«, sagte Scheich Zeid, beugte sich vor und bedeutete den anderen im Zelt das gleiche zu tun. »Es ist wahr, wie die Dschinnen berichtet haben, daß der Emir sinnloses Gemetzel verachtet. Stünde er uns in der Schlacht gegenüber, Mann gegen Mann, würde er uns alle ohne zu zögern töten, aber nicht die Unschuldigen, die Hilflosen ...«

»Er hat den Sultan von Kich und seine Familie ermordet«, unterbrach ihn Jaafar.

Zeid quittierte es mit einem gelassenen Achselzucken. »So wie ein weiser Mann nicht nur den Skorpion in seinem Stiefel tötet, sondern auch nach seinem Weibchen sucht, wissend, daß der Stachel des einen ebenso schmerzhaft ist wie der des anderen. Aber hat er danach etwa die Anhänger des Mimrim und die der anderen Götter abgeschlachtet, deren Tempel in Kich standen? Nein. Erst nachdem Feisal übernommen hatte, bekamen wir von der Wahl, Quar im Herzen oder Stahl in den Eingeweiden, zu hören. Wenn diesem Feisal etwas zustoßen sollte ...« Zeid vollführte eine anmutige Handbewegung.

»Nein!« sagte Khardan abrupt, stand auf und raffte seine Gewänder um sich, als wollte er selbst seine Kleidung noch aus der Nähe eines solchen Schmutzes entfernen. »Akhran verflucht es, kaltblütig Leben zu nehmen!«

»Vielleicht heute, in moderner Zeit«, wandte Zeid ein. »Aber es gab eine Zeit, als unsere Großväter noch jung waren ...«

»Und willst du etwa zurückkehren, anstatt nach vorn zu gehen?« verlangte Khardan zu wissen. »Welch Ehre, einen Priester zu erstechen. Ich werde zu keinem Attentäter werden wie irgendein Anhänger des Benario oder des ...«

»Zhakrin?« schlug eine leise Stimme vor.

Niemand hatte Auda eintreten hören. Niemand wußte, wie lange er schon da stand. Erschrocken und mit gerunzelter Stirn blickten die Scheichs ihn an. Mit katzengleicher Geschmeidigkeit erhob sich der Paladin, um sich vor Khardan aufzubauen.

»Ich erinnere dich an deinen Schwur, Bruder.«

»Mein Schwur lautete, dein Leben zu schützen, deinen Tod zu rächen! Aber nicht, einen Mord zu begehen!«

»Darum bitte ich dich gar nicht. Ich werde schon tun, was getan werden muß«, erwiderte Auda kühl. »Tatsächlich darf nur meine eigene Hand Feisal niederstrecken, wenn ich den Schwur erfüllen soll, den ich meinem toten Bruder abgeleistet habe. Aber ich möchte meinen Rücken nicht ungedeckt wissen. Deshalb rufe ich dich auf, mit mir nach Kich zu reiten und mir dabei zu helfen, durch Stadt- und Tempeltor zu gelangen und ...«

»... und beiseite zu räumen, während du deinen verfluchten Dolch in den Mann stößt? Die Augen abzuwenden wie eine Frau?« Khardans Hand zischte heftig durch die Luft. »Nein! Ich sage es noch einmal, nein!«

»Ein zimperlicher Prophet«, murmelte Zeid und strich sich dabei durch den Bart.

Khardan fuhr zu ihnen herum. »Der Imam hat unsere Familien, unsere Frauen, unsere Schwestern, unsere Kinder, unsere Brüder, unsere Vettern gefangengenommen. Er hat unsere Heime vernichtet, unsere Nahrung gestohlen, hat uns nicht übriggelassen außer unserer Ehre. Und nun scheint es, als wolltet ihr ihm diese Ehre auch noch ausliefern. Dann wären wir, gleich was geschieht, wahrhaftig zu Sklaven Quars geworden.« Hochaufragend stand der Kalif da, seine Stimme bebte in stolzem Zorn. »Ich werde weder meine Ehre preisgeben noch die Ehre meines Volks!«

Einer nach dem anderen senkten die Scheichs die Augen

vor Khardans Blick. Majiid war der letzte, doch schließlich suchte auch sein Blick den Teppich unter seinen Füßen, das Antlitz gerötet vor Trauer, Enttäuschung und Wut.

»Was, im Namen Akhrans, sollen wir dann tun!« rief er plötzlich.

»Ich werde tun, was ich mit jedem anderen Gegner tun würde, der mich solcherart beleidigt hat«, sagte Khardan. »Ich werde tun, was ich auch täte, wenn dieser Feisal nicht Feisal, sondern Zeid al Saban wäre oder Jaafar al Widjar. Ich werde nach Kich reiten und den Emir herausfordern, sich uns im gerechten Kampf zu stellen, mit der Abmachung, daß wir, sollten wir siegen, sein Volk unbehelligt lassen, und daß er, sollten wir verlieren, mit uns dasselbe tut. So werde ich meinen Schwur erfüllen, den ich dir geleistet habe, Auda ibn Jad«, fügte Khardan hinzu und blickte dabei den Paladin an, der ihn mit verächtlich gerunzelter Stirn zuhörte. »Ich werde selbst hingehen und dem Emir unsere Herausforderung darstellen. Du wirst mit mir durch das Tor treten, und wir werden uns gemeinsam seinen Gefahren stellen. Doch vorher mußt du mir dein Wort geben, daß du, sollte der Emir auf unseren Handel eingehen, nichts gegen den Imam unternehmen wirst, bevor mein Volk nicht in der Wüste in Sicherheit ist.«

»Der Emir wird sich nicht auf deinen Plan einlassen, Bruder! Wenn du Glück hast, wird er dir auf der Stelle den Kopf abhacken. Wenn nicht, wirft er dich in den Zindan und überläßt es seinen Scharfrichtern, dich in Dingen der Ehre zu belehren! Und dann werde ich zwei Tode zu sühnen haben!« antwortete Auda angwidert.

»Höchstwahrscheinlich«, bestätigte Khardan mit ernstem Nicken.

Der Schwarze Paladin musterte Khardan. »Ich könnte dich jetzt auch verlassen und losziehen, um die Tat ohne dich zu vollbringen. Dein Schwertarm ist kräftig, aber ich kann mir auch Arme suchen, die ebenso kräftig und weitaus williger sind. Weshalb bleibe ich dann? Weshalb lasse ich das über mich ergehen? Weshalb haben die Götter unser Blut vermischt und unsere Schwüre erhört, obwohl sie wußten, daß sie nicht zueinander paßten, daß sie im Irrglauben gesprochen wurden?«

Auda ibn Jad schüttelte langsam den Kopf, seine Augen glitzerten dunkel vor Verwunderung. »Ich kenne die Antwort darauf nicht. Ich kann nur glauben. Dies verspreche ich dir, Khardan, Prophet eines fremden Gotts. Solltest du durch irgendeinen unglaublichen Zufall obsiegen, werde ich dem Imam kein Haar krümmen, bevor die Sonne nicht dreimal über deinem Volk auf- und untergegangen ist, nachdem es die Stadt verlassen hat. Zufrieden?«

Khardan nickte. »Ich bin zufrieden.«

»Dann soll hiermit auch festgehalten werden, daß dein Tod mich von diesem Eid entbindet«, sagte Auda mißmutig.

»Natürlich«, willigte Khardan mit leisem Lächeln ein.

»Dann reiten wir also nach Kich«, sagte Majiid grimmig und stand auf.

»Wir reiten in den Tod«, murmelte Jaafar.

»Ohne jede Hoffnung«, fügte Zeid hinzu.

»Überhaupt nicht!« ertönte eine klare, zuversichtliche Stimme.

10

Zohra teilte die Zeltklappe und trat ein, gefolgt von Mathew.

Die Scheichs blickten wütend drein. »Verschwinde, Frau«, befahl Majiid. »Wir haben wichtige Angelegenheiten zu besprechen.«

»Rede nicht in diesem Ton mit meiner Tochter!« Jaafar schüttelte die Faust. »Sie kann immerhin Sand in Wasser verwandeln!«

»Dann wünsche ich, sie würde aus dieser Wüste einen Ozean machen und dich ertränken!« brüllte Majiid.

Ermüdet von dem Gezänk winkte Khardan seiner Frau zu. »Mein Vater hat recht«, begann er herrisch. »Dies ist kein Ort für Frauen ...«

»Mann!« Zohra sprach nicht laut. Aber die Klarheit und die Festigkeit ihrer Stimme setzten den Streitereien ein Ende. »Ich verlange, gehört zu werden.« Die Augen allein auf Khardan gerichtet, stellte Zohra sich vor ihren Gatten. Ihr verschleierter Kopf war hocherhoben; sie war in den schlichten weißen Kaftan gekleidet. Der schwarzgekleidete Mathew folgte ihr. Der junge Mann hatte eine neue Würde an sich, die beeindruckend war, die Frau dagegen strahlte eine Ruhe und Selbstsicherheit aus, die selbst die Dschinnen dazu bewegte, sich zu verneigen und ihnen den Weg freizumachen.

»Also gut«, antwortete Khardan und bemühte sich, streng dreinzublicken. »Was willst du sagen, Frau? Sprich, wir haben nicht viel Zeit.«

»Wenn es dir nicht gelingen sollte, den Emir zum Kampf zu bewegen, scheint es mir offensichtlich zu sein, daß wir unsere Leute aus dem Gefängnis befreien müssen.«

»Das ist uns allen offensichtlich, Frau«, entgegnete Khardan, der nun schnell die Geduld verlor. »Wir haben den Plan ...«

»Den Plan, zu sterben«, bemerkte Zohra. »Und unser Volk wird sterben. Dies ist keine Schlacht, die von Männern und ihren Schwertern gewonnen werden kann.« Sie blickte Mathew an, der daraufhin nickte. Zohra wandte sich wieder ihrem Gatten zu. »Aber dies ist eine Schlacht, die von Frauen und ihrer Magie gewonnen werden kann.«

»Bah!« schrie Majiid ungeduldig. »Sie vergeudet nur unsere Zeit, mein Sohn. Sage ihr, sie soll ans Ziegenmelken zurückgehen ...«

»Zwei, die über Magie verfügen, können unsere Leute befreien, was Hunderte mit Schwertern nicht vermögen!« sagte Zohra; in ihren dunklen Augen stand ein Glitzern wie Sterne am Nachthimmel. »Mat-hew und ich haben einen Plan.«

»Wir werden uns euren Plan anhören«, entschied Khardan matt.

»Nein.« Mathew meldete sich zu Wort. Er hatte gesehen, welche Blicke der Kalif und die anderen miteinander gewechselt hatten, die Vorbereitungen darauf, der Frau ihre Laune zu lassen, um sie danach wieder wegzuschicken. Er wußte, daß die Scheichs und Khardan es nie verstehen würden; daß es ihnen nur Unglauben und Hohn einbringen würde, wenn er ihnen seine Idee vorstellen sollte, und dann würde Mathew schließlich zurückbleiben müssen, während Khardan in den sicheren Tod ritt. »Nein, das ist ein Gewerk des Sul, und daher ist es untersagt, darüber zu sprechen. Du mußt uns vertrauen ...«

»Einer Frau, die sich für einen Mann hält, und einem Mann, der meint, er sei eine Frau? Ha!« Majiid lachte.

»Wir bitten nur darum«, sagte Mathew, ohne dem Scheich Beachtung zu schenken, »daß du uns mit nach Kich nimmst ...«

Khardan schüttelte den Kopf, seine Miene war streng und düster. »Das ist zu gefährlich ...«

Zohra stieß Mathew beiseite. »Akhran hat uns zusammen auf diese schreckliche Burg geschickt, Mann, und zusammen hat er uns wieder daraus hervorgebracht! Durch seinen Willen wurden wir beide verehelicht, durch seinen Willen wurden wir zusammengeführt, um unser Volk zu retten! Nimm uns mit zum Emir. Wenn er uns auf der Stelle erschlägt, dann ist das der Wille Akhrans, und wir sterben zusammen. Wirft er uns in den Zindan, um mit unserem Volk zu sterben, dann haben wir die Möglichkeit, es mit Hilfe unserer Magie zu retten!« Sie hob das Kinn, und ihre Augen loderten vor Stolz. »Oder hat Akhran dir das Recht gegeben, dein Leben für unser Volk aufs Spiel zu setzen, Mann, und es mir verweigert, weil ich eine Frau bin?«

Khardan musterte seine Frau in nachdenklichem Schweigen. Majiid schnaubte angewidert. Die Dschinnen wechselten erwartungsvolle Blicke und hoben die Augenbrauen. Zeid und Jaafar rührten sich unbehaglich, aber keiner der beiden sagte etwas. Die Miene des Kalifen verfinsterte sich weiter. Er richtete den Blick auf Mathew.

»Das hier ist nicht dein Volk. Es ist nicht dein Land und auch nicht dein Gott. Für uns wird die Gefahr in Kich groß sein, für dich dagegen noch größer. Wenn sie dich gefangennehmen, werden sie nicht ruhen, bevor sie herausgefunden haben, woher du stammst und welche Geheimnisse du in deinem Herzen trägst.«

»Das weiß ich, Kalif«, erwiderte Mathew gefaßt.

»Aber weißt du auch, daß sie dir diese Geheimnisse mit kaltem Stahl und heißen Nadeln entreißen werden? Sie werden dir die Augen ausstechen und die Glieder abhacken ...«

»Ja, Kalif«, antwortete Mathew leise.

»Wir kämpfen, um jene zu retten, die wir lieben. Doch weshalb setzt du dich dieser Gefahr aus?«

Mathew hob den Blick und sah in Khardans Augen. Laut erwiderte er: »Für meinen Gott ist jedes Leben heilig. In seinem Namen ward mir befohlen, mit Hilfe Suls alles zu tun, was ich kann, um die Unschuldigen und Hilflosen zu schützen.«

»Die Gefahr für ihn wird nicht größer sein als unsere. Er kann sich als Frau verkleiden, mein Gatte«, schlug Zohra vor. »Das Gepäck dieser Teufelin Meryem befindet sich noch in ihrem Zelt. Mat-hew kann ihre Kleider tragen. Das wäre ohnehin besser, weil uns die Wachen dann zusammenlassen und uns im Gefängnis zu den Frauen stecken werden.«

Khardan stand kurz davor sich zu weigern. Mathew konnte es in den müden Augen des Manns ablesen. Der junge Hexer wußte, daß Zohra es ebenfalls sah, denn er spürte, wie sich ihr Körper versteifte, und er hörte das tiefe Einatmen, mit dem sie Einwände vorbringen und Beschimpfungen rufen würde. Er überlegte schon, wie er sie aus dem Zelt locken und an irgendeinen Ort bringen konnte, wo es ihm möglich gewesen wäre, vernünftig auf sie einzureden, als sich plötzlich Auda zu Khardan vorbeugte und dem Kalifen etwas ins Ohr flüsterte.

Khardan hörte ihm widerwillig zu, den Blick auf seine Frau und Mathew geheftet. Mit einer unwirschen Geste schnitt er Auda das Wort ab. Der Paladin verstummte und wich zurück. Khardan schwieg einen Augenblick, dann sagte er: »Ich hatte vor, euch bei den Kranken und Alten im Lager zurückzulassen. Sie bedürfen eurer Fertigkeiten.

Aber gut, Frau«, sagte er barsch. »Du wirst mitkommen und Mat-hew auch.«

Majiid starrte seinen Sohn überrascht an, öffnete den Mund, doch eine schnelle Geste Khardans ließ ihn schweigen.

»Danke, Mann«, sagte Zohra. Wäre die Sonne plötzlich vom Himmel gefallen, um in der Zeltmitte in Flammen auszubrechen, sie hätte nicht heller lodern können. Zohra verneigte sich respektvoll mit gesenkten Augen; doch dabei warf sie ihrem Mann einen kurzen, triumphierenden Blick zu, Auda dagegen einen warmherzigen, dankbaren.

Khardans Stirn verfinsterte sich, aber er sagte nichts. Als Mathew Audas Augen auf Zohra ruhen sah, gefiel ihm dieser Gesinnungswandel Khardans und das plötzliche Interesse an Zohra von Seiten Audas nicht. Er mißtraute allem, was dahinterstecken mochte, und wäre zu gern geblieben, um mitanzuhören, was als nächstes besprochen wurde, doch Khardan entließ sie beide. Dem jungen Hexer blieb nichts anderes übrig, als Zohra aus dem Zelt zu folgen.

Draußen blieb Mathew noch eine Weile stehen; er hoffte, das Gespräch belauschen zu können, doch da erschien Sond im Zelteingang und blickte ihn streng an. Im Inneren war nur Schweigen zu vernehmen, und Mathew wußte, daß das Gespräch erst fortgesetzt werden würde, nachdem er und Zohra gegangen waren.

Seufzend lief er hinter Zohra her, und der junge Mann fragte sich nüchtern und düster, wer da eigentlich wirklich gewonnen haben mochte.

»Sind sie fort?«

Sond, der im Zelteingang stand, nickte.

»Auda ibn Jad hat recht«, sagte der Kalif und schnitt seinem Vater den Einwand schon ab, bevor Majiid auch nur etwas sagen konnte. »So stur, wie …« Er schluckte »… meine Frau ist, würde sie, wenn wir sie unbewacht hier zurückließen, zweifellos irgendeinen törichten eigenen Plan verfolgen. Da ist es besser, beide bei uns zu halten, wo wir ein Auge auf sie werfen können.«

Das waren nicht Audas Worte gewesen. Er hatte Khardan an etwas erinnert, was der Kalif bereits wußte – Mathew war ein erfahrener Zauberer, Zohra eine fähige Schülerin. In dieser verzweifelten Situation konnten sie auf keine noch so geringe Hilfe verzichten. Khardan fragte sich, weshalb es ihn stören sollte, daß Auda eine Frau pries, die nicht die seine war; die lobenden Worte, die der Paladin für sie fand, waren dem Kalifen wie der feurige Stich der roten Ameise.

»Die Männer sollen morgen früh zum Ausritt bereit sein«, sagte Khardan abrupt, stand auf und beendete damit die Diskussion. Er wollte nun nur noch alleine sein. »Wenn alles gut läuft, wird sich der Emir uns in gerechtem Kampf stellen ...«

»Gerecht? Zehntausend gegen einen?« murmelte Jaafar düster.

»Gerecht für die Akar!« versetzte Majiid. »Wenn die Hrana Feiglinge sind, können sie sich ja hinter ihren Schafen verstecken!«

»Feiglinge!« Jaafar kochte vor Wut. »Ich habe nie gesagt ...«

»Wenn es schiefläuft«, fuhr Khardan laut fort, »und ich gefangengenommen werde, dann werde ich bis zum Ende kämpfen. Ebenso unsere Leute im Gefängnis. Auch wenn sie von Schwertern umringt sind, werden sie mit nackten Händen um ihr Leben kämpfen. Und ihr werdet die Stadt angreifen, vielleicht ohne Hoffnung, aber dann schickt wenigstens so viele von Quars Anhängern zu ihrem Gott, wie ihr nur könnt, bevor ihr fallt!«

Majiid, dessen trübe Augen ihr altes, heftiges Feuer aufwiesen, schlug seinem Sohn auf den Rücken. »Akhran hat seinen Propheten weise ausgewählt!« Er packte Khardan mit beiden Händen, küßte dem Kalifen die Wangen und verließ das Zelt, um mit dröhnender Stimme sein Volk zu den Waffen zu rufen.

Jaafar trat an den Kalifen heran. Das Gesicht des kleinen Manns, das selbst in seinen glücklichsten Augenblicken immer noch traurig wirkte, schien sich in Tränen auflösen zu wollen. Er strich Khardan über den Arm, sah sich verstohlen um, ob niemand ihn hören konnte, und flüsterte: »Akhran weiß, daß ich ein Verfluchter bin. Nichts ist je für mich so gekommen, wie es hätte sein sollen. Aber langsam beginne ich zu glauben, daß seine Wahl meines Schwiegersohns kein Fluch gewesen ist.«

Zeid sagte nichts, er blickte Khardan nur berechnend an, als würde er selbst jetzt noch Mißtrauen hegen und sich überlegen, was der Kalif für ein Spiel treiben mochte. Der *Meharist*e entbot ein respektvolles *Salaam*, dann ging er mit Raja davon. Auch Auda war offensichtlich schon gegangen, denn als Khardan sich wieder an ihn erinnerte und ihn ansprechen wollte, war der Schwarze Paladin nicht mehr im Zelt.

Alleingelassen ließ sich der Kalif niedergeschlagen auf die am Zeltboden liegenden Kissen nieder. Er war nicht für diese Art von Leben bestimmt. Der Geschmack von Honig behagte ihm nicht auf der Zunge – Honig, mit dem bittere Worte versüßt wurden, damit andere sie schluckten. Er zog es vor, geradeaus und ehrlich zu reden. Wenn er schon Worte machen mußte, dann sollte seine Zunge so scharf und wahrhaftig sein wie seine Klinge. Doch leider stand ihm in dieser schweren Zeit nicht der Luxus zur Verfügung, offen auszusprechen, was er dachte.

Erschöpft ließ er die Schultern hängen und legte sich hin. So müde er auch war, hegte er doch wenig Hoffnung auf Schlaf. Jedesmal, wenn er die Augen schloß, erblickte er blondes Haar, lächelnde Lippen und spürte den Stich einer vergifteten Nadel ...

»Ich bitte um Verzeihung, Gebieter«, sagte eine leise Stimme und ließ Khardan hellwach emporschießen. »Aber ich möchte dir etwas unter vier Augen sagen.«

»Ja, Sond, was ist?« fragte Khardan widerstrebend, als er in der ernsten Miene des Dschinns die Aussicht auf weitere schlechte Nachrichten erkannte.

»Wie du dir gedacht haben wirst, *Sidi*, haben wir Dschinnen uns die Beschaffung der Informationen geteilt. Usti wurde ins Gefängnis gesteckt – wir glaubten, daß er dort am wenigsten Unfug anstellen würde. Raja hat sich unter das Volk von Kich gemischt. Fedj hat die Priester des Imams so gut ausspioniert, wie es ihm möglich war, ohne den Tempel zu betreten, was wir natürlich nicht tun können, da es sich um den geweihten Boden einer anderen Gottheit handelt. Ich selbst bin nach Norden gereist, *Sidi*, und habe mich unter die Soldaten des Emirs gemischt.«

»Du hast Nachricht von Achmed«, riet Khardan.

»Ja, *Sidi*.« Sond verneigte sich. »Ich hoffe, ich habe nicht unrecht gehandelt.«

»Nein. Ich bin froh von ihm zu hören. Er ist immer noch mein Bruder. Nichts kann daran etwas ändern.«

»Ich dachte mir, daß du so empfindest, *Sidi*, deshalb habe ich mir diese Freiheit herausgenommen. Ich habe einige seltsame Dinge belauscht, die man sich über ihn und eine Frau erzählte, welche er sich vor kurzem genommen hatte. Eine Frau, die ihn unter geheimnisvollen Umständen verlassen hat.«

Khardans Miene verdunkelte sich. Er sagte nichts, blickte aber den Dschinn eindringlich an.

»Ich habe abgewartet, bis der junge Mann gegangen ist, um sich irgendwelcher Pflichten anzunehmen, dann habe ich sein Zelt betreten. Dort habe ich dies hier gefunden, *Sidi*.« Sond überreichte Khardan ein kleines Stück Pergament.

»Was besagt das?« fragte der Kalif, während er die fremdartigen Zeichen mißtrauisch beäugte.

Sond las ihm die Nachricht vor, die Meryem für Achmed zurückgelassen hatte.

»Es scheint, daß sie viele Wochen bei ihm war, *Sidi*«, erläuterte Sond sanft. »Es besteht kein Zweifel daran, daß er von ihr betört war. Seit sie fort ist, fällt jedem seine traurige Miene auf.«

»Was hatte sie mit ihm vor?« fragte Khardan, während er das Papier zerknüllte.

»Das läßt sich nur vermuten, Gebieter. Aber ich habe noch viele andere Dinge über deinen Bruder vernommen, als ich bei den Soldaten war. Er ist ein Liebling von Qannadi, dessen Männer ebenfalls gelernt haben, den Kafiren, wie sie ihn nennen, zu achten. Achmed hat sich bewährt, im Feld und außerhalb. Qannadi hat zwar eigene Söhne, aber die sind weit fort am Hof des Kaisers. Es besteht kaum ein Zweifel daran, daß Achmed, sollte der Emir sterben, zu einer hohen Stellung von großer Macht aufsteigen könnte. Ich vermute, daß die Frau Meryem davon wußte und vorhatte, mit ihm zusammen aufzusteigen. Vielleicht sogar dafür zu sorgen, daß es etwas schneller ging als erwartet.«

»Was kann unser Gott nur damit bezwecken?« fragte Khardan verwundert. »Indem wir Meryem getötet haben, haben wir dem Emir vielleicht das Leben gerettet.« Er atmete tief durch. »Sond, wird mein Bruder nach Kich kommen?«

»Ja, *Sidi*. Er ist Hauptmann der Reiterei des Emirs.«

»Ist er ... ist er zu Quar übergetreten?«

»Das glaube ich nicht, *Sidi*! Die Männer sagen, daß dein Bruder keinen Gott verehrt. Er behauptet, daß Menschen auf sich allein gestellt seien.«

»Was wird er tun, wenn sein Volk angegriffen wird?«

»Ich weiß es nicht, *Sidi*. Meine Sicht reicht zwar weit, aber ins Herz eines Menschen kann ich nicht schauen.«

Khardan seufzte. »Danke, Sond. Du kannst gehen. Du hast recht getan.«

»Der Segen Akhrans sei mit dir, Gebieter«, erwiderte der Dschinn und verneigte sich. »Möge er dich mit Weisheit berühren.«

»Ja, das möge er wirklich«, murmelte Khardan und legte sich nieder, um nachdenklich in die Dunkelheit hinauszustarren, die sich immer stärker um ihn zusammenzuziehen schien.

Das Buch Akhran

1

Hrana, Akar, Aran: Die Stämme ritten schnell und in düsterem Schweigen in Richtung Kich, jeder Mann hing seinen eigenen dunklen Gedanken nach. Nicht einmal Khardan glaubte, daß der Emir ihre Herausforderung annehmen würde. Der Imam hatte erklärt, daß die Kafiren sich entweder bekehren lassen oder sterben würden, und von dieser Haltung würde er nicht abrücken. Dies war der letzte Ritt des Wüstenvolks. Dies war das Ende – des Lebens, der Zukunft. Die Hoffnung, die in beinahe jedem Herzen wuchs, hatte den Geschmack eines bitteren Krauts – sie bestand allein darin, nach dem Tod vor Akhran stehen und sagen zu können: »Ich starb ehrenvoll.« Als die Nomaden das Lager am Tel verließen, war Khardan nicht überrascht zu sehen, daß die Rose des Propheten dem Tod näher zu sein schien als je zuvor. Und doch klammerte sie sich mit sturer Beharrlichkeit ans Leben.

Nur in zwei Herzen jedoch keimte echte Hoffnung. Zohra hatte noch nie von diesem ›Nebel‹ gehört, von dem Mathew sagte, daß er in dem fremden Land, aus dem er stammte, häufig vorkomme. Sie empfand es als schwierig, sich vorzustellen, daß Wolken vom Himmel herabstiegen, um ihrem Befehl zu gehorchen, sie zu umhüllen und zu beschützen und die Augen ihrer Feinde zu verwirren. Doch sie hatte gesehen, wie Mathew eine dieser Wolken in ihrem Zelt aus dem Wasser einer Schale heraufbeschworen hatte. Sie hatte ihre kalte und klamme Berührung auf ihrer Haut gespürt, ihren seltsamen Geruch wahrgenommen und staunend mitangesehen, wie Mathew nach und nach vor ihren Augen verschwunden war, während vertraute Gegenstände im Zelt entweder ebenfalls verschwanden oder fremdartig und unwirklich auszusehen begannen.

Sie hatte geglaubt, daß Mathews Körper sich in den Nebel verwandelt hatte, bis er etwas gesprochen und nach ihr gegriffen hatte. Seine Hand hatte sie gepackt, und da war die Enttäuschung gekommen.

»Was nützt denn eine Wolke, die nicht einmal eine Hand aufhalten kann, ganz zu schweigen von Schwertklingen oder Pfeilen?«

Geduldig hatte Mathew ihr erklärt, daß, wenn man jeder Frau die Magie beibrächte, ihren eigenen ›Nebel‹ zu beschwören, es am Ende eine riesige Wolke ergeben würde. Dann könnten sie die Verwirrung der Wachen nutzen, anzugreifen und die Gefängnismauern zu überwinden.

»Du kennst doch bestimmt auch Zauber, die wie ein ganzes Heer auf unserer Seite kämpfen können!« hatte sie beharrlich gefragt.

Ja, hatte er geduldig geantwortet, aber man muß viel studieren, um sie wirkungsvoll anzuwenden. Ohne entsprechende Übung mit dieser Magie ist ein solcher Zauber für den, der ihn verhängt, gefährlicher als für das Opfer.

»Der Nebelzauber läßt sich vergleichsweise leicht ausführen. Es wird keine Schwierigkeiten machen, ihn den Frauen beizubringen. Wir brauchen lediglich eine Wasserquelle, und die wird es doch im Gefängnis bestimmt geben.«

»Hast du das schon einmal gemacht?« hatte Zohra gefragt.

»Natürlich.«

»Mit vielen Leuten?«

Er hatte nicht geantwortet, und Zohra hatte die Angelegenheit nicht weiter verfolgt.

Zwei harte Tagesritte auf den *Mehara* und jenen Pferden, die sie vor der Schlacht hatten retten können, führten die Männer in die Hügel der schafzüchtenden Hrana. Dort waren nur wenige übrig, um sie zu begrüßen; alte Männer und Frauen zumeist, die der Emir für nutzlos gehalten und zurückgelassen hatte. Sie hießen ihren Scheich zwar willkommen, bedachten die Prinzessin und ihren Gatten aber mit mürrischen Worten und verbitterten Blicken. Erst als Fedj erschien und ihnen die Geschichte von Khardan dem Propheten erzählte, begannen sie den Kalifen mit größerem

Respekt zu betrachten – wenn auch nicht weniger mißtrauisch.

Als die Geschichte schließlich spät in der Nacht endete, war sie inzwischen so ausgeschmückt worden, daß Khardan zu Auda meinte, daß sie nicht wiederzuerkennen sei. Immerhin erzielte die Geschichte ihre beabsichtigte Wirkung. Sobald die Menschen von Jaafars Stamm, die sich mit den Überresten ihrer Herde in die Hügel zurückgezogen hatten, erfuhren, daß Khardan in Akhrans Gunst stand, schütteten sie ihm all ihre Leiden aus: Das Wasser war knapp, Nahrungsmittel teuer, Wölfe überfielen die Herden, sie machten sich Sorgen über ihre in Kich gefangengehaltenen Familien. Wann würde der Prophet es regnen lassen? Wann würde er ihnen Weizen und Reis bescheren? Wann würde er die Wölfe vertreiben? Wann würde er auf Kich marschieren und ihr Volk befreien?

Lange nachdem Zohra sich zurückgezogen hatte, lange nachdem Mathew schon in eine Decke zusammengerollt am Boden einer leeren Hütte lag, saß Khardan mit seinem Schwiegervater und dem stummen, wachsamen Auda um ein flackerndes Feuer. Immer wieder unterdrückte er ein Gähnen und antwortete geduldig auf alles mit ›Ja‹ oder ›Wenn Akhran die Zeit für gekommen hält‹. Er sagte nicht, daß ›Akhrans Zeit‹ in Wirklichkeit ›niemals‹ hieße, aber alle vernahmen seine unausgesprochenen Worte, bemerkten die Verzweiflung in den dunklen Augen und verließen ihn einer nach dem anderen. Sond mußte den müden Kalifen beinahe zu seiner Unterkunft tragen, wo er in einen von Düsterkeit beschwerten Schlaf fiel.

Die Stille der Nacht in den Hügeln gleicht nicht der Stille der Wüstennacht. Die Stille der Hügel ist ein Gewebe aus vielen winzigen Geräuschen von Baum und Vogel und Tier, das sich leicht über den Schlafenden legt. Die Stille der Wüste ist das Wispern des Winds über den Sand, das Knurren einer umherstreifenden Löwin, die einen Schlafenden manchmal mit einem Ruck aufwecken.

Als Zohra auffuhr und mit sämtlichen Sinnen versuchte

festzustellen, was sie aufgeschreckt hatte, schien es ihr, als sei sie wieder in der Wüste. Nicht das leiseste Geräusch; alles war viel zu still. Ihre Hand schlüpfte unter das Kopfkissen, die Finger tasteten nach dem Griff ihres Dolchs, doch da schloß sich ein harter Griff um ihr Handgelenk.

»Es ist Auda.« Sein Atem berührte ihre Haut. Er sprach so leise, daß sie seine Worte eher fühlte als hörte.

»Wir haben nicht mehr viel Zeit!« hauchte seine Stimme in ihr Ohr. »Morgen treffen wir in Kich ein, und mein Leben ist vertan, in der Erfüllung meines Schwurs. Wohne mir diese Nacht bei! Gib mir einen Sohn!«

Langsam beruhigte Zohra sich. Das Herz hämmerte nicht mehr in ihrer Brust, das Blut rauschte nicht mehr in den Ohren. Ihr Atem ging gelassener; sie entspannte sich.

»Du schreist nicht. Ich wußte, daß du es nicht tun würdest.« Er löste seinen Griff um ihre Hand und zog sie an sich.

»Nein.« Zohra schüttelte den Kopf. »Das ist nicht nötig. Ich bin mir meiner selbst sicher.«

Er konnte sie nicht sehen; die Dunkelheit war undurchdringlich. Aber er spürte die Bewegung ihres Kopfs, wie das lange, seidige Haar gegen sein Handgelenk strich. Er schob seine Hand vor, um ihr Haar zu teilen; seine Lippen berührten ihre Wange.

»Niemand außer dir und mir wird es jemals erfahren.«

»Einer noch«, sagte sie. »Khardan.«

»Ja.« Auda überlegte. »Du hast recht. Er wird es wissen. Aber er wird es mir nicht neiden, denn ich werde tot sein. Und er wird leben. Und er wird dich haben.«

Auda fuhr mit den Händen durch ihr zerzaustes Haar. Die Dunkelheit war weich und warm und duftete nach Jasmin. Er formte die Hand zu einer Schale unter ihrem Kinn, führte ihre Lippen an seine und harrte erwartungsvoll, zuversichtlich ihrer Antwort.

Am nächsten Morgen verließ das Nomadenheer die Hrana, nahm nur jene alten Männer mit, die darauf beharrten, daß sie weiter reiten und besser kämpfen könnten als drei junge.

Khardan, der an der Spitze ritt, bemerkte, daß Zohra ungewöhnlich ruhig und gedankenverloren wirkte.

Er hatte zu Beginn der Reise darauf bestanden, daß sie und Mathew ihn begleiteten, anstatt im Troß den üblichen Platz der Frauen einzunehmen. Das war sowohl eine Konzession an seinen Vater, der nie aufhörte zu argwöhnen, daß Jaafar und seine Tochter gegen ihn Ränke schmiedeten, wie auch an sich selbst. Während der langen Stunden des Ritts, da er viel zuviel Zeit zum Nachdenken hatte, begriff er, daß es ihm schwergefallen wäre, sie zurückzulassen. Irgendwie war es ihm ein Trost, hinüberblicken zu können, um sie mit der Selbstsicherheit eines Manns und der Anmut einer Frau auf ihrem Pferd sitzen zu sehen.

Doch wie sie an diesem Tag aus den Hügeln ritten und sich ihren Weg entlang der quälenden Pfade bahnten, die in den roten Fels gehauen waren, spürte Khardan wieder das Gefühl feuriger Zangen, das Unbehagen einer namenlosen Gereiztheit. Zohra wirkte abweisend. Sie ritt allein, nicht neben Mathew und wies die Versuche des jungen Manns zurück, sie in ein Gespräch zu verwickeln. Sie würdigte niemanden eines Blicks, der in ihrer Nähe ritt – weder Mathew noch Khardan, noch den allgegenwärtigen, immer wachsamen Paladin.

»Eine prächtige Frau«, sagte Auda, als er Khardans Blick verfolgte. »Sie wird einem Mann viele prächtige Söhne gebären.«

Keine Klinge, die Khardan jemals getroffen hatte, hatte ihm solchen Schmerz bereitet wie diese Worte. Er riß mit solcher Heftigkeit an den Zügeln seines Pferds, daß sich das Tier beinahe überschlug, dann starrte er den Schwarzen Paladin zornig an. Der Kalif musterte dessen grausame Augen. Wenn er darin auch nur den winzigsten Funken wahrnehmen sollte, dann würde dieser Mann sterben müssen.

»Viele prächtige Söhne«, wiederholte Auda. Seine Augen waren kalt, ausdruckslos bis auf ein Flackern, das nicht das Glitzern des Triumphs, sondern die Bewunderung des Kriegers war. »... dem Mann, den sie liebt.«

Mit einem verlegenen Lächeln verneigte sich Auda vor dem Kalifen, wendete sein Pferd und ritt ein Stück zurück, um sich dem Troß der Männer anzuschließen.

Alleingelassen atmete Khardan tief durch. Das Eisen war ihm aus dem Herzen gerissen worden, doch die Wunde, die zurückblieb, blutete heftig und durchströmte seinen Körper mit einer gespenstischen, schmerzhaften Wärme. Er blickte zu Zohra hinüber, wie sie stolz und heftig allein dahinritt – neben und nicht hinter ihm.

»Prächtige Söhne«, sagte er bei sich verbittert, »Und viele prächtige Töchter. Aber nicht für uns. Dazu ist es zu spät. Für uns wird die Rose niemals blühen.«

Nach einer harten Woche gelangten die Nomaden schließlich in die Sichtweite von Kich. Es war später Nachmittag. Khardan hatte Kundschafter vorausgeschickt, um einen sicheren Lagerplatz ausfindig zu machen; die Kuriere waren zurückgekehrt und hatten die Entdeckung eines großen Winzerguts gemeldet, das an einem Hang lag, nahe genug bei der Stadt, um ihre Mauern und die sie bewachenden Soldaten auszumachen. Am Fuß des Bergs führte eine glatte, breite Straße über die Ebene den Stadtmauern entgegen.

Khardan maß die dicken, gewundenen Rebstöcke ab, die um ihn herum wuchsen. Offensichtlich hatte man die Ernte bereits eingebracht, denn es waren nur noch wenige von den kleinen, runzligen Weintrauben übrig, die im sich gelb verfärbenden Blattwerk hingen. Die Pflanzen begaben sich nach dem Pflücken ihrer Ernte zur Ruhe. Der Boden war feucht, denn der Besitzer hatte seine Weingärten nach dem Pflücken der Trauben gewässert. Bis zur Ernte kamen die Früchte besser ohne Wasser aus – sie wurden süßer, wenn man sie in der Sonne trocknen ließ.

»Das ist ein guter Lagerplatz«, verkündete Khardan und fügte hinzu: »Die Früchte sind eingebracht. Der Besitzer wird sich jetzt um seinen Wein und nicht um die Pflanzen kümmern. Durch die Rebstöcke bleiben wir vor der Straße und den Stadtmauern verborgen.«

Anders als viele Winzer mußte dieser Herr ein unternehmungsfreudiger und weitsichtiger Mann sein, denn er hatte seine Reben an Stöcken emporwachsen lassen. Anstatt sich über den Boden zu ziehen, schlangen sich die Blätter um eine Schnur, die man etwa auf Schulterhöhe von Stock zu Stock gespannt hatte. Hinter dem Laubwerk konnten sich Reiter und Pferd völlig verstecken.

Khardan überwachte das Tränken der Pferde, als plötzlich Sond sich neben dem Steigbügel des Kalifen materialisierte.

»Möchtest du, daß wir uns zum Tor begeben und feststellen, wie viele Männer es bewachen und wie sorgfältig sie jene mustern, die in die Stadt kommen wollen, *Sidi*?«

»Ich weiß, wie viele Männer es bewachen und wie sorgfältig sie es tun«, erwiderte Khardan und sprang vom Pferd. »Du und die anderen Dschinnen haltet euch von der Stadt fern, bis die Zeit gekommen ist. Sollten die Unsterblichen des Quar euch entdecken, würde der Gott damit von unserer Anwesenheit erfahren.«

»Ja, *Sidi*.« Sond verneigte sich und verschwand.

Khardan sattelte sein Pferd ab und führte das Tier zum Tränken. Die anderen Männer machten ihre Tiere zur Nacht fertig. Die Kamele ließ man an der Böschung des rauschenden Stromes niederknien. Die Männer kauerten sich unter den Rebstöcken am Boden, nahmen ihre einzige Tagesmahlzeit zu sich, unterhielten sich mit leisen Stimmen.

Zohra mischte Mehl mit Wasser und formte Teigbälle, die im Feuer gebacken durchaus eine Delikatesse gewesen wären. So aber aßen die Nomaden den Teig roh, nur einige wenige Glückliche schafften es, ihr sparsames Mahl mit ein paar übriggebliebenen Weintrauben aufzubessern, die sie von den Rebstöcken pflückten. Über die Mahlzeit ließ sich lediglich sagen, daß sie ihren Hunger stillte. Irgendwo in der Luft, die sie umgab, konnten sie den Dschinn Usti schrecklich stöhnen hören.

Nachdem Khardan seine Mahlzeit beendet hatte, stand er auf und schritt den Hang empor, um einen Blick auf die Stadt zu werfen. Die Sonne ging hinter den Mauern von Kich unter, und der Kalif blickte so eindringlich an den roten

Himmel, daß die Minarette und Kugelkuppeln, die hohen Türme und die Zinnen sich förmlich in sein Gedächtnis brannten.

Schließlich stand Auda auf und begab sich an den Strom, um sich den klebrigen Teig von den Fingern zu waschen. Er legte den *Haik* ab, steckte den Kopf in das Wasser und ließ es an Hals und Brust herunterlaufen.

»Der Strom ist kalt. Er muß aus den Bergen kommen. Du solltest es versuchen«, sagte er, während er sich das schimmernde schwarze Haar mit den Ärmeln seiner fließenden Gewänder trockenrieb.

Khardan erwiderte nichts.

»Ich glaube zwar nicht, daß es das Feuer deiner Gedanken löschen wird«, bemerkte Auda trocken, »aber vielleicht kühlt es dein Fieber.«

Mit wehmütigem Lächeln blickte Khardan ihn an. »Vielleicht später, bevor ich schlafe.«

»Ich habe lange darüber nachgedacht, was du gesagt hast – dein Gott verbietet es, kaltblütig zu töten, nicht wahr?« Auda lehnte gegen einen Baumstamm, sein Blick folgte Khardans zu den Soldaten auf den Stadtmauern hinunter.

»Ja«, erwiderte Khardan. »Leben, das in der Schlacht oder heißblütig im Zorn genommen wird – das versteht und billigt der Gott. Aber Mord aus dem Hinterhalt, bei Nacht, mit einem Messer in den Rücken, durch Gift in einem Becher ...« Khardan schüttelte den Kopf.

»Ein merkwürdiges Wesen, dein Gott«, urteilte Auda.

Da sich darauf nicht allzuviel sagen ließ, lächelte Khardan nur und schwieg.

Auda streckte sich. »Machst du dir Sorgen wegen des Eintritts durch die Tore?«

»Du bist durch diese Tore gekommen. Du weißt, wie die Wachen dort sind. Und das war schon in Friedenszeiten! Jetzt befinden sie sich im Krieg!«

»Ja, ich habe Kich betreten, wie du nur zu gut weißt. Du hast mir meinen letzten Besuch schließlich gründlich verdorben!« Auda grinste kurz. »Aufgrund ihrer strengen Wachsamkeit war ich dazu gezwungen, Blumenblüte die verzauberten Fische anzuvertrauen. Ja, du hast recht. Sie befinden sich im Krieg; da werden sie viel aufmerksamer sein.«

»Und du folgst immer noch unserem ursprünglichen Plan?« Khardan warf einen abfälligen Blick auf das große am Boden liegende Bündel – ein Bündel aus schweren Frauenkutten und dichten Schleiern.

»Es besteht die Wahrscheinlichkeit, daß sie Frauen nicht durchsuchen werden«, erwiderte Auda achtlos.

»Wahrscheinlichkeit!« Khardan schnaubte.

Auda legte dem Kalifen eine Hand auf den Arm. »Zhakrin hat mich bis hierher geführt. Er wird mich auch durch das Tor führen. Wird dein Gott etwa für seinen Propheten weniger tun?«

War der Ton nun höhnisch oder sprach Auda wahr? Khardan musterte ihn eindringlich, er konnte es jedoch nicht eindeutig feststellen. Die Augen des Manns, die einzigen Fenster zu seiner Seele, waren wie üblich geschlossen und verriegelt. Was war es nur an diesem Mann, das Khardan ebenso anzog wie abstieß? Schon einige Male hatte der Kalif geglaubt, die Antwort darauf gefunden zu haben, doch immer wieder war sie ihm im nächsten Augenblick entwischt.

Khardan badete im Fluß, dann breitete er seine Decke unter den Bäumen in der Nähe der Stelle aus, wo Zohra und Mathew sich flüsternd unterhielten. Vielleicht gingen sie ihre eigenen Pläne durch, denn Mathew wiederholte für Zohra fremdartige Worte, die sie immer und immer wieder murmelte, bevor sie schließlich einschlief.

Die Nacht brach ein, und mit ihr kam ein sanfter Regen. Einer nach dem anderen versanken die Nomaden in den Schlaf und legten ihr endgültiges Schicksal in die Hände Akhrans.

2

Wie es Sul so wollte, waren es weder *Hazrat* Akhran noch Zhakrin, der Gott des Bösen, die den Nomaden das Stadttor von Kich eröffneten.

Es war Quar.

»Gebieter, wach auf!«

Khardan fuhr in die Höhe, die Hand an den Griff seines Schwerts gelegt.

»Nein, *Sidi*, es gibt keine Gefahr. Schau doch nur einmal.« Sond deutete.

Khardan spähte durch den frühmorgendlichen Nebel in die Richtung, in die der Dschinn zeigte.

»Wann hat das angefangen?« fragte er verblüfft.

»Vor Tagesanbruch, *Sidi*. Wir beobachten es jetzt schon über eine Stunde, und es wird immer größer.«

Khardan drehte sich um, um Auda zu wecken, aber der Paladin blickte bereits entspannt hinaus. Letzte Nacht war die Straße völlig leer gewesen. Heute morgen war sie vollgestopft mit Leuten, Kamelen, Eseln, Pferden, Karren und Wagen. Trotz der allgemeinen Verwirrung auf der Straße war es eindeutig, daß alle nur in eine Richtung wollten – nach Kich.

Khardan sprang auf die Beine, rüttelte unsanft Zohras Schulter und packte Mathews Decke, um sie unter ihm wegzuziehen. »Beeilung! Wach auf! Sammelt eure Sachen ein! Nein, die brauchen wir nicht. Nur Mat-hew wird sich als Frau verkleiden. Ibn Jad und ich brauchen keine Verkleidung, Akhran sei Dank.«

»Ich glaube, wir brauchen nichts zu überstürzen«, bemerkte Auda kühl, während er die Menschenschlange beobachtete. »Das sieht aus, als wäre es endlos.«

»Einer unserer Götter hat es für gut befunden, unsere Gebete zu erhören«, bemerkte Khardan, während er sein

Pferd sattelte. »Ich werde ihn nicht beleidigen, indem ich den Eindruck erwecke, allzu langsam danach zu greifen.«

Nachdenklich hob Auda eine Augenbraue und machte sich wortlos daran, sein eigenes Pferd zu satteln. Inzwischen war das ganze Lager auf den Beinen.

»Was ist los?« Majiid kam herbeigeeilt. Während er seinen Sattel verzurrte, knurrte Khardan etwas Unverständliches und wies mit einem Nicken auf die Straße. Majiids Miene verfinsterte sich.

»Das gefällt mir nicht ... diese Menge, die da in die Stadt strömt.«

»Stelle nicht den Segen des Gotts in Frage. Bei einer solchen Menschenmenge werden die Wachen sicherlich nicht allzu genau auf vier von uns achten.«

»Dann achten sie auch nicht allzu genau auf vierhundert. Ich komme mit euch!« erklärte Majiid.

»Und ich auch!« rief Jaafar, der herbeieilte. »Ohne mich werdet ihr nichts unternehmen!«

»Macht mein Kamel fertig!« Zeid, der herankam, machte auf der Stelle kehrt und wollte wieder davoneilen.

»Nein!« rief Khardan so laut, wie er es wagen konnte, bevor sich die ganze Versammlung am Berghang in Verwirrung auflöste. »Wie wird das wohl in Qannadis Augen aussehen, wenn eine Schar bewaffneter *Spahis* in die Stadt eindringt? Der Emir erinnert sich noch daran, was letztesmal geschah, als wir nach Kich gingen. Dann erklärt er sich niemals bereit, mich anzuhören! Wir befolgen unseren Plan, Vater! Die einzigen, die die Stadt betreten, sind Auda, meine Frau, Mat-hew, Sond und ich. Du und die Männer, ihr bleibt hier und wartet, bis der Dschinn euch Meldung macht.«

Scheich Jaafar wandte ein, daß die Menschenmenge auf der Straße ein böses Omen sei und daß niemand die Stadt betreten sollte. Scheich Majiid, der sich plötzlich auf die Seite seines Sohns stellte, wiederholte einmal mehr, daß Jaafar ein Feigling sei. Zeid funkelte Khardan mißtrauisch an und bestand darauf, daß der Kalif auch Raja mitnähme, nicht nur Sond, und Jaafar schrie, daß, wenn Raja mitginge, Fedj auch nicht zurückbleiben dürfe.

»Also gut!« Khardan hob die Hände gen Himmel. »Ich nehme alle Dschinnen mit!«

»Ich wäre nicht beleidigt, Gebieter, wenn du mich zurückließest«, fing Usti unterwürfig an, doch nach einem Blick auf die finstere und empörte Miene des Kalifen verschluckte der fette Unsterbliche sich beinahe selbst und verschwand zu seinen Gefährten in den Äther.

Als alle bereit waren, musterte Khardan die Scheichs streng. »Vergeßt nicht, ihr sollt hier warten, bis ihr Nachricht erhaltet. Schwört ihr mir das bei *Hazrat* Akhran?«

»Ich schwöre es«, murmelte jeder der Scheichs widerwillig.

Da Khardan wußte, daß jeder der alten Männer durchaus in der Lage war, zu dem Schluß zu gelangen, daß dieser Schwur für alle anderen, nur nicht für ihn gelte, schätzte er, daß ihm kaum mehr als ein paar Tage Frieden bleiben dürften. Alles andere als beruhigt von dem Anblick Majiids, der sein Schwert zu einem Gruß schwang, mit dem er Jaafar beinahe enthauptet hätte, führte der Kalif sein Pferd aus dem Weingarten, gefolgt von Auda, Zohra, Mathew und – wie er annahm – drei unsichtbaren Dschinnen. Die Vorstellung, daß diese Prozession den Versuch unternehmen sollte, sich unbemerkt in Kich einzuschleichen, war ihm ein Alptraum. Deshalb war es wahrscheinlich auch besser, daß der Kalif nichts davon wußte, daß er auch einen Engel des Promenthas im Schlepptau hatte.

Eilig führte Khardan die Gruppe durch die Weingärten und brachte sie am Fluß in einiger Entfernung vom Weg zum Halten.

»Sprechen werden immer nur Auda oder ich. Vergeßt nicht, daß es für unsere Frauen unschicklich ist, mit Fremden zu reden.«

Das sagte er zu Mathew, der einmal mehr als Frau verkleidet war. Doch Khardan konnte sich nicht beherrschen und ließ den Blick dabei auch zu Zohra hinüberschweifen. Mathew nahm die Anweisung ernst und feierlich entgegen. Zohra blickte Khardan in plötzlicher Wut an.

»Ich bin kein Kind!« fauchte sie und riß so heimtückisch

an einem der Riemen, mit denen ein Bündel auf dem Pferderücken befestigt war, daß das erschrockene Tier seitwärts in den Fluß tänzelte.

Empört wandte sich der Kalif von Zohra ab und führte sein Pferd aus den Weingärten hinaus, der Straße entgegen. Er mißachtete das leise Lachen des Paladins neben ihm.

Also schön, warf Khardan sich selbst vor, er hatte ihren Zorn verdient. Er hätte es nicht sagen dürfen. Zohra wußte selbst, in welcher Gefahr sie schwebten. Sie würde schon nichts unternehmen, um sie bloßzustellen. Aber warum verstand sie es nicht? Er war besorgt, fürchtete um sie, fürchtete um den Jungen, fürchtete um sein Volk. Und um die Wahrheit zu sagen, auch um sich selbst. Eine Schlacht unter freiem Himmel, ein Ringen, Auge in Auge mit dem Tod – das verstand er und hätte es furchtlos ertragen. Aber eine Schlacht der Heimtücke und der Intrige, eingesperrt in die Mauern einer Stadt – das brachte ihn aus der Fassung.

Es fiel ihm ein, daß es vielleicht ungerecht war, von Zohra zu verlangen, daß sie ihren Ehemann wegen seiner Stärke ehrte und so tat, als würde sie seine Schwäche nicht bemerken, während er zur gleichen Zeit von ihr erwartete, genau jene Schwäche zu berücksichtigen, die einzugestehen er sich weigerte. Aber, so entschied er, Akhran hatte nie behauptet, daß das Leben gerecht sei.

Die Pferde an den Zügeln betraten die vier vorsichtig die Straße und reihten sich in die gen Kich schreitende Menschenmenge ein. Alle wirkten erwartungsvoll erregt. Khardan fragte sich, wen er von den Umgebenden gefahrlos befragen könnte, als Auda ihn leise berührte und auf einen durchtrieben wirkenden, sonnengebräunten Mann zeigte, der einen abgetragenen *Burnuß* und eine kleine, fettige, schweißgefleckte Kappe trug.

Am Ende einer Leine hielt der Mann einen kleinen Affen, der eine ähnliche Mütze trug wie sein Herr, sowie einen Rock, der der Uniform der Soldaten des Emirs nachempfunden, aber nicht ganz so schmutzig war. Der Affe rannte zwischen der Menge hin und her, zur Freude der Kinder und Mathews. Der junge Mann sah ihn mit weitaufgerissenen

Augen an; noch nie hatte er ein solches Tier zu Gesicht bekommen. Mit ausgestreckter Hand pflegte der Affe auf jemanden zuzulaufen und ihn um Nahrung oder Geld anzubetteln. Hatte der Affe dann die Weintraube oder das Kupferstück ergattert, vollführte er am Ende seiner Leine einen Purzelbaum und eilte zu seinem Herrn zurück.

Während er eine der letzten kostbaren Münzen seines Stamms aus dem Geldbeutel zog, überlegte Khardan einen Moment. Er wußte nicht, wie lange sie in Kich bleiben mußten, bis der Emir zurückgekehrt war. Sie würden Nahrung und einen Schlafplatz brauchen. Aber er brauchte auch Informationen. Langsam hielt Khardan die Münzen zwischen Daumen und Zeigefinger hoch. Als der Affe das Glitzern des Geldstücks bemerkte, kam er herbeigerannt und hüpfte im Staub zu Khardans Füßen auf und ab. Er schnatterte heftig und klatschte in die winzigen Hände, um dem Nomaden zu bedeuten, daß er ihm die Münze zuwerfen solle.

»Nein, nein, mein Kleiner«, sagte Khardan kopfschüttelnd zu dem Affen, wobei er den Blick in Wirklichkeit auf seinen Herrn gerichtet hielt. »Du mußt schon kommen und sie dir holen.«

Der Besitzer des Affen sagte ein Wort, und zum Erstaunen des Kalifen sprang der Affe daraufhin an seinen Gewändern hoch und kletterte an dem Nomaden so geschickt hinauf, als wäre Khardan eine Dattelpalme. Er hangelte sich am Arm des Kalifen entlang, pflückte säuberlich die Münze aus Khardans Fingern und machte Hals über Kopf einen Satz rückwärts, um wieder mit den Beinen auf der Straße zu landen. Die Leute in der Menge, die es beobachtet hatten, applaudierten und lachten den Nomaden aus.

Khardan lief rot an und hatte schon gute Lust, dem Besitzer des Affen selbst zu einigen Purzelbäumen zu verhelfen, als er hinter sich ein merkwürdiges Geräusch vernahm. Wütend drehte er sich zu Mathew um.

»Es tut mir leid, Khardan«, murmelte der junge Mann hinter seinem Schleier und erstickte sein Kichern, während seine Augen fröhlich umherhuschten. »Ich konnte mich nicht mehr beherrschen.«

»Sei still, sonst ziehst du noch die Aufmerksamkeit auf uns!« sagte Khardan streng. Sein Blick fuhr zu Zohra hinüber. Sie senkte die Augen, doch erst nachdem er das Lachen in ihren dunklen Tiefen hatte funkeln sehen.

Khardan merkte, wie ein Lächeln auch an seinen eigenen Lippen zerrte, ob er wollte oder nicht. Ich muß lächerlich ausgesehen haben, das will ich zugeben. Und den jungen Mann lachen zu hören – nach all dieser Zeit! Das ist ein gutes Zeichen.

»Salaam aleikum, mein Freund«, rief Khardan dem Besitzer des Affen zu, der dem Tier die Münze abgenommen hatte, um sie nach sorgfältiger Prüfung in einer zerlumpten Schultertasche aus Tuch zu verstauen.

Der Besitzer verneigte sich und kam zu den beiden Nomaden und ihren Frauen. *»Aleikum salaam, Effendi«,* sagte er unterwürfig.

Der Affe war nicht so höflich. Auf der Schulter seines Herrn bleckte die Kreatur ihre spitzen kleinen Zähne gegen Khardan und zischte. Mit einem entschuldigenden Lächeln streichelte der Besitzer das Tier und wies es in einer fremden Sprache zurecht. Kopfschüttelnd hüpfte der Affe auf die andere Schulter.

»Ich entschuldige mich, *Effendi*«, sagte der Mann. »Zar mag es nicht, wenn man ihn neckt. Das ist sein einziger Fehler. Davon abgesehen ist er ein wunderbares Haustier.«

»Jedenfalls scheint er sehr nützlich zu sein«, bemerkte Khardan, während er die Stofftasche betrachtete.

Der Affenbesitzer legte die Hand auf die Tasche, sein Blick hatte sich plötzlich verengt, und die Stirn lag in Falten. Doch als er sah, wie freundlich der Nomade neben ihm dahinschritt, entspannte der Mann sie wieder.

»Ja, *Effendi*«, gestand er. »Ich bin viele Jahre lang mit dem Hunter als einzigem Weggefährten umhergewandert, bis ich Zar begegnete. Sein Name bedeutet ›Gold‹, und das hat er seitdem viele Male aufgewogen. Natürlich«, fügte er hastig hinzu und schlug mit der Hand ein Zeichen über dem Kopf des Tiers, »ist Zar ein übellauniges kleines Tier, wie du gesehen hast. Wie oft er seine winzigen Zähne schon in meinen Daumen gegraben hat. Siehst du?« Der Mann zeigte ihm einen schmutzigen Finger.

Khardan verlieh seinem Mitgefühl Ausdruck, und da er wußte, daß es unklug wäre, noch länger über den Affen zu sprechen, fiel es dem Kalifen leicht, das Thema zu wechseln.

»Du hast Worte gesagt, die ich nicht verstand. Du stammst nicht von hier.«

Der Mann nickte. »Mein Heim – oder was ich an Heim habe – befindet sich in Ravenchai. Aber ich bin schon viele Jahre nicht mehr dort gewesen. Um ganz ehrlich zu sein, mein Freund«, er trat dichter an Khardan heran und gewährte ihm mit verengten Augen einen verschwörerischen Blick, »in diesem Heim gibt es eine Frau, die mich bei meiner Rückkehr mit etwas weniger als liebevoller Hingabe begrüßen würde, wenn du verstehst, was ich meine.«

»Frauen!« rief Khardan mitfühlend.

»Es war nicht ihre Schuld«, meinte der durchtriebene Mann großmütig. »Die Arbeit liebt mich eben nicht.«

»Ach ja?« erwiderte Khardan, der diese merkwürdige Aussage nicht so recht verstand.

»Nein, die Arbeit und ich kommen überhaupt nicht gut miteinander zurecht. Gelegentlich lasse ich mich mit ihr ein, aber das endet immer im Streit. Die Arbeit verlangt ständig, daß ich ihr nachgehe, während mir eher danach ist, sie ziehenzulassen und mir etwas zu Essen zu holen oder ein Nikkerchen zu machen oder in den *Arwat* auf einen Schoppen Wein zu gehen. Schließlich verläßt die Arbeit mich dann wieder im Zorn, und dann stehe ich da, kann nichts anderes mehr tun als schlafen, ohne Geld, um mir etwas zu Essen zu kaufen, um meinen Hunger zu stillen, oder etwas Wein gegen meinen Durst.« Der Mann schüttelte dabei den Kopf und schien tatsächlich so niedergeschmettert ob dieses schlimmen Schicksals, daß es Khardan überhaupt nicht schwerfiel, die Arbeit zum unvernünftigsten Wesen auf der Welt zu erklären.

»Als Zar zu mir kam ... und das ist wirklich eine sehr seltsame Geschichte, mein Freund, denn Zar ist wirklich zu mir *gekommen*. Ich ging gerade die Straße entlang, es war in ... na ja, es hat keine Bedeutung für dich, welche Straße das war, als der Sultan in seiner Sänfte ausritt, um frische Luft zu schnappen. Ich schritt neben ihm her, nur für den Fall, daß der Sultan vielleicht etwas fallenließ, um mich damit zu beehren, es ihm zurückgeben zu dürfen, als ich sah, wie sich die Vorhänge öffneten und dieser kleine Bursche plötzlich herausgehopst kam.« Er tätschelte den Affen, der auf seiner Schulter eingeschlafen war, den Schwanz eng um den Hals seines Herrn geschlungen.

»Er sprang mir direkt in die Arme. Ich wollte ihn dem Sultan schon zurückgeben, als ich bemerkte, wie die Leibwächter damit beschäftigt waren, mehrere Bettler zu vertreiben, die sich auf der anderen Seite der Sänfte versammelt hatten. Der Sultan sah interessiert zu. Niemandem, so schien es, war die Abwesenheit des Tiers aufgefallen. Da ich mir dachte, daß der Affe schlecht behandelt worden sein mußte, weil er sonst niemals seinen Herrn verlassen hätte, versteckte ich ihn in meinen Gewändern und verschwand in einer Seitengasse. Das war vor einigen Jahren, und seitdem sind wir immer zusammen.«

Und er rettet dich davor, mit dieser launischen Gefährtin namens Arbeit zu tun zu bekommen, dachte Khardan erheitert. Laut beglückwünschte er den Mann und fragte dann beiläufig: »Weshalb begibt sich eigentlich diese ganze Menge nach Kich?«

Der Mann blickte nach vorn. Die Stadtmauern waren inzwischen nahe genug, daß Khardan deutlich die schwerbewaffneten Wachposten ausmachen konnte, die auf den Befestigungen auf- und abschritten. Die Morgensonne brach sich schimmernd an einer goldenen Kuppel – eine neue Ergänzung des Tempels des Quar, schloß Khardan. Zweifellos bezahlt mit dem Reichtum und dem Blut der eroberten Städte des Bas.

Der Besitzer des Affen richtete seinen Blick wieder mit einiger Verwunderung auf Khardan. »Du mußt ja wirklich tief in der Wüste gewesen sein, daß du die Nachricht nicht kennst, Nomade. Am heutigen Tag kehrt der Imam des Quar siegreich in seine Stadt zurück.«

Khardan und Auda wechselten schnelle Blicke.

»Am heutigen Tag? Und der Emir?«

»Ach, der Emir wird wahrscheinlich auch kommen, nehme ich an«, fügte der Mann ohne großes Interesse hinzu. »Aber sie kommen alle, um den Imam zu sehen. Ihn und das große Abschlachten der Kafiren, das heute nacht zu seinen Ehren stattfinden soll.«

»Heute nacht!«

»Abschlachten der Kafiren?« Auda drängte sich vor, um diese Frage zu stellen und die Aufmerksamkeit von dem bleichgewordenen Khardan abzulenken. »Was meinst du damit, mein Freund? Das klingt mir nach einem Schauspiel, das ich nicht gern missen möchte.«

»Nun, die Kafiren aus der Wüste, die schon seit vielen Monaten in Kich gefangengehalten wurden und sich geweigert haben, zu Quar überzutreten.« Eindringlich musterte der Mann Khardan und Auda, bemerkte plötzlich mit einigem Unbehagen den *Haik* und die wallenden Roben. »Diese Kafiren sind doch wohl keine Verwandte ...«

»Nein, nein«, erwiderte Khardan mürrisch, nachdem er sich vom ersten Schock erholt hatte. »Wir kommen aus ... aus ...« Er stockte, sein Hirn verweigerte ihm den Dienst.

»Simdari«, warf Auda ein, der sehr wohl wußte, daß sich die Welt des Nomaden ausschließlich zwischen seinen Sanddünen abspielte.

»Ach, Simdari«, meinte der Besitzer des Affen. »Durch dieses Land bin ich nie gereist, aber dort will ich hin, wenn dieses Fest vorüber ist. Sage mir, was weißt du über die *Arwats* von Simdari ...«

Auda und der schlitzohrige Mann, der nicht mit der Arbeit zurechtkam, begannen ein Gespräch über verschiedene Gasthöfe, von denen Khardan noch nie gehört hatte. Soviel zu guten Omen! Ihre ganzen Pläne zerronnen wie Sand zwischen seinen Fingern! Wie sollte er je darauf hoffen können, den Emir zu sprechen, der doch damit beschäftigt sein würde, in seinen Palast zurückzukehren, in seine Stadt?

Während der Imam sich darauf vorbereitete, noch heute nacht sein Volk zu vernichten!

Es ist hoffnungslos, dachte Khardan niedergeschlagen. Ich kann nichts anderes tun, als dazustehen und mitanzusehen, wie meine Leute ermordet werden! Nein, es gibt noch etwas anderes, was ich tun kann. Ich kann mit ihnen zusammen sterben, wie ich es schon vor Monaten hätte tun sollen ...

Da berührte ihn eine Hand. Weil er glaubte, daß es Auda sei, fuhr er schnell herum, nur um Zohra zu erblicken, die neben ihm dahinschritt. Auf aberwitzige Weise hatte er das Gefühl, als sei dieses Unglück irgendwie seine Schuld, und so erwartete er schon, daß sie ihn deswegen wieder mit Hohn überschütten würde.

»Verzweifle nicht!« sagte sie leise. »Akhran ist mit uns! Er hat uns rechtzeitig hierhergeführt, und sein Gegner öffnet die Tore, damit wir eintreten können.«

Die dunklen Augen über dem Schleier funkelten, und ihre Finger strichen sanft gegen seine Hand. Bevor er reagieren oder nach ihr greifen konnte, war sie wieder verschwunden.

Zurückgewandt sah er sie mit Mathew sprechen, wobei sie flüsternd die Köpfe zusammensteckten. Der junge Hexer nickte mehrere Male heftig. Seine zarten Hände vollführten Gesten, die so anmutig waren wie die einer Frau. Er und Zohra gingen Seite an Seite, wobei sich ihre Schultern und Leiber berührten.

Khardan spürte eine stechende Eifersucht, wie er die beiden betrachtete und sah, wie nahe sie sich offensichtlich standen. Es war nicht die schmerzende, krampfende Qual, die er erfahren hatte, als er befürchtete, daß Auda ... Er konnte auf den jungen Mann nicht auf gleiche Weise eifersüchtig sein. Er war eifersüchtig darauf, daß dieser sanfte Hexer seiner Frau näherstand, als er es jemals tun würde.

Plötzlich ritt wieder Auda neben ihm. »Die Lage ist nicht ganz so verzweifelt, wie du erst geglaubt hast. Der Imam wird heute nacht eine Rede halten, in der er alle Kafiren dazu auffordert, ihren alten Göttern zu entsagen und zu dem einen, wahren Gott Quar zu kommen. Jene, die sich weigern, erhalten noch eine Frist von einer Nacht, um ihren Irrtum einzusehen. Am Morgen, zur Dämmerung, werden sie ihr Heil entweder bei Quar suchen, oder sie werden für eine Erlösung in diesem Leben für unfähig befunden, so daß man sie mitfühlenderweise töten wird.«

»Dann haben wir also Zeit bis zum Morgengrauen«, murmelte Khardan, den das nicht sonderlich tröstete.

»Bis zum Morgengrauen«, wiederholte Auda mit beiläufigem Achselzucken. »Und unser Feind wird uns seine Tore öffnen.«

Das ist schon das zweitemal, daß ich das höre. Khardan versuchte, darin das gleiche Wunder zu erkennen, wie es alle anderen taten. Und doch erinnerte es ihn störrisch an die Fabel von dem Löwen, der zu er törichten Maus sagte, daß er einen wunderbaren Ort kenne, wo die Maus Unterschlupf für den Winter finden würde.

»Genau hier«, sagte der Löwe, sperrte das Maul auf und deutete auf seinen Schlund. »Geh einfach hinein. Mach dir nichts aus den Zähnen.«

Khardan hob den Blick zu den Stadtmauern, den großen hölzernen Toren, den Soldaten, die sich oben auf den Wehranlagen drängten. .

Mach dir nichts aus den Zähnen ...

3

Auf einer Menschenwoge wurden sie durch das Tor gespült. Kein Wächter machte irgendwelche Anstalten, sie aufzuhalten und ihnen Fragen zu stellen. Die Menge war eine viel größere Gefahr für die Nomaden als die Soldaten. Auda und Khardan hatten alle Mühe, ihre Pferde festzuhalten. Tapfer in der Schlacht, gewohnt an Blut und Stahl, machte das grobschlächtige Geschiebe, die lauten Schreie, das Drängen und Stoßen der Masse die Tiere reizbar.

Unmittelbar hinter dem Tor befand sich ein großer freier

Platz, wo man die Wagen lagerte, mit denen Waren in die Stadt gebracht wurden. Sklaven trieben hier Kamele und Esel auf den Wagenstellplatz. Khardan musterte mit schrägem Blick das Durcheinander, doch das kurze Bedauern darüber, die Pferde mitgebracht zu haben, verging schnell wieder. Sie würden sie zur Flucht brauchen ... sofern es Akhrans Wille war.

Als er einen hochgewachsenen, dünnen Jungen von ungefähr elf oder zwölf Jahren erblickte, der sie eindringlich anstarrte, bedeutete Khardan ihm näher zu kommen. Der Blick des Jungen hatte sich nicht auf die Nomaden selbst, sondern auf ihre Pferde geheftet; mit der Sehnsucht eines Kindes, das in den Straßen der Stadt aufgewachsen war, betrachtete er die prächtigen Wüstentiere. Auf Khardans Wink kam der Junge herbeigeschossen. »Was ist dein Begehr, *Effendi*?«

Khardans Blick schweifte über den Wagenstellplatz zurück zu dem Jungen. »Kannst du Futter und Wasser und einen Platz für unsere Pferde besorgen und sie bewachen, während wir unseren Geschäften nachgehen?«

»Es wäre mir eine Ehre, *Effendi*«, rief der Junge und streckte die bebenden Hände vor, um die Zügel entgegenzunehmen.

Khardan angelte eine weitere kostbare Münze aus dem Geldbeutel. »Hier, das wird für Futter und Stellplatz genügen. Wenn du dich unseres Vertrauens als würdig erweist, gibt es noch eine.«

»Eher lasse ich mich von zwei Holzpflöcken in Stücke reißen, *Effendi*, bevor ich erlaube, daß diesen edlen Tieren auch nur ein Haar gekrümmt wird!« Der Junge legte Khardans Hengst die Hand auf den Hals. Als das Tier die sanfte Berührung spürte, beruhigte es sich, obwohl es noch immer angstvoll um sich blickte.

»Ich hoffe, das wird nicht erforderlich sein«, sagte Khardan ernst. »Paß auf sie auf und leiste ihnen Gesellschaft. Wegen Diebstahls brauchst du dir keine Sorgen zu machen. Ich möchte lieber nicht daran denken, was dem

Mann passieren wird, der versuchen sollte, ohne unsere Erlaubnis diese Pferde zu reiten.«

»Ja, *Effendi*«, sagte der Junge wehmütig und drehte liebevoll die Mähne zwischen seinen Fingern.

Grinsend packte Khardan den Jungen an der Hüfte und warf ihn auf den Pferderücken. Der Junge jauchzte vor Freude und Erstaunen und konnte kaum die Zügel festhalten, die der Nomade ihm in die bebende Hand drückte.

»Du darfst ihn reiten, mein prächtiger *Spahi*«, sagte der Kalif und überreichte dem Jungen auch noch die Zügel der anderen drei Tiere. Er sagte etwas ins Ohr seines Pferds, worauf das Tier es zuließ, sich von dem stolzen Jungen davonführen zu lassen. Die anderen drei Pferde folgten dem Leithengst ohne Zögern.

»Sond«, murmelte Khardan vor sich hin, »sorge dafür, daß alles seine Ordnung mit ihnen hat.«

»Jawohl, *Sidi*. Soll ich Usti Wache stehen lassen?«

»Bis auf weiteres. Vielleicht brauchen wir ihn später.«

»Jawohl, *Sidi*.«

Der Kalif vernahm einen jaulenden Protest; »Ich weigere mich, in einem Pferdestall zurückgelassen zu werden!«

Nun, da für die Pferde gesorgt war, sah Khardan sich verwirrt um. Seine größte Sorge hatte dem Stadttor gegolten. Nachdem sie dieses Hindernis mit einer Leichtigkeit bewältigt hatten, die ihm den Atem geraubt hatte, empfand der Kalif wieder die gleiche Unruhe, so als hätte er ein kostbares Geschenk erhalten, von dem er insgeheim doch wußte, daß ein großer Nachteil damit verbunden war.

Ein Ruf Audas rettete Mathew davor, von zwei Eseltreibern umgeritten zu werden, und erinnerte Khardan an die Tatsache, daß sie mitten auf der Hauptstraße von Kich standen und Gefahr liefen, von der Menschenmenge niedergetrampelt oder voneinander getrennt zu werden. Obwohl es Zohras erster Besuch in der Stadt war, blickte sie mit hochmütiger Verachtung um sich. Khardan wußte, daß sie so Verunsicherung und Ehrfurcht überspielte. Mathew war ruhig aber sehr bleich. Die grünen Augen über seinem Schleier waren weitaufgerissen, und er warf immer wieder kurze

Blicke auf etwas, das sich in Khardans Rücken befand. Als der Kalif den Blick zurückwandte, sah er den Sklavenmarkt und begriff.

»Was nun, Bruder?« fragte Auda.

Ja, was nun? Khardan sah sich weiterhin hilflos um. Der Emir hatte die Nomaden einst als naive Kinder bezeichnet. Wäre Qannadi jetzt hiergewesen, um Khardans Verwirrtheit mitanzusehen, hätte der Emir sich als kluger Menschenkenner bestätigt sehen können. Vor Monaten war Khardan als Prinz der Wüste in den Palast gekommen und hatte eine Audienz beim Emir gefordert und erhalten. Er war aber in eine Falle gelaufen. Man hatte ihn absichtlich eingelassen, absichtlich angegriffen, absichtlich fliehen lassen.

Der Kalif fluchte verbittert, hieß sich selbst einen Narren. Ob der Emir ihn jetzt noch empfangen würde? Einen zerlumpten Prinzen, dessen Volk gefangen und todgeweiht war? Qannadi war soeben im Triumph aus der Schlacht zurückgekehrt. Da würde es Bittsteller und Beglückwünscher zu Hunderten geben, die wahrscheinlich schon seit Wochen darauf warteten ihn zu sprechen und vielleicht noch weitere Wochen würden warten müssen, bis der Emir die Muße hatte, ihnen seine Aufmerksamkeit zu gewähren. Möglicherweise war Qannadi ja noch nicht einmal in die Stadt zurückgekehrt.

Ein Fanfarenstoß ertönte wie zur Antwort auf Khardans Gedanken. Das Klappern vieler Hufe warnte ihn noch rechtzeitig vor der Gefahr, als auch schon die Reiterei des Emirs durch das Stadttor jagte. Mit peitschenden Fahnen, die hinter ihnen wehten, stellten die Uniformen der Soldaten lebhafte Farbkleckse unter dem freudlosen Braun und Weiß, dem Grau und dem Schwarz dar, wie sie die Leute auf den Straßen trugen. Khardan und seine Gefährten sahen zu, wie die Soldaten achtlos durch die Menge ritten.

Die Männer gingen rein geschäftsmäßig vor. Es war ihre Pflicht, den Weg freizumachen. Wie eine Axt im Fleisch hackten sie sich durch die Massen, drückten mit ihren Pferden die Leute auf der einen Seite gegen die Mauern der Kasbah, gegen die ersten Stände des Basars und des Sklavenmarkts auf der anderen Seite. Die nachrückenden Fußsoldaten wurden schnell von ihren Offizieren dazu abgestellt, die Menge zurückzudrängen, um zu beiden Seiten der Straße ihre Stellung einzunehmen und mit vorgestreckten Speeren eine lebendige Barrikade zu bilden. Wer versuchte, die Straße zu überqueren, bekam einen flinken Schlag der Waffe ab.

Khardan musterte eindringlich die Gesichter der Reiter, hielt Ausschau nach Achmed, doch es herrschte zuviel Verwirrung. Er hörte Auda rufen: »Was ist los? Was passiert?« und mehrere Stimmen, die gleichzeitig antworteten: »Der Imam! Der Imam ist gekommen!«

Khardan spürte, wie sich Finger in seinen Arm gruben, und als er sich umdrehte, erblickte er Mathew, der sich verzweifelt an ihm festhielt, um nicht von der wogenden Menge umgerissen zu werden. Khardan packte den jungen Mann am Arm, hielt ihn fest und sah zu, wie Auda schnell und lautlos mit einem übereifrigen Gläubigen verfuhr, der versuchte, Zohra aus seinem Sichtfeld zu stoßen. Ein Aufstöhnen, und Quars Getreuer sackte in den Sand, wo sein bewußtloser Leib sofort zum Opfer der Anhänger des Benario wurde.

Ein mächtiger Ruf entsprang den Kehlen der Menschen, die nun mit einer solchen Gewalt vordrängten, daß die Soldaten, die sie in Schach halten sollten, ins Wanken gerieten. Nun erschien ein Trupp der Kriegerpriester des Imams nach dem anderen, um stolz die Straße entlangzuschreiten. Anders als die Männer des Emirs trugen diese Soldatenpriester keine Rüstung, da sie sich von dem Gott gegen Verwundungen geschützt fühlten. In schwarzen Seidentuniken und lange, wallende Pluderhosen gekleidet, hatte jeder Soldatenpriester eine Geschichte zu bieten, wie irgendein Pfeil, der auf sein Herz zuschoß, plötzlich abgeprallt war, wie Quars Hand einen Schwerthieb gegen die Kehle abgewehrt hatte. Solche Geschichten lagen oft nicht abseits der Wahrheit, denn die Soldatenpriester stürmten in einem einzigen schreienden, verwirrten Knäuel in die Schlacht, wo sie mit ihren nackten Klingen um sich hackten, in den Augen das glitzernde Leuchten der Fanatiker. Es gab mehr als ein feindliches Heer, das vor ihnen in Panik geflohen wäre. Die Soldatenpriester trugen ihre Krummsäbel in den Händen. Beim Jubeln der Menge hoben sie die Schwerter über ihre Köpfe und schwenkten sie triumphierend. Nachdem die Soldatenpriester eingetroffen waren, nahm das Getöse der Menge eine unglaubliche Lautstärke an. Hundert Mameluken in Goldröcken mit weißem Kopfputz aus Straußenfedern folgten ihnen. Sie trugen Körbe mit sich, aus denen sie eine Handvoll Münzen nach der anderen in die tobende Menge warfen. Khardan fing eine davon auf, Auda eine weitere – die Münzen waren aus reinem Gold. Zwar konnte der Kalif ihn nicht hören, doch Audas Miene übersetzte ihm die Worte, die sich auf seinen grinsenden Lippen bildeten. »Unser Feind öffnet nicht nur seine Tore, sondern bezahlt uns sogar fürs Hereinkommen!«

Hinter den Mameluken kamen zwei riesige Elefanten, an deren von Rubinen und Smaragden besetztem Kopfschmuck sich die Sonne glitzernd brach. Auf ihrem Rücken ritten Sklaven, die sie durch die Straßen führten. Goldene, juwelenbesetzte Reifen glitzerten an den donnernden Füßen der Elefanten. Die Spitzen ihrer langen Zähne waren vergoldet. Khardan spürte, wie Mathews Leib, der gegen ihn gepreßt wurde, vor Ehrfurcht bebte und seufzte. Der junge Hexer aus dem fremden Land jenseits des Meeres hatte noch nie solch riesige, wundersame Kreaturen erblickt und starrte sie mit weitaufgerissenen Augen an.

Hinter sich zogen die Elefanten ein gewaltiges Gebilde auf Rädern, das sich als Abbild eines Widderkopfs herausstellte. Raffiniert aus mit Pergament bespanntem Holz gefertigt, war der riesige Widderkopf so gekonnt bemalt, daß man ihn mit einer größeren Ausführung des echten Widderkopfaltars hätte verwechseln können, der auf der schwankenden hölzernen Plattform stand. Neben diesem Altar, den man all die vielen Meilen mitgeschleppt hatte, die das Eroberungsheer des Emirs zurückgelegt hatte, war Feisal der Imam.

Bei seinem Kommen verwandelten sich die Jubelrufe in ein aberwitziges Gellen, um plötzlich einer gespenstischen

Stille zu weichen, die in den Ohren noch lauter widerhallte als das Geschrei. Viele Leute in der Menge sanken auf die Knie, streckten sich im Staub aus. Jene, die sich inmitten der Menge nicht bewegen konnten, streckten die Arme vor, erflehten stumm den Segen ihres Priesters. Feisal erteilte ihn, erst auf der einen, dann auf der anderen Seite, von seinem erhabenen Standort auf dem großen Wagen aus. Mehrere Hohepriester standen stolz und aufrecht neben ihm. Eine Schar von Soldatenpriestern marschierte neben den Wagenrädern und musterten die hingebungsvolle Menge mit heftigen und mißtrauischen Blicken.

Als er Auda ansah, bemerkte Khardan, daß das für gewöhnlich ausdruckslose Gesicht des Manns jetzt nachdenklich und ernst wirkte, und so vermutete er, daß der Paladin sich überlegte, wie er diesen Ring aus Stahl und Fanatismus am besten würde durchdringen können. Doch der Anblick schien ihn weder zu beunruhigen noch einzuschüchtern; er war nur nachdenklich.

Wahrscheinlich überantwortet er alle profanen Einzelheiten, etwa die Frage, wie er an tausend Schwertern vorbeikommen will, den Händen seines Gotts, dachte Khardan verbittert und richtete seinen Blick in genau jenem Moment wieder auf den Imam, als dieser ihn anblickte.

Khardan erschauerte von Kopf bis Fuß. Nicht, daß er erkannt worden wäre. Nein, es war der Blick in den Augen des Imam, der ihn erschauern ließ – der Blick eines mit Leib und Seele besessenen, der Blick eines Mannes, der die Vernunft und seine geistige Gesundheit der verzehrenden Flamme heiliger Inbrunst geopfert hatte. Es war der Blick eines Verrückten, der nur allzu vernünftig war. Dieser Mann würde das Blut von Khardans Volk in seinen goldenen Kelch gießen und es seinem Gott ohne jedes Zaudern darbieten, in dem festen Glauben, daß er den abgeschlachteten Unschuldigen damit einen Gefallen täte.

Der Imam zog vorbei, und das Entsetzen verblich aus Khardans Gedanken, nur um Verzweiflung zurückzulassen. Die Menge wandte sich um, der Prozession zu folgen, die sich anscheinend ihren Weg durch die Straßen der Stadt winden sollte, bevor sie den Imam zu seinem Tempel zurückbrachte. Die Soldaten des Emirs traten zurück, nachdem der Priester vorbeigezogen war, und Khardan und seine Begleiter wurden von den Massen mitgerissen.

»Wir müssen hier raus!« rief der Kalif Auda zu, der daraufhin nickte. Sie verhakten die Arme ineinander und hielten sich gegenseitig an der Schulter fest, bildeten mit ihren Leibern einen Schild um Zohra und Mathew. Sie wehrten die vordrängenden Gläubigen mit Hieben und Tritten ab und kämpften sich mit dem Ziel vorwärts, um eine Seitenstraße oder eine der Nischen in den Mauern der Kasbah zu erreichen.

Wie ein riesiger Raubvogel senkte sich die Düsterkeit auf Khardan, riß ihm das Herz aus, blendete ihn mit ihren schwarzen Schwingen. Obwohl er sich schon wiederholt eingeredet hatte, daß er ohne Hoffnung gekommen sei, mußte er erkennen, daß ihn in Wirklichkeit doch nur dieses beharrlichste aller menschlichen Gefühle so weit getragen hatte. Jetzt aber verließ die Hoffnung ihn und übrig blieb nichts anderes als Leere. Seine Arme schmerzten, sein Kopf pochte von dem Lärm, der Gestank verursachte ihm Übelkeit. Sein Herzenswunsch war es, zu Boden zu sinken und sich von der Masse niedertrampeln zu lassen.

Unermüdlich bahnte der Schwarze Paladin ihnen den Weg, stieß und schob. Khardan staunte über die Kraft des Manns und über dessen Glauben.

»Glaube«, murmelte Khardan, während er Mathew und Zohra spürte, wie sie sich an ihn krallten. »Glauben – alles, was noch übrigbleibt, wenn die Hoffnung verschwunden ist. *Hazrat* Akhran! Dein Volk ist in schlimmer Not! Wir bitten dich nicht zu kommen, um für uns zu kämpfen, denn du schlägst gerade deine eigene Schlacht, wenn das, was wir gehört haben, wahr ist. Wir haben den Mut zum Handeln, doch wir brauchen einen Weg! Zeig uns, Heiliger Wanderer, einen Weg!«

Die vier wurden mit einer Plötzlichkeit gegen eine Mauer gestoßen, daß sie sich dabei Schürfwunden zuzogen. Ein angsterfüllter Augenblick, da es schien, als würden sie gegen den Stein gemalmt werden, dann war der größte Teil der Menge an ihnen vorübergezogen.

»Sind alle unversehrt?« fragte Khardan. Er wandte sich um und sah, wie Mathew atemlos nickte und seine Hand an dem Schleier nestelten, der ihm vom Gesicht gerissen worden war.

»Ja«, erwiderte Zohra und beeilte sich Mathew zu helfen, denn es wäre nicht tunlich, irgend jemandem einen Blick auf diese blasse Haut und das feuerrote Haar zu erlauben.

Ein kurzer Blick genügte, um sich davon zu überzeugen, daß Auda ibn Jad so war wie immer, kühl und unbeeindruckt, die Augen auf einige Soldaten geheftet, die nun, da die Aufregung sich gelegt hatte, ein ungewöhnliches Interesse an den in Roben gekleideten Nomaden zu entwickeln schienen.

»Beeilung!« zischte Auda, während er sich ausgiebig mit dem Richten seiner zerzausten Gewänder befaßte. Ohne den Eindruck zu erwecken, es eilig zu haben, huschte er geschmeidig in die Schatten der Mauer, wobei er Zohra und Mathew mit sich zog. Als Khardan diese neue Gefahr bemerkte, fuhr er zu ihnen herum, stolperte und wäre beinahe über einen Gegenstand zu seinen Füßen gefallen.

Ein Stöhnen antwortete ihm.

»Ein Bettler, von der Menge niedergetrampelt«, sagte Auda ungerührt. »Das hat nichts zu bedeuten. Bewegt euch!«

Doch Zohra war bereits neben dem alten Mann niedergekniet und half ihm mit sanften Händen, sich aufzurichten.

»Danke, Tochter«, stöhnte der Bettler.

»Bist du verletzt, Vater? Ich habe meine heilende *Feisha* ...«

»Nein, Tochter, sei gesegnet!« Der Bettler ließ eine greifende, fahrige Hand hervorschnellen. »Mein Korb, meine Münzen ... gestohlen?«

»Laß ihn! Wir müssen weiter!« drängte Auda und machte Anstalten, Zohra fortzuzerren, als Khardan ihn daran hinderte.

»Warte!« Der Kalif starrte den Bettler an – die milchigweißen Augen, den Korb in seinem Schoß ... nur daß er nicht den Bettler jetzt sah, sondern jenen vor Monaten, daß er eine weiße Hand sah, die einen Armreif in diesen Korb warf, daß er sah, wie ein Loch in der Mauer verschlossen und versiegelt wurde. Khardan blickte sich um. Ja, dort war der Milchbasar, wo er das Kopftuch für sie gestohlen hatte. Als er aufsah, konnte er die Palmwedel über der Mauer ausmachen.

»Gelobt sei Akhran!« hauchte Khardan dankbar. Er kniete neben dem alten Mann nieder, tat so, als würde er ihm Hilfe gewähren, während er die Mauer musterte und Auda bedeutete, sich neben ihn zu knien. »Die Wachen des Emirs verfolgen uns!« flüsterte er dem Bettler zu. »Ich weiß von dem Loch in der Mauer. Kannst du uns hineinlassen?«

Die milchigweißen Augen richteten sich blicklos auf Khardan, und plötzlich wirkte das runzlige Gesicht so durchtrieben und gewitzt, daß der Kalif hätte schwören können, die blinden Augen musterten ihn eindringlich.

»Gehörst du zu der Bruderschaft?« fragte der alte Mann.

Khardan starrte ihn verständnislos an. Es war der neben ihm kniende Auda, der seine Silbermünze in den Korb des Bettlers warf und leise sagte: »Benario, Gebieter der Diebischen Hände und Schnellen Füße.«

Der zahnlose Mund des Bettlers öffnete sich zu einem heimtückischen kurzen Grinsen, dann griff er mit geschickter Hand hinter sich. Was immer er für einen Riegel damit umlegte, er blieb von seinem dürren Leib und den ihn einhüllenden Lumpen bedeckt, doch plötzlich klaffte hinter ihm eine Öffnung in der Mauer, groß genug, um einen Mann hindurchschlüpfen zu lassen.

»Die Soldaten kommen hierher!« sagte Auda ruhig. »Beweg dich nicht vom Fleck!«

»Verdammt!« fluchte Khardan, als er nur wenige Zoll entfernt den Lustgarten des Emirs erblickte.

»Akhran sei mit dir, *Sidi*«, flüsterte eine Stimme aus der Luft. »Wir wissen, was zu tun ist.«

Die Soldaten kamen auf sie zu, offensichtlich wunderten sie sich, was die Wüstenbewohner an einem Bettler von Kich so interessant fanden, als plötzlich zwei Betrunkene – ein muskulöser schwarzer Riese sowie ein wohlgekleideter Diener, der offensichtlich zum königlichen Haushalt gehörte – um eine Ecke kamen und gegen sie prallten.

Khardan, der die Dschinnen völlig vergessen hatte, starrte erschrocken die Soldaten an, die sofort mit den Betrunkenen in ein Handgemenge gerieten, und setzte sich erst in Bewegung, als er spürte, wie Auda ihn grob gegen die Wand stieß. Mathew und Zohra waren bereits hineingeschlüpft, Khardan folgte und Auda eilte ihm nach. Ein knirschendes Geräusch, und schon war die Öffnung wieder verschwunden, war die Mauer glatt, makellos. Ein Dornenbusch schnellte so geschwind zurück, daß der Paladin sein Gewand erst aus dem Gestrüpp befreien mußte, bevor er sich wieder bewegen konnte.

»Dir ist wohl klar, daß wir uns im Harem befinden, am verbotenen Ort!« bemerkte Auda kühl, während er den Blick durch den Garten schweifen ließ. »Wenn die Eunuchen uns erwischen, haben wir einen langsamen und höchst unangenehmen Tod vor uns.«

»Auch an einem anderen Ort dürfte uns kaum ein angenehmerer Tod erwarten«, sagte Khardan, als er vorsichtig auf einen Weg trat und den anderen bedeutete, ihm zu folgen. »Und so bekommen wir wenigstens die Möglichkeit, vielleicht mit dem Emir zu sprechen.«

»Und Gelegenheit in den Tempel einzudringen«, fuhr Auda fort. »Als ich im Tempel zu Khandar diente, erfuhr ich, daß es in Kich einen unterirdischen Tunnel gäbe, der vom Tempel zum Palast des Emirs führt.«

»Zuerst reden wir mit Qannadi!« wollte Khardan gerade heftig erwidern, als er plötzlich das Brechen eines Zweigs im Unterholz vernahm, ein Rascheln in den Bäumen und einen Ruf der Freude und des Verlangens.

»Meryem!«

4

Die Besessenheit sieht nur das Objekt ihres Wahns. Sie glaubt alles, was sie glauben will, und stellt nichts in Frage. Achmed ergriff die schlanke Gestalt in dem gründgoldgesprenkelten Schleier, an den er sich so gut erinnerte, und drehte sie zu sich herum.

Erschrocken ließ Mathew den Schleier fallen.

»Du!« rief Achmed und schleuderte den jungen Mann von sich.

Als er mit fiebernden Augen die anderen um sich herum anschaute, erblickte er zwar seinen Bruder, doch kam es ihm nicht in den Sinn zu fragen, weshalb sich Khardan hier im Garten des Emirs aufhielt. In Achmeds Herzen gab es nur eine Frage.

»Wo ist sie?« wollte er wissen. »Wo ist Meryem? Dieser ... Mann ... trägt ihre Kleider ...«

Zohra legte ihre ermahnende Hand zu spät auf Khardans Arm. »Meryem ist tot«, sagte der Kalif heiser, ohne nachzudenken.

»Tot!« Achmed erbleichte; er begann zu wanken. Dann, mit einer schnellen Bewegung, riß er das Schwert aus seiner Scheide und sprang Khardan an. »Du hast sie umgebracht!«

Der Sprung des jungen Soldaten wurden von einem kräftigen Arm gebremst, der sich plötzlich um seinen Hals schlang und ihn würgte. Eine silberne Klinge blitzte auf; die grausamen Augen des Paladins funkelten. Im nächsten Augenblick würde Achmeds Blut aus einer Wunde an seiner Kehle hervorströmen.

»Auda, nein! Er ist mein Bruder!« Khardan ergriff die Hand des Paladins.

Auda bremste seinen tödlichen Stoß, hielt den jungen Mann aber so fest, daß Achmed weder reden noch schreien konnte. Seine Augen loderten vor Zorn, als er seinen Bruder anblickte. Hilflos versuchte er sich zu befreien.

»Es tut mir leid, Achmed«, sagte Khardan matt. »Aber sie hat versucht, mich umzubringen ...«

»Sie ist von meiner Hand gefallen«, sagte Mathew leise, »nicht von der Hand deines Bruders. Und es ist wahr, sie trug einen Giftring.«

Achmed hörte auf sich zu wehren; er erschlaffte unter Audas Griff. Seine Augen schlossen sich, und heiße Tränen quollen unter den Lidern hervor.

»Laß ihn gehen«, befahl Khardan.

»Er wird die Wachen rufen!« protestierte Auda.

»Laß ihn gehen! Er ist von meinem Blut!«

Widerwillig ließ Auda Achmed fahren. Der junge Mann öffnete bleich und zitternd die Augen und starrte seinen Bruder an. »Du hast immer alles gehabt! Alles!« rief er heiser. »Mußtest du das einzige vernichten, was mir gehörte?«

Ein Schluchzen schüttelte ihn. »Ich hoffe, sie bringen euch um, jeden einzelnen von euch!« Der junge Mann machte kehrt und stürzte sich blindlings zwischen die wohlduftenden Gewächse des Gartens. Sie hörten, wie er achtlos durch die Pflanzen trampelte.

»Sei kein Narr, Khardan! Du kannst ihn nicht gehen lassen!« Auda hielt den Dolch bereit.

Der Kalif zögerte, dann trat er hastig einen Schritt vor. »Achmed ...«

»Laßt den Jungen in Ruhe«, ertönte ein strenger Befehl.

Abul Qasim Qannadi, Emir von Kich, trat aus dem Schatten eines Orangenbaums. Der Duft des späten Morgens hing schwer über dem Garten – Rosen, Gardenien, Jasmin, Lilien. Die Palmen wisperten ihre endlosen Geheimnisse, in der Nähe sprudelte ein Springbrunnen. Irgendwo in den tiefsten Schatten stimmte eine Nachtigall ihr Lied an – eine einzige, herzzerreißende Note erklang, bis es schon schien, als müsse ihr die kleine Brust platzen.

Der Emir war allein. Er trug keinen Panzer, sondern weite Gewänder, die er lässig über einen Arm geworfen hatte. Eine Schulter war nackt, und seinem feuchten Haar und dem öligen Schimmer auf seiner Haut nach zu schließen, hatte er soeben ein Bad genommen. Er wirkte müder und älter, als Khardan ihn in Erinnerung hatte, aber das mochte auch daran liegen, daß er hier kein König im Diwan war, sondern ein halbbekleideter Mann in einem Garten. Ganz sicher war er heute morgen nicht mit seinen Soldaten geritten, noch war er zugegen gewesen, um die Rückkehr des Imams in die Stadt zu verfolgen oder ihn zu begrüßen.

»Attentäter?« fragte der Emir und musterte kühl und furchtlos die sonnenbeschienene Klinge von Audas Dolch.

»Nein«, erwiderte Khardan und schob sich zwischen den Paladin und den Emir. »Ich komme als Kalif meines Volks!«

»Stiehlt sich der Kalif seines Volks immer durch Löcher in der Mauer?« fragte Qannadi trocken.

Khardan errötete. »Es war die einzige Möglichkeit, die ich sah, hineinzukommen und mit dir zu sprechen! Denn ich mußte mit dir sprechen. Mein Volk ... es heißt, sie sollen zur nächsten Morgendämmerung abgeschlachtet werden!«

Qannadis braune, wettergegerbte Miene verhärtete sich. »Wenn du gekommen sein solltest, um zu betteln ...«

»Nicht, um zu betteln, o König!« versetzte Khardan stolz. »Laß die Frauen und Kinder, die Kranken und die Alten ziehen. Wir«, er zeigte über die Palastmauern hinweg in Richtung Wüste, »meine Männer und ich werden sich dir in gerechter und offener Schlacht stellen.«

Qannadis Miene wurde weicher, fast hätte er gelächelt. Er blickte in die Richtung, in die Khardan deutete, obwohl dort nichts anderes zu sehen war als blühende Schlingpflanzen und Bäume mit wachsigen Blättern. »Es müssen sehr wenige von euch sein«, sagte der Emir mit leiser Stimme. Er richtete seinen durchdringenden Blick auf Khardan. »Und mein Heer zählt in die Tausende!«

»Dennoch, wir werden kämpfen, o König!«

»Ja, das würdet ihr wohl«, meinte Qannadi nachdenklich, »und ich würde viele gute Männer verlieren, bevor es uns gelingt, euch zu vernichten. Aber sage mir, Kalif, seit wann kommt der Wüstennomade, um eine Herausforderung zur Schlacht mit seinen Frauen und ...« Sein Blick schweifte auf Auda. » ... einem Paladin des Nachtgotts zu überbringen. Aber vielleicht täusche ich mich. Vielleicht ist es nur eine Frau.« Ernst musterte Qannadi Zohra und sprach schon weiter, bevor Khardan etwas erwidern konnte. »Die Blumen in der Wüste blühen ebenso schön wie in den königlichen Gärten. Und tapferer, wie es scheint«, fügte er hinzu, als er bemerkte, daß Zohras trotzige Augen auf ihn gerichtet blieben und sich nicht keusch senkten.

Doch es war keine Zeit für Artigkeiten. Es bedurfte nur eines Worts von Qannadi, und die Eindringlinge in seinem Garten würden dem Obersten Scharfrichter vorgeführt, der schon dafür sorgen würde, daß sie diese Welt in qualvollster Langsamkeit verließen. Weshalb hatte Qannadi dieses Wort nicht gesprochen? fragte sich Khardan. Spielte er nur mit ihnen? Hoffte er darauf, alles zu erfahren, was er nur konnte? Doch wozu die Mühe? Er würde ihnen doch ohnehin schon bald alles, was er wissen wollte, aus ihren geschundenen Leibern gepreßt haben.

»Und du.« Seit Anfang dieses Gesprächs hatte Qannadi Mathew verstohlen gemustert, und nun richtete sich sein Blick endlich auf den Gegenstand seiner Neugier. »Was bist du?« fragte der Emir ohne Umschweife.

»Ich ... ich bin Mann«, sagte Mathew, dem die Röte die glatten, durchschimmernden Wangen färbte.

»Das weiß ich ... jetzt!« sagte Qannadi mit einem schiefen Lächeln. »Ich meine, was für ein Mann bist du? Woher kommst du?«

»Ich komme aus dem Land Aranthia auf dem Kontinent Tirish Aranth«, erwiderte Mathew zögernd, als sei er davon überzeugt, daß man ihm nicht glauben würde.

Qannadi jedoch nickte einfach nur, obwohl er dabei eine Augenbraue hob.

»Du hast davon gehört?« fragte Mathew verwundert.

»Ebenso wie der Kaiser«, erwiderte der Emir. »Wenn Unsere Kaiserliche Majestät ihren Willen bekommt, werde ich vielleicht schon bald dein Heimatland sehen. Soeben macht der Auserwählte Quars seine Schiffe bereit, um in die Hurn See zu stechen. Du bist also die Fischgräte, die in Feisals Schlund steckt.«

Verständnislos blinzelte Mathew ihn an. Qannadi lächelte, doch war es kein Lächeln, das sich in seine Augen widerspiegelte, die vielmehr ernst und düster blieben. »Der

Imam hat Nachricht erhalten, daß einer der Anhänger deines Gotts ... Ich habe den Namen vergessen. Es ist unwichtig.« Er winkte ab, als Mathew etwas erwidern wollte. »Einer der Anhänger, die doch angeblich alle an den Ufern des Bas niedergemacht wurden, überlebt hat und durch unser Land zieht. Und nicht etwa verirrt und vereinsamt, sondern mit Freunden, wie es scheint.«

Nachdenklich verstummte er. Khardan wartete unruhig, wagte nicht zu sprechen.

»Meryem ist also tot«, Qannadis Stimme klang matt, »und du bist es, der sie niederstreckte.«

Das Blut wich aus Mathews Gesicht, bis er erbleichte, doch er sah dem Emir tapfer und mit ruhiger Würde in die Augen. »Ich habe getan, was ich für richtig hielt. Sie wollte einen Mord ...«

»Ich weiß alles über Meryem«, unterbrach ihn Qannadi.

»Aber du warst es doch wohl nicht, der sie geschickt hat, o König?« fragte Khardan, der plötzlich begriff.

»Nein, ich nicht. Nicht daß ich nicht ruhiger geschlafen hätte, wenn sie erfolgreich gewesen wäre«, gestand der Emir mit einem Lächeln. »Du bist eine Gefahr, Nomade. Was noch schlimmer ist, du bist eine unschuldige Gefahr. Du hast keine Ahnung, welche Gefahr du darstellst. Du bist nicht ehrgeizig. Du kannst nicht über deine Dünen hinausblicken. Du bist ehrenwert, vertrauenswürdig, vertrauensvoll. Wie geht man mit einem Mann, wie du es bist, in einer solchen Welt um? Einer Welt, die verrückt geworden ist.«

Das Lächeln wich aus den müden Augen. »Ich habe versucht, dafür zu sorgen, daß du sie verläßt. Oh, nicht durch Meryem. Sie habe ich nur beim erstenmal geschickt, um dich auszuspionieren. Und als sie berichtete, daß deine Stämme sich gegen mich erhoben, habe ich dir Ehre erwiesen, obwohl du es nicht wußtest. Ich habe dir den Tod in der Gestalt von Gasim geschickt, meinem besten Hauptmann. Ich habe dir den Tod in der Schlacht geschickt, von Angesicht zu Angesicht, von Klinge zu Klinge. Kein Tod in der Nacht, in der Verkleidung der Liebe.«

»Der Imam«, sagte Khardan.

»Ja.« Qannadi atmete tief durch. »Der Imam.« Er hielt inne. Die Nachtigall war verstummt. Hinter den Mauern, in der Ferne, war das Gejohle der sich nähernden Menge zu hören. Die Prozession bahnte sich ihren Weg zum Tempel. »Also bist du gekommen und willst um das Leben deines Volks bitten«, fuhr der Emir mit eisiger Stimme fort. »Ich verweigere deine Forderung nach einer Schlacht. Das ist sinnlos. Eine Vergeudung von Leben, die ich mir kaum leisten könnte. Wenn die eroberten Städte, über die ich herrsche, davon Wind bekämen, würden sie mir an die Gurgel gehen. Und was willst du jetzt tun, Kalif? Was willst du tun mit einer Frau, deren Augen einem Habicht gleichen? Was willst du tun mit einem Mann aus einem fremden Land, wo Männer die magischen Kräfte von Frauen besitzen? Was willst du tun mit einem Paladin der Nacht, der einen Blutfluch zu erfüllen hat?«

Khardan, den diese Worte erschreckten, weil sie so genau trafen, wußte zunächst nichts zu erwidern, er konnte Qannadi nur anstarren und versuchen, die Absicht des Mannes zu ergründen. Es gelang ihm nicht.

»Ich werde ins Gefängnis gehen und mit meinem Volk sterben, o König«, erwiderte der Kalif gelassen.

»Natürlich wirst du das«, sagte Qannadi.

Mit einem Ruf, der selbst das Donnern von Hufen noch übertönt hätte, rief der Emir nach seinen Wachen.

»Was ist mit Achmed?« fragte Khardan hastig, als er das Stampfen von Stiefeln auf dem Gartenpfad vernahm. Zohra stand stolz da, den Kopf erhoben, die Augen funkelnd. Mathew musterte Qannadi schweigend. Auda ibn Jad schob seinen Dolch in ein Versteck und stand mit vor der Brust verschränkten Armen da, auf den Lippen ein gefährliches und finsteres Lächeln. Khardan behielt ihn wachsam im Auge, rechnete mit seiner Gegenwehr – Unbehagen ergriff ihn, als sie nicht stattfand.

»Mein Bruder sollte die Wahrheit über das Mädchen wissen«, setzte der Kalif fort.

»Er kennt die Wahrheit. Sie schwärt in seinem Herzen, Nomade«, sagte Qannadi. »Würdest du den Pfeil herausziehen, damit die Widerhaken ihm das Leben aus dem Leib reißen? Oder würdest du es nicht vorziehen, ihn langsam, zu seiner Zeit, herausheilen zu lassen?«

»Du liebst ihn, nicht wahr?«

»Ja«, erwiderte Qannadi.

»Ich auch.« Die Wachen waren gekommen und hatten Khardan und seine Gefährten gepackt, wobei sie weder Zohra noch Mathew verschonten, sondern sie mit festen Händen griffen und ihnen die Arme auf den Rücken bogen. »Halte ihn morgen fern, o König«, bat der Kalif drängend, während er darum kämpfte, dem Emir ins Auge zu blicken, als die Wachen ihn abschleppen wollten. »Laß ihn nicht mitansehen, wie sein Volk abgeschlachtet wird!«

»Bringt sie in den Zindan«, sagte Qannadi.

»Versprich es mir!«

Qannadi machte eine Geste. Ein Schlag in Khardans Bauch, und der Kalif hörte auf sich zu wehren. Widerstandslos drängten die Wachen sie aus dem Garten.

Qannadi stand auf dem Weg. Er sah mit an, wie die Fremden abgeführt wurden, und sagte leise: »Dein Gott sei mit dir, Nomade.«

5

Vier Gefangene machten sich auf den Weg in den Zindan, aber nur zwei von ihnen kamen dort auch an.

Zohra hörte nicht, was passierte, was an dem Durcheinander auf den Straßen lag, durch das man sie führte, und offensichtlich erging es dem Leutnant genauso, der für die Einlieferung der Nomaden im Zindan verantwortlich war. Der Anblick seiner Miene, als er sich umdrehte und feststellen mußte, daß die Hälfte seiner Schützlinge fehlte, reizte zum Lachen.

Tatsächlich lachte Zohra auch. »Morgen früh wirst du schon nicht mehr lachen, Kafir!« brüllte der Leutnant. »Wo sind die Männer – der Nomade und sein Freund?« wollte er von seinen Soldaten wissen, die einander nur verblüfft anstarrten.

»Vielleicht hat die Menge sie aufgehalten«, schlug der Gefängniskommandant behäbig vor, verschränkte die Hände über dem dicken Bauch und musterte Zohra mit anerkennendem Blick.

»Bah!« erwiderte der Leutnant; er war wütend und mehr als verängstigt. Ihm oblag die Verantwortung, dem Emir über diesen Verlust Bericht zu erstatten. »Wir wurden nicht von der Menge aufgehalten. Schick Leute aus, sie zu suchen.«

Achselzuckend befahl der Kommandant mehreren seiner Gefängniswächter, den Weg des Leutnants vom Zindan zum Palast zurückzuverfolgen, um nachzusehen, ob die Soldaten des Emirs der Hilfe bedurften. Dem Leutnant behagte die Andeutung des Kommandanten ganz und gar nicht, aber da er kaum in der Lage war, seinen Einwänden Luft zu machen, blieb er stumm und blickte eindringlich aus dem Fenster des Wachhauses auf den überfüllten Gefängnishof.

»Was sollen wir mit diesen beiden Schönheiten anfangen?« fragte der Kommandant und ließ die Finger kreisen.

»Steck sie zu den anderen«, sagte der Leutnant zerstreut. »Sie sollen nicht mißhandelt werden.«

Der Kommandant fuhr sich mit der Zunge über seine fettigen Lippen. »Das werden sie nicht, das kann ich dir versichern. Ich weiß ganz genau, wie ich sie ... zu behandeln habe.« Er erhob sich tolpatschig und sah aus dem Fenster. »Ah, da kommen ja meine Männer, und wie es scheint, bringen sie Neuigkeiten.«

Mathew nutzte die Gelegenheit, um ein Stück näher an Zohra heranzukriechen.

»Was passiert? Wo ist Khardan? Was haben sie mit ihm gemacht?«

»Er ist natürlich beim Paladin«, erwiderte sie flüsternd. »Wir können nichts für sie tun, Mat-hew, und sie auch nichts für uns. Unsere Wege haben sich getrennt. Wir sind auf uns allein gestellt.«

Die beiden Gefängniswächter trafen mit roten Gesichtern

beim Kommandanten ein. »Wir haben zwei der Männer des Emirs gefunden, Gebieter, in einer Sackgasse. Tot. Man hat ihnen die Kehle durchgeschnitten.«

»Unmöglich! Ich habe doch überhaupt nichts gehört!« sagte der verwirrte Leutnant. »Hat irgend jemand etwas gesehen?«

Die beiden Wächter schüttelten den Kopf.

»Ich werde mich persönlich davon überzeugen gehen, bevor ich dem Emir Meldung mache.«

»Tut das«, meinte der Kommandant. »Und ich werde dir für deine Rückkehr eine Sonderzelle vorbereiten«, murmelte er schadenfroh, als er dem Leutnant hinterherblickte, der gerade steif auf die Straße hinausschritt.

Der Gefängnisleiter, der sich mit Bedauern an das leichte Leben unter dem Sultan erinnerte, hatte wenig Verwendung für den Emir und schon überhaupt keine für seine Soldaten, einen reichlich vorlauten Haufen, der auf ihn herabsah und sich ständig in das einmischte, was der Kommandant als seine ureigenen Vorrechte bei der Behandlung von Gefangenen betrachtete.

»Euch gut behandeln! Das werde ich, meine Blumen!« Mit einem gierigen Blick auf Zohra rieb er sich sie Hände. »Ich hätte auch die Gesellschaft einiger weiterer eurer Art genießen können, wenn dieser pompöse alte Esel im Palast nicht ständig seine Soldaten herumschnüffeln ließe. Aber heute nacht nimmt jedermann an der Zeremonie des Imam teil. Eure Männer haben euch im Stich gelassen.« Er kam mit einem lüsternen Grinsen auf Zohra zu und streckte seine fette Hand aus. »Diese Feiglinge! Aber ihr werdet sie nicht vermissen. Heute nacht will ich euch Kafiren einmal zeigen, wie das ist, die Gesellschaft eines wirklichen Manns zu genießen ...«

Hart trat Zohra dem Mann den Fuß in die Kniekehle. Sein Bein knickte ein, und er mußte sich an einem Stuhl festhalten, um nicht zu stürzen. Der Schmerz ließ seine schweren Wangen erbleichen; sein Kinn bebte vor Zorn. »Kafirhündin!« Er griff nach ihrem verschleierten Haar, riß ihren Kopf zurück und fing an sie zu küssen. Zohras Fingernägel schossen auf sein Gesicht zu. Mathew schob den Arm zwischen den Mann und Zohra und versuchte, Zohra zurückzuzerren.

»Kommandant«, ertönte eine Stimme in der Tür.

»Wie?« Der Gefängnischef schleuderte Mathew beiseite, drehte sich um, wobei er Zohra immer noch mit einer Hand schmerzhaft am Haar festhielt.

»Du sollst dich beim Emir melden«, sagte der Wächter und versuchte dabei, überall zu schauen, nur nicht auf seinen schwitzenden Vorgesetzten. »Sofort. Er hat anscheinend bereits von den ermordeten Soldaten vernommen.«

»Nun ja!« Der Kommandant schleuderte Zohra zu Boden. Dann richtete er seine Uniform, wischte sich das Gesicht ab und schritt fluchend den Palastmauern entgegen. »Führ sie in den Komplex«, befahl er mit einer Handbewegung.

Der Wächter baute sich vor Zohra und Mathew auf und wartete darauf, daß sie sich erhoben, ohne ihnen Hilfe anzubieten, doch mit einem unangenehmen Grinsen im Gesicht. Die Gefängniswächter waren von dem Kommandanten wegen ihres rohen und brutalen Charakters ausgesucht worden.

Wer in diesem harten Land zum Gefängnis verurteilt wurde, hatte oft guten Grund, jene zu beneiden, über die das Todesurteil gesprochen worden war. Es lag ausschließlich an der Einmischung des Imams, der in seinen Versuchen nicht nachließ, die Kafiren zu bekehren, daß die am Tel gefangengenommenen Nomaden eine gute Behandlung genossen hatten. Die Wächter waren dazu gezwungen gewesen, sich einen Monat lang der Frauen anzunehmen, ohne sie auch nur berühren zu dürfen. Doch das würde an diesem Abend sein Ende finden. Die Soldaten des Emirs und die Soldatenpriester des Imams würden gebraucht werden, um die Menschenmenge zu zügeln. Niemand würde sich um die Gefangenen kümmern. Ob Vergewaltigung oder Mord – wer sollte am Morgen schon davon erfahren, wenn man sie ohnehin im Namen Quars abschlachten würde?

Zohra sah den Haß und die Lust in den viehischen Augen des Manns lodern und erkannte, welches Verhängnis den

Gefangenen mit dem Einbruch der Dunkelheit drohen würde. Es würde eine Nacht des Grauens werden. Als Mathew ihr auf die Beine half, war seine Hand kalt und klamm; da begriff sie, daß auch er verstanden hatte.

Khardan war fort, ein Gefangener Audas, oder sein williger Helfer. Er hatte diese Gefahr nicht vorhergesehen, sie war ihm nicht in den Sinn gekommen. Wußten die Frauen im Gefängnis, in welcher Gefahr sie schwebten? Könnte man sie dazu bringen, sich dagegen im Kampf zu erheben? So, wie Zohra ihr Volk kannte, zweifelte sie nicht daran, daß sie sich wehren würden. Sie fragte sich unruhig, ob sie sie auch davon überzeugen könnte, mit Hilfe dieser fremden Magie zu kämpfen, die von einem Verrückten unterrichtet wurde.

Das müssen sie, sagte sie entschieden bei sich.

Mit Akhrans Hilfe. Oder auch ohne sie.

Aus dem Augenwinkel bemerkte Khardan, daß der hinter Auda ibn Jad folgende Wachsoldat plötzlich aus dem Blickfeld verschwand. Der Kalif spürte ein heftiges Rucken von hinten. Die Hände des Wachsoldaten, die seine Arme festhielten, krampften sich zusammen, dann ließen sie von ihm ab. Er war frei. Als er sich überrascht umsah, erblickte er die Leichen der beiden Wachen auf der Straße, jede mit einer roten Wunde, die sich über die Kehle zog.

»Hier entlang!« zischte eine Stimme.

»Zohra ...« fing Khardan an und starrte den Wachen nach, die nichts mitbekommen hatten und nun Zohra und Mathew fortführten.

»Nein!« Auda stellte sich ihm in den Weg. »Willst du etwa alles zunichte machen?«

Es war die schwierigste Entscheidung, die der Kalif jemals hatte fällen müssen, und er mußte sie binnen eines Augenblicks treffen. *Verweigerst du mir das Recht für mein Volk zu sterben, weil ich eine Frau bin?* hallten Zohras Worte in seinem Kopf wider.

Auda hatte recht. Vielleicht würde Khardan die einzige Chance zunichte machen, die ihnen blieb. Er mußte sie gehen lassen – jedenfalls für den Augenblick.

Der Paladin und der Kalif huschten in eine dunkle Seitengasse. Zwei dunkle Gestalten, schwärzer als die Nacht, schwebten vor ihnen. Plötzlich öffnete sich eine Tür. Hände rissen Khardan in ein Gebäude, in dem es sehr kühl war und das allein von dem Sonnenlicht beleuchtet wurde, das beim Eintritt durch die Tür strömte. Als die Tür wieder zugeschlagen wurde, konnte der Kalif nichts mehr ausmachen.

»Brauchst du irgend etwas, Effendi?« fragte eine Stimme, die Khardan irgendwie vertraut vorkam.

»Ja, Kiber. Zwei Kutten der Soldatenpriester.«

»Nur zwei, Effendi?« Der Mann klang enttäuscht. »Sollen wir denn nicht bei deiner Aufgabe helfen?«

»Nein, ich werde mein Leben für diese Sache geben. Euer Leben ist ihr nicht verschrieben, und unser Volk darf nicht vergeudet werden.« Ein raschelndes Geräusch wie von einer Hand, die eine Schulter packte. »Du warst ein treuer Diener, Kiber. Du hast sowohl mir selbst als auch dem Gott wohlgedient. Meine letzte Bitte an meinen Gebieter lautet, daß du im Dienste Zhakrins zum Ritter geschlagen werden mögest, um meinen Platz einzunehmen. Sage ihm nach deiner Rückkehr, daß dies mein Wille ist.«

»Danke, Effendi.« Kibers Stimme klang ehrfürchtig. »Die Kutten werden unter den geschwärzten Steinen dessen liegen, was einst unsere Moschee in dieser Stadt war. In der Mitte wirst du hier Speis und Trank finden. Es war mir eine Ehre, dir diese vielen Jahre dienen zu dürfen, Auda ibn Jad. Du hast mich viel gelehrt. Ich bete darum, daß ich deiner würdig sein werde. Zhakrins Segen!«

Die Tür ging auf, grell stach das Licht ins Zimmer, dann schloß sie sich wieder, und es blieben nur noch Dunkelheit und Stille und der Atem der beiden zurückgebliebenen Männer.

»Zhora und Mat-hew.« Khardan drehte sich um. »Ich muß gehen ...«

Eine eiserne Hand schloß sich um seinen Unterarm. »Sie tun, was sie tun müssen, Bruder, und das werden wir ebenfalls. Ich rufe dich jetzt an, Khardan, Kalif deines Volks, den Schwur zu halten, den du mir im Verlies der Burg Zhakrin geleistet hast.«

»Und wenn ich es nicht tue«, fragte Khardan, »wirst du mich dann niedermachen?«

»Nein«, erwiderte Auda leise. »Ich nicht. Wie verfährt dein Gott mit Wortbrüchigen?«

Zögernd und unentschlossen wartete Khardan darauf, daß sich seine Augen an die Dunkelheit gewöhnten. Er konnte ibn Jad jetzt sehen, eine unscharfe, graue Gestalt, die sich in der Finsternis umherbewegte.

»Ich sollte bei meiner Frau sein. Bei meinen Frauen«, berichtigte er sich selbst ironisch, als ihm einfiel, daß auch Mathew zu ihm gehörte. »Ich sollte bei meinem Volk sein. Es ist in Gefahr.«

»Das ist es. Und das sind auch wir. Zohra und Mathew wissen zu kämpfen. Kannst du ihnen helfen, ohne um Magie zu wissen? Nein, du könntest ihnen großen Schaden zufügen. Sie stellen die eine Hoffnung deines Volks dar, und du bist die andere. Und dein Weg folgt meinem.«

»Dir ist mein Volk doch völlig gleichgültig«, erwiderte Khardan zornig, hilflos. Er wußte, daß Auda recht hatte, aber es gefiel ihm nicht, er kämpfte dagegen an. »Du würdest ihnen doch morgen die Kehle durchschneiden, wenn dein Gott es befehlen sollte.«

Er beugte sich vor, ergriff einen Laib des flachen, ungesäuerten Brotes und biß einen großen Brocken davon ab, den er mit warmem, schal schmeckendem Wasser aus einem Ziegenhautschlauch herunterspülte.

»Du hast recht, Bruder«, sagte Auda Ibn Jad, und die weißen Zähne blitzten kurz zu einem Grinsen auf. »Aber ich weiß, was dich treibt. Das ist die Verbindung zwischen uns. Wir sind beide bereit, für unser Volk unser Leben hinzugeben. Und jetzt siehst du doch wohl ein, Bruder, daß die einzige Hoffnung deines Stammes der Tod dieses Priesters ist?«

Khardan erwiderte nichts, kaute nur auf Brot.

»Bestimmt ist dir doch aufgefallen«, setzte Auda nach, »daß der Emir dich mit seinem Segen hat ziehen lassen.«

Die Augen des Kalifen verengten sich ungläubig. Auda brach in Gelächter aus, dann unterdrückte er es sofort wieder und ließ den Blick zu der verschlossenen Tür hinüberhuschen. »Du Narr!« sprach er leiser. »Qannadi hätte seinen Wachen auch befehlen können, uns auf der Stelle niederzumachen – hätte es eigentlich tun müssen! Der Emir ist ein weitgereister Mann. Er kennt das Volk des Zhakrin, er kennt mein Ziel. Und er schickt mich unter leichter Bewachung ins Gefängnis! Nomaden!« Auda schüttelte den Kopf. »Ihr habt den Schwertarm des Kriegers, den Mut des Löwen und die unschuldige Seele eines Kindes.

Da haben wir hier einen Emir, einen Soldaten, einen Heerführer, der es sehr gern sähe, wenn sich die Herrschaft seines Kaisers so weit ausdehnte wie möglich, der es aber auch schätzen würde, wenn dabei noch einige Untertanen übrigblieben. Die Menschen können schwere Steuerlasten ertragen. Dann knirschen sie mit den Zähnen und lassen die Peitsche über sich ergehen. Aber taste die Religion eines Menschen an, und du beeinträchtigst seine Seele, sein Leben im Jenseits. Aus bestimmten Bemerkungen Qannadis schließe ich, daß die Städte im Süden kurz vor der Rebellion stehen. Er spricht davon, daß sein Heer in die Tausende zählt. Aber ich habe nicht annähernd so viele in Kich gesehen. Er hat wenig Kräfte, um sein Herrschaftsgebiet zu schützen. Der Emir hatte recht«, fügte der Paladin etwas nachdenklich hinzu. »Du weißt noch nicht, wie gefährlich du bist, Nomade. Wenn du das tust, wird die Welt, wie ich glaube, erzittern.«

Er verstummte, aß und trank. Auch Khardan schwieg, dachte nach. »Wo kommen deine Leute her?« fragte er gereizt. »Woher wußte Kiber, daß wir in Kich sind?«

»Die Schwarze Zauberin hat ihn für den Fall geschickt, daß ich Hilfe brauche. Sie hat unsere Leute in alle anderen Städte gesandt, durch die ich auf meiner Suche nach Feisal hätte kommen können.«

»Und wie hast du Verbindung zu Kiber hergestellt?« setzte Khardan beharrlich nach. »Ich war doch die ganze Zeit bei dir! Ich habe niemanden gesehen. Du hast mit niemandem gesprochen ...«

»Ich habe ihn durch meine Gebete gerufen, Nomade. Unser Gott hat mir meinen Diener zugeführt, als ich darum bat. Mach dir nichts daraus, das kannst du nicht verstehen.« Auda beendete seine Mahlzeit und streckte sich behaglich auf dem Boden aus, die Hände hinter dem Kopf verschränkt. »Du solltest etwas schlafen, Bruder. Die Nacht wird lang.«

Khardan legte sich auf den Boden der schäbigen Hütte. Die Hitze war betäubend. Vielleicht nicht heißer als in der Wüste, aber er fühlte sich eingesperrt und konnte nicht atmen. Ruhelos wälzte und wand er sich.

Zohra. Er fürchtete um sie, vertraute ihr aber auch. Deshalb hatte er sie gehen lassen. Er wußte um ihren Mut, niemand besser als er. Sie hatte ihm mehr als einmal die Stirn geboten und obsiegt. Er erkannte ihre Klugheit an, obwohl sie – hier mußte er wehmütig lächeln – niemals weise werden würde. Immer war sie anmaßend mit ihrer spitzen Zunge und dem aufbrausenden Temperament, und so handelte und sprach sie, ohne nachzudenken. Er hoffte nur, daß dieser Fehler sie nicht über den Rand des Abgrunds führen würde. Aber Mathew war bei ihr. Der junge Hexer hat genug Weisheit für beide, für uns drei sogar, wenn wir schon beim Thema sind, gestand Khardan sich ein. Mathew würde sie führen, und sie würden – so Akhran es wollte – sicher sein.

Sicher ... und was dann?

Mit trostlosem Seufzen schloß Khardan die Augen.

Eine lange Nacht.

Es könnte eine sehr lange Nacht werden. Eine, die eine Ewigkeit andauerte.

6

Da es nicht annähernd genügend Zellen gab, um sie darin alle unterzubringen, hatte man die Frauen und Kinder der Nomaden auf dem Mittelhof des Zindan zusammengetrieben. Bei ihrer Gefangennahme vor einigen Monaten hatte man ihnen noch Häuser in der Stadt zugewiesen und ihnen erlaubt, in den *Souks* von Kich so gut sie konnten ihren Lebensunterhalt zu bestreiten. Im Gegenzug hatte der Imam darauf gehofft, daß der Einblick ins Stadtleben – Schulen, Nahrung, Unterkunft, Sicherheit – sie von ihrem unseßhaften Leben abbringen und zu Quar bekehren würde. Er hatte gehofft, daß ihre Ehemänner aus der Wüste kommen würden, um sich zu ihren Familien zu gesellen, und einige wenige hatten das auch getan. Doch als Monat um Monat verstrichen war und die meisten es nicht taten, als man Feisal meldete, daß die Nomadenfrauen ihre Kinder immer noch von der *Madrasah* fernhielten und nie am Tempel des Quar vorbeigingen, ohne vorher auf die gegenüberliegende Straßenseite zu wechseln, begann der Imam die Geduld zu verlieren.

Feisal war verzweifelt. Er war der mächtigste Priester der ganzen bekannten Welt. Er war nach Khandar eingeladen worden, um die Führung der Kirche zu übernehmen. Er, Feisal, würde es sein, der die Truppen des Kaisers über das Meer führen würde, um den Ungläubigen des fernen Landes Tirish Aranth das Wissen um den einen, wahren Gott zu bringen. Und doch gab es hier eine Handvoll zerlumpter Anhänger eines geschlagenen Gotts, die ihn ganz offen herausforderten, ihn ganz offen vor der ganzen Welt lächerlich machten. Er, Feisal, war gnädig gewesen. Er hatte ihnen Gelegenheit gegeben, umzukehren. Jetzt würde er keine Gnade mehr walten lassen.

Das Wort hatte sofort die Runde gemacht, und die Nomaden, überwiegend Frauen und Kinder, wurden zusammengetrieben und in den Zindan verbracht. Die Männer kamen in Zellen, den Frauen überließ man das freie Gelände, wo sie ihre Betten aufschlagen, ihre Mahlzeiten kochen und sich um ihre Kinder kümmern konnten. Wenn die Soldaten des Emirs nicht anwesend waren, wurden die Männer heimlich geschlagen. Die Frauen und jungen Mädchen beobachtete man mit Haß und Begierde. Die Soldatenpriester standen, die nackten Schwerter in der Hand, um sie herum. Die gespenstische Gestalt der Todin strich oft am Zindan vorbei, und ihre hohlen Augen waren wachsam und begierig.

Als Zohra und Mathew das Gelände betraten, von den grinsenden Wächtern durch das Tor geschoben, wurden sie von allen dabei beobachtet. Und doch sagte niemand ein Wort. Das Spielen der Kinder verstummte, als die Mütter sie eng an die Röcke ihrer Umhänge preßten. Jedes Gespräch brach ab.

Den Kopf stolz erhoben, schritt Zohra durch die Reihen ihres Volks. Mathew, der den Anschein erweckte, daß ihm unbehaglich zumute war, folgte in wenigen Schritten Entfernung.

Als Zohra sich umschaute, erblickte sie zwar viele Bekannte aber keine Freunde. Die Frauen ihres eigenen Stamms, der Hrana, verabscheuten sie wegen ihrer unfraulichen Art, die ihnen deutlicher als alle Worte offenbarte, welche Verachtung ihre Prinzessin für sie hegte. Die Frauen der Akar haßten Zohra, weil sie eine Hrana war, weil sie ihren Liebling, ihren Kalifen geheiratet hatte, um dann keinerlei Gespür für diese hohe Ehre zu beweisen, indem sie sich weigerte, seine Mahlzeiten zuzubereiten, sein Zelt zu versorgen und seine Teppiche zu knüpfen. Die Frauen von Zeids Stamm mochten sie nicht, weil sie eine Hrana war und wegen der Gerüchte, die sie über sie gehört hatten.

Was Mathew betraf, so war er verrückt – ein Mann, der sich Frauenkleider angelegt hatte, um dem Tod zu entgehen. Akhran verlangte, daß man den Verrückten mit gebührender Höflichkeit begegne, und so behandelte man ihn auch höflich. Aber Respekt, Freundschaft? Das war völlig ausgeschlossen.

Die Schar der Frauen teilte sich, um Zohra und Mathew vorbeischreiten zu lassen. Zuerst blickte Zohra sie alle verächtlich an, während ihre eigenen Gefühle des Hasses und des Hohns wie Gift in ihrem Blut brannten. Als sie sich umdrehte, um Mathew von der Seite anzublicken und ihn zu fragen, weshalb sie sich nur diese Mühe gemacht hatten, brachte sie sein Gesichtsausdruck dazu, innezuhalten. Mitgefühl, verbunden mit wachsendem Zorn, hatte dem jungen Mann einen Tränenschimmer in die grünen Augen getrieben. Zohra blickte ihr Volk ein zweitesmal an – und sah es zum allersten Mal.

Die Lebensbedingungen der Leute waren gräßlich – ungenügende, ungesunde Nahrung, wenig Wasser; sie lebten jeden Tag buchstäblich am Rande des Todes. Jede Frau hatte einen Platz auf dem Gefängnishof, der gerade groß genug war, um ihre Decke darauf auszubreiten. Kinder wimmerten vor Hunger oder saßen da und starrten mit Augen auf die Welt hinaus, die schon viel zu früh viel zuviel gesehen hatten. Hier und dort lag eine Frau auf einer Decke, zu schwach, um sich noch zu rühren. Zohra bemerkte einen Geruch von Krankheit. Ohne ihre Kräuter und *Feishas* waren die Frauen nicht dazu in der Lage, die Kranken zu versorgen. In einer abgelegenen Ecke des Hofs bedeckte eine Decke jene, die während der Nacht gestorben waren.

Und doch besaßen diese Frauen und Männer etwas, das ihre Peiniger ihnen nie entreißen konnten: ihre Würde und ihre Ehre. Als Zohra sie anblickte und die ruhige Gelassenheit bemerkte, die sie umgab, als sie die furchtlosen Augen schaute, Augen, die den Glauben an ihren Gott und aneinander in sich trugen, spürte Zohra, wie ihr eigener Stolz erlosch. Die Wunde in ihrer Seele würde nun endlich beginnen zu heilen. Die Augen dieser Frauen waren ein Spiegel, spiegelten sie selbst, und plötzlich mochte Zohra nicht, was sie da sah.

In ihrer Sehnsucht nach der Macht der Männer hatte sie nicht gesehen oder sich geweigert es zu sehen, daß Frauen über ihre eigene Macht verfügten. Es bedurfte des Zusammenspiels beider Kräfte, um ihr Volk am Leben zu halten, um Kinder in die Welt zu setzen, um sie zu beschützen und zu hegen und zu nähren. Keine der beiden war besser oder wichtiger als die andere, beide waren notwendig und gleichwertig.

Respekt und Ehrerbietung füreinander – das war die Ehe in den Augen des Gotts.

Zohra vermochte diese verwirrenden Gedanken nicht auszudrücken. Sie konnte nicht einmal damit beginnen, sie zu begreifen. In diesem Augenblick wußte sie nur, daß sie sich schämte und sich dieser tapferen, ruhigen Frauen unwürdig fühlte, die einen täglichen, hoffnungslosen Kampf geführt hatten, um ihre Familien zusammenzuhalten und den Glauben an ihren Gott zu bewahren.

Vor diesen Augen mußte Zohra den Kopf senken. Sie geriet ins Straucheln und spürte, wie Mathew seinen Arm um sie stahl.

»Bist du krank oder verletzt?«

Wortlos schüttelte sie den Kopf, unfähig zu sprechen.

»Ich weiß«, sagte er, und seine Stimme brannte von einem Zorn, der sie erschreckte. »Das ist abscheulich! Ich kann einfach nicht glauben, daß Menschen einander so etwas antun können! Wir werden sie hier herausholen, Zohra!«

Ja! Bei Akhran, das würde sie! Zohra hob den Kopf, vertrieb blinzelnd die Tränen aus ihren Augen und suchte die Menge nach der einen Frau ab, mit der sie sprechen wollte. Da stand sie, am Ende der Reihe der schweigenden Frauen, wartend. Badia – Khardans Mutter.

Zohra trat auf die Frau zu, die der Prinzessin nicht ganz bis ans Kinn reichte. Wie sie Badia anschaute, sah Zohra die Weisheit in den dunklen Augen, deren Schönheit von den Altersfalten in ihren Winkeln noch betont wurde. In diesen Augen schaute sie die Tapferkeit, die auch durch die Adern ihres Sohnes strömte. Sie schaute die Liebe zu ihrem Volk, die Khardan hierhergeführt hatte, um für sie sein Leben zu geben. Gedemütigt sank Zohra vor Badia auf die Knie. Sie streckte die Hände vor, ergriff die ihrer Schwiegermutter und drückte sie an ihre geneigte Stirn.

»Mutter, verzeih mir!« flüsterte sie.

Wenn ein Leopard gekommen wäre, um sein Haupt in ihrem Schoß zu betten, wäre Badia nicht überraschter gewesen. Verwundert und mit tausend Fragen im Kopf, reagierte Badia aus ihrem eigenen mitfühlenden Wesen heraus wie auch aus jener geheimen Bewunderung, die sie immer für diese starke Frau ihres Sohnes empfunden hatte. Sie erinnerte sich, daß die Mutter des Mädchens tot war, zu früh gestorben war, bevor sie ihrer Tochter die Weisheit einer Frau hatte vermitteln können. Badia kniete nieder, legte die

Arme um Zohra und preßte das verschleierte Haupt ihrer Schwiegertochter an die Brust.

»Ich verstehe«, sagte sie sanft. »Tochter, wir haben einander nichts zu vergeben.«

»Mein Sohn lebt!« Die Freude und die Dankbarkeit in Badias Augen waren ein Geschenk, das Zohra mit Freunden und voller Stolz ihrer Schwiegermutter überreichte.

»Er lebt nicht nur, er lebt sogar voller Ehre«, sagte Zohra, offensichtlich etwas warmherziger als sie vorgehabt hatte, denn sie erblickte ein belustigtes Flackern in den dunklen Augen Badias.

Die beiden und Mathew sprachen ruhig während des Nachmittags miteinander, umgeben von den anderen Frauen. Jene, die in vorderster Reihe standen, gaben die Neuigkeiten an jene in der hinteren weiter, die nichts verstehen konnten. Die Wachen musterten diese Schar ohne Interesse und Beunruhigung. Sollten sie doch reden.

»Khardan wurde zum Propheten Akhrans ernannt, denn er hat die Dschinnen aus ihrem Gefängnis zurückgeholt, wo sie von Quar festgehalten wurden.« Das entsprach zwar nicht ganz der Wahrheit, war für diese eilige Gelegenheit aber immerhin doch wahr genug.

»Und Zohra ist ein Prophet in Akhrans«, fügte Mathew hinzu, »denn sie kann Wasser aus Sand machen.«

»Kannst du das wirklich, Tochter?« fragte Badia ehrfürchtig. Ein Murmeln durchzog die Schar der Frauen, und viele, die nicht so leicht verzeihen konnten wie Badia, musterten Zohra mit Argwohn.

»Das kann ich«, erwiderte Zohra demütig, ohne den Stolz der ihre Worte sonst begleitete. »Und ich kann euch das gleiche beibringen. Genau wie Mat-hew«, sie griff hinter sich nach der Hand des Jünglings und hielt sie fest, »es mir beigebracht hat.«

Das schien Badia mit Zweifel zu erfüllen, und so beeilte sie sich, das Thema zu wechseln. »Mein Sohn – wo ist er? Ist er bei seinem Vater?«

»Khardan ist in der Stadt ...«

Ein erregtes Rascheln, ein leises Seufzen der Hoffnung unter den Frauen.

»Er ist gekommen, um uns zu retten!« sprach Badia in aller Namen.

»Nein«, sagte Zohra mit fester Stimme, »er kann uns nicht retten. Unsere Männer können uns nicht retten. Wir müssen uns schon selbst retten.« Langsam, vorsichtig erklärte sie ihnen die Lage, stellte ihnen das Dilemma der Nomaden dar, die es nicht wagten, die Stadt anzugreifen, um ihre Familien zu befreien, weil sie doch wußten, daß man ihre Familien bereits niedermachen würde, noch bevor sie die Stadtmauern erreicht hätten.

»Aber der Imam hat doch verfügt, daß wir am Morgen sterben sollen!«

»Also müssen wir diesen Ort bis zum Morgen verlassen haben«, meinte Zohra.

»Aber wie?« Hilflos ließ Badia den Blick zu den hohen Mauern hinüberschweifen. »Schlägst du uns etwa vor, uns Flügel wachsen zu lassen und davonzufliegen?«

»Vielleicht kannst du ja auch den Sand in Wasser verwandeln, damit wir hinausschwimmen können«, schlug eine von Zeids Frauen höhnisch vor.

Mathews Hand schloß sich um Zohras, doch seine Warnung war nicht erforderlich. Der kühle Kopf der Prinzessin erstickte die hitzigen Worte, mit denen sie sonst das Fleisch ihres Opfers versengt hätte.

»Wir sind mit einem Plan hierhergekommen, uns selbst zu befreien. In dem Land hinter dem Meer, aus dem Mathew stammt, verleiht Sul den Männern Magie. In seinem eigenen Land ist Mat-hew ein mächtiger Zauberer.«

Die Frauen wechselten stirnrunzelnd Blicke, sie wußten nicht so recht, wie sie darauf reagieren sollten.

»Aber meine Tochter, er ist doch verrückt«, sagte Badia vorsichtig und verneigte sich dabei vor Mathew, um ihm anzuzeigen, daß sie seine Gefühle damit nicht verletzten wollte.

»Nein, das ist er nicht«, widersprach Zohra. »Na ja, vielleicht ein wenig. Aber das macht nichts. Er verfügt über einen Zauber, den er uns allen beibringen kann, so wie er mir den Zauber des Wassermachens beigebracht hat.«

»Und was wird dieser Zauber bewirken?« fragte Badia. Sie blickte streng um sich, und gebot den anderen damit zu schweigen.

»In meinem Land«, sagte Mathew verlegen, dem die hundert dunklen Augenpaare nur zu bewußt waren, die sich nun auf ihn richteten, »ist es sehr kühl, und es regnet fast jeden Tag. Wir haben große Gewässer – Seen und Flüsse –, und so gibt es gewaltige Mengen Wasser in der Luft. Manchmal wird das Wasser in dieser Luft in meinem Land dicht genug, um es zu sehen, und doch nicht so dicht, daß man es nicht atmen könnte.« So kam er nicht weiter. Die meisten schienen jetzt noch überzeugter davon zu sein, daß er so verrückt war wie ein Pferd, das Schlafmohn fraß.

»Es ist, als würde der Gott Akhran eine Wolke vom Himmel herabschicken. Die Wolke nennt man in meinem Land Nebel«, stieß er tollkühn nach. Die Zeit wurde knapp, sie hatten noch viel zu tun. »... und wenn dieser Nebel die Erde bedeckt, können die Menschen nicht allzu klar durch ihn hindurchsehen, weshalb sie sich verwirrt fühlen. Betrachtet man vertraute Gegenstände durch Nebel, sehen sie seltsam und unwirklich aus. Es ist schon vorgekommen, daß Leute sich in einem Wald verirrten, den sie ihr ganzes Leben lang schon kannten. Mit dem Segen Suls kann der Zauberer seinen eigenen Nebel hervorbringen und ihn dazu benutzen, sich zu schützen. Durch die Macht dieses Zaubers umgibt sich der Magus mit einem magischen Nebel, der in den Köpfen all jener, die ihn sehen, sofort Zweifel und Verwirrung herstellen kann.«

»Verschwindet er«, fragte Badia, die nun trotz allem doch noch Interesse entwickelte.

»Nein«, erwiderte Mathew, »aber jenen, die den Magus unmittelbar anblicken, scheint es, als sei er verschwunden. Man kann ihn weder sehen noch hören, denn der Nebel dämpft auch völlig das Geräusch seiner Bewegungen. So kann er seinen Feinden entkommen, indem er davonschlüpft.«

Wie er durch versiegelte Tore kommen wollte, war zwar eine gänzlich andere Frage, doch Mathew hoffte, daß sich schon beizeiten eine Lösung dafür finden würde. In seinem Heimatland, wo die Leute an Nebel gewöhnt waren, wirkte dieser Zauber nur zum Teil, und so wurde er hauptsächlich von Leuten verwendet, die in den Wäldern oder den dunklen Seitenstraßen der Stadt plötzlich auf Räuber trafen. Es war ein einfacher Zauber, einer der ersten, den man den Novizen beibrachte, die ihn häufig verwendeten, um zur Schlafenszeit ihren Lehrern zu entwischen. Doch Mathew hoffte darauf, daß das Erschaffen von Nebel in diesem Land, wo man ihn nicht kannte, die Wachen hinreichend aus der Fassung bringen würde, damit die Männer ihnen die Schlüssel entreißen und die Tore aufsperren konnten.

In Mathews Geist gab es einen winzigen, nagenden Zweifel, doch er zog es vor, ihm keine Beachtung zu schenken. Auf der entsprechenden Seite des Zauberbuchs gab es eine in roter Tinte niedergeschriebene Warnung, daß der Zauber nur von einzelnen und niemals von einer ganzen Gruppe ausgeführt werden dürfe, es sei denn unter den dringendsten Umständen. Er vermutete, daß irgendein Ausbilder ihm einmal den Grund für diese Ermahnung genannt haben mußte, doch an diesem Tag mußte Mathew den Unterricht verschlafen haben, denn er konnte sich an nichts erinnern. In seinem eigenen, sicheren, ruhigen Land schien es keine allzugroße Bedeutung zu haben.

Aber jetzt ... na ja, es bestand immerhin kein Zweifel daran, daß man diese Lage wirklich als äußerst dringende Umstände bezeichnen durfte!

»Alles, was wir brauchen, um den Zauber auszuführen«, fuhr er fort, wobei er das erwachende Interesse in den Augen der Frauen bemerkte und selbst Begeisterung zu entwickeln begann, »ist das Pergament, auf das jede von euch ihn aufschreiben muß. Zohra und ich haben die Pergamente unter unseren Kleidern versteckt mitgebracht. Und wir brauchen Wasser.«

»Wasser?« Badia wirkte ernst. »Wieviel Wasser?«

»Na ja ...« Mathew stockte. »Eine Schale für jede. Gibt es im Gefängnis denn keinen Brunnen?«

»Draußen vor den Mauern, ja.« Badia wies auf die Stelle.

Mathew verwünschte sich. Würde er denn niemals begreifen, daß Wasser in diesem Land knapp und kostbar war? Er dachte angestrengt nach. »Die Wachen müssen euch doch Wasser bringen. Wann? Wieviel?«

Badias Miene hellte sich etwas auf. »Sie bringen uns am Morgen und am Abend Wasser. Nicht viel, vielleicht einen Becher für jeden, und den müssen wir mit den Kindern teilen.«

Als er die geschwollenen Zungen und rissigen Lippen der Frauen betrachtete, die dazu gezwungen waren, in der heißen Sonne des Gefängnishofs zu stehen oder zu arbeiten, konnte Mathew sich schon denken, wieviel sie davon tranken und wieviel sie den Kindern weitergaben. Sein Zorn erschreckte ihn. Hätte er jetzt den Imam zwischen die Finger bekommen, er hätte dem Mann das Leben aus dem Leib geprügelt. Unter Mühe riß er sich wieder zusammen.

»Wenn die Wachen heute abend das Wasser bringen, dürft ihr nichts davon trinken, sondern müßt es an einem sicheren Ort verstecken. Es darf kein einziger Tropfen vergeudet werden, denn ihr werdet jedes bißchen brauchen. Und betet zu Promenthas, daß es genügt!«

»Werdet ihr es tun?« fragte Zohra erregt.

Alle Frauen sahen auf Badia. Als Majiids Hauptfrau hatte sie das Recht auf Befehlsgewalt, und sie hatte es sich während dieser Krise wahrhaft verdient. Alle respektierten sie, alle vertrauten ihr.

»Was ist mit den jungen Männern und einigen unserer Ehemänner, die in den Zellen eingesperrt sind?«

»Wo sind die Zellen,« fragte Mathew und blickte sich um.

»In dem Gebäude dort.«

»Irgendwelche Wachen?«

»Drei. Sie haben die Schlüssel am Mann, damit sie die Zellen betreten können, wenn sie die Insassen mißhandeln wollen«, erwiderte Badia verbittert.

»Dann werden wir uns eben vor Durchführung des Zaubers erst ins Wachhaus begeben, die Wächter überwältigen und die Männer befreien.« Mathew sprach in geschmeidigem Tonfall, obwohl er nicht die leiseste Ahnung hatte, wie sie das bewerkstelligen sollten. »Die Männer müssen in eurer Nähe bleiben, wenn der Zauber verhängt wird, dann wird der Nebel auch sie umhüllen.«

»Sie werden kämpfen wollen«, warf eine junge Ehefrau ein.

»Wir müssen dafür sorgen, daß sie es nicht tun«, entgegnete Badia forsch und in den Augen, von denen man wußte, daß sie sogar den mächtigen Majiid in die Knie gezwungen hatten, glitzerte Stahl. Das Glitzern verblaßte jedoch, und nun schaute sie in düsterem Ernst auf Zohra. »Wenn wir dies nicht tun sollten, Tochter, welche Möglichkeit bleibt uns dann noch?«

»Keine«, erwiderte Zohra leise. »Dann werden wir hier sterben. Und zwar ... auf die gräßlichste Art. Und unsere Männer werden bei dem Versuch sterben, unseren Tod zu rächen.«

Badia nickte. »Das Ende unseres Volkes.«

»Ja.«

Die Frauen auf dem Gefängnishof warteten, beobachteten Badia, deren Haupt entweder in feierlichem Denken oder vielleicht zum Gebet geneigt war. Schließlich hob sie den Blick und sah ihrer Schwiegertochter in die Augen. »Ich beginne, Akhrans Weisheit zu begreifen, als er dich zur Frau meines Sohns erkor. Bestimmt hat der Gott dich gesandt, und vielleicht hat er sogar den Verrückten geschickt, um uns zu helfen.«

Badia wandte sich an Mathew. »Zeig uns, was wir tun müssen.«

7

Die Nacht brach in Teilen Kichs an, während sie in anderen im Zaum gehalten wurde. Der Tempel und das ihn umgebende Gelände schimmerte kräftiger als die Sonne; Fackeln und Freudenfeuer warfen die Dunkelheit zurück und hielten sie außerhalb der Umzäunung, mit der man die Tempelstufen eingefaßt hatte, von wo der Imam zu seinem Volk sprechen sollte. Der große goldene Widderkopfbau war bereit. Nachdem man den goldenen Altar in den Tempel verbracht hatte, hatte man einen anderen gebaut, der von den unteren Priestern geweiht worden war, um sich auf die Darbietung des Glaubens der Lebenden und der Seelen der Toten an Quar vorzubereiten.

Der Imam und seine Priester sollten um Mitternacht zum Volk reden. Feisal hatte vor, die Leute mit seinen Worten zu fesseln und zu bezaubern, sie in einen fiebrigen heiligen Wahn zu reden, in dem sie jeden Gedanken an sich selbst und aneinander verlieren und allein für den Gott existieren würden. In einem solchen Zustand würde der Qualm der verbrennenden Leiber abgeschlachteter Frauen und Kinder nicht nach üblem Mord riechen, sondern wie das lieblichste Duftöl, das sich gleich Weihrauch dem Himmel entgegenhob.

Die Helligkeit der Lichter um den Tempel ließen jene Teile der Stadt, die man der Nacht überlassen hatte, um so dunkler erscheinen. Spät am Abend waren die Straßen fast leer. Bis auf einen gelegentlichen Händler, der noch die allerletzte Möglichkeit nutzen wollte, saumseligen Kunden das Geld auszuquetschen, gab es nur wenige Passanten. Manchmal waren die Soldatenpriester Feisals zu sehen, die sich auf der Suche nach jenen befanden, welche einer etwas eindringlicheren Aufforderung bedurften, um Quars Segen in Empfang zu nehmen. Und so erregten die beiden Soldatenpriester, die in der Nähe der Kasbah die Straße entlanggingen, nur wenig Aufmerksamkeit.

Die Straße war dunkel, die Verkaufsstände auf der anderen Seite geschlossen und abgesperrt. In Haus und *Arwat* waren die Lichter erloschen, denn heute nacht würde niemand in seinem Bett schlafen. Auf den ersten Blick wirkte die Straße viel zu leer, und Khardan fluchte.

»Er ist nicht da.«

»Doch, das ist er«, versetzte Auda kühl.

Als er blinzelnden Blicks in die tiefen Schatten hineinspähte, konnte Khardan im Widerschein der Flammen, die den Himmel erleuchteten, eine geduckte Gestalt erkennen, die an der Mauer kauerte.

»Die Anhänger des Benario werden diese Nacht nicht dem Quar opfern, sondern ihrem eigenen Gott, für den diese Festlichkeiten Fleisch und Wein sind«, sagte Auda mit grimmigem Lächeln.

In der Tat. Mehr als einer in der Menschenmenge würde später entdecken, daß seine Geldbörse gestohlen, daß ihr Schmuck entwendet war. Mehr als einer würde nach Hause zurückkehren und seine Truhe geplündert vorfinden.

Als sie sich vorsichtig durch die Straßen stahlen, ergriff Khardan plötzlich Audas Arm und deutete.

»Schau, nicht jeder im Palast nimmt an der Feier teil.«

Hoch oben in einem Turm brannte ein einsames Licht. Dort saß – obwohl die beiden unter ihm ihn nicht sehen konnten – Qannadi. Allein in seinem Raum, umgeben von seinen Landkarten und Depeschen, las er jede davon aufmerksam und machte sich mit fester, ruhiger Schrift Notizen. Doch als er dem atemlosen, dem gedrückten und angespannten Schweigen lauschte, hatte der Emir das Gefühl, als stünde er auf Messers Klinge. Er hatte Kräfte in Bewegung gesetzt, über die er keine Kontrolle besaß, und ob es zum Guten oder zum Bösen geschehen war, wußte Sul allein.

Auda zuckte mit den Schultern. Das Licht war weit entfernt und stellte keine Gefahr dar. Mit leisen Bewegungen begab er sich mit Khardan zu dem blinden Bettler hinüber, der mit dem Rücken an der Mauer der Kasbah dasaß. Doch obwohl ihre unbekleideten Füße kein Geräusch gemacht hatten, waren sie anscheinend nicht leise genug gewesen. Die milchigen Augen wurden aufgerissen, der Kopf wandte sich ihnen zu.

»Soldatenpriester«, sagte er, seinen Korb ausstreckend. »Im Namen Quars, zeigt Erbarmen.«

»Du riechst unsere Kleidung aber nicht die Männer darin«, erwiderte Auda leise, während er eine Reihe von Münzen in den Korb fallen ließ und Khardan mit einer Geste anwies, das gleiche zu tun. Der Kalif überreichte ihm seine Börse, die das allerletzte Geld seines Stammes enthielt.

Der Bettler rümpfte die Nase. »Du hast recht. Du stinkst nach Weihrauch. Aber ich kenne diese Stimme. Was willst du, der du das Paßwort des Benario benutzt und doch nicht zur Bruderschaft gehörst?«

Das schien Auda Unbehagen zu bereiten, und der blinde Bettler grinste, sein zahnloser Mund ein großes, klaffendes Loch in der flammenbeschienenen Nacht. Mit vorgestreckter Hand packte er Khardans Arm und ergriff ihn so kräftig, wie man es von jemandem, der so schwach und gebrechlich zu sein schien, nicht erwartet hätte. »Sag mir, was du tun wirst, Mann, der nach Pferd riecht«, die andere Hand packte auch Auda, »und Mann, der nach Tod riecht.«

»Der Tod ist mein Geschäft, alter Mann«, sagte Auda barsch. »Und je weniger du weißt, um so besser.«

»Der Tod ist dein Geschäft«, wiederholte der Bettler, »und doch bist du nicht gekommen, den Emir umzubringen, denn das hättest du heute bereits erledigen können. Ich hörte euch sprechen – meine Ohren sind sehr gut, wie du vielleicht bemerkt haben wirst. Was Benario nimmt, zahlt er manchmal doppelt heim. Ich denke, ihr wollt wohl wissen, wie man den Tunnel findet, der unter der Straße zum Tempel führt.«

»Ein solches Wissen könnte durchaus interessant sein«, erwiderte Auda beiläufig. »Wenn nicht heute nacht, dann irgendwann später einmal.«

Der Bettler lachte und ließ beide fahren.

»Wir haben kein Geld mehr«, sagte der Kalif, weil er dachte, daß der Alte es darauf abgesehen hatte.

Der Bettler machte eine wegwerfende Geste. »Ich will

deine Münzen nicht. Aber du hast etwas, was du mir im Tausch gegen meine Hilfe tatsächlich geben kannst.«

»Was denn?« fragte Khardan zögernd, und er wurde den Eindruck nicht los, daß diese blicklosen Augen ihn durchschauen konnten.

»Den Namen der Frau, die sich vorbeugte, um einem armen Bettler zu helfen, als ihr Mann ihn heute liegenlassen wollte.«

Khardan fuhr zusammen vor Überraschung. »Ihren Namen?« Zweifelnd blickte er Auda an, der nur mit den Schultern zuckte.

»Zohra«, sagte Khardan, sprach es langsam und zögerlich aus, weil er das Gefühl hatte, daß daran etwas sehr Besonderes sein mußte.

»Zohra«, flüsterte der blinde Bettler. »Die Blume. Das paßt zu ihr. Von nun trage ich den Namen in meinem Herzen«, die leeren Augen verengten sich, »und er wird mich beschützen. Nachdem ihr durch die Mauer geklettert seid, tretet ihr vier Schritte vor, dann kommt ihr auf einen mit Steinplatten belegten Gartenpfad. Folgt diesem Pfad vierzig Schritt weit, dann erreicht ihr eine weitere Mauer, in die ein hölzernes Tor eingelassen ist. Dieses Tor trägt das Zeichen des goldenen Widderkopfes. Es gibt kein Schloß, obwohl ich darauf wetten würde, daß Qannadi sich nur zu oft eins gewünscht hätte«, kicherte der alte Mann. »Der Imam und seine Priester können sich heutzutage ungehindert im Palast bewegen. Folgt dem Tunnel, der führt euch zu einem weiteren Tor, das doch ein Schloß hat. Doch du, Mann des Todes, dürftest keine Schwierigkeiten haben es zu öffnen. Dieses Tor führt euch in den Altarraum.«

Mit diesen Worten ließ der Bettler die Hand hinter sich gleiten. Sie vernahmen ein Klicken, dann klaffte die Mauer auf. Auda huschte hinein, und Khardan wollte ihm schon folgen, als er doch noch einmal die knochige Schulter des Bettlers berührte. »Der Segen Akhrans sei mit dir, Vater.«

»Ich habe den Namen der Frau«, erwiderte der Bettler in scharfem Ton. »Mehr werde ich heute nacht nicht brauchen.«

Verwundert ließ Khardan den Bettler zurück und schlüpfte zum zweitenmal an diesem Tag in den verbotenen Lustgarten des Emirpalastes.

Sie hatten keine Schwierigkeiten, den Anweisungen des Bettlers zu folgen. Es war gut, daß er ihnen die Zahl der Schritte genannt hatte, denn die Dunkelheit unter den Bäumen war dicht und undurchdringlich. Sie bewegten sich selbst wie Blinde, wobei Khardan Audas Arm festhielt, damit sie nicht voneinander getrennt wurden. Auda zählte halblaut seine Schritte, und sie eilten über die Pflastersteine, glitten zwischen den duftenden Bäumen daher, vorbei an den tanzenden Springbrunnen. Vierzig Schritte weiter erreichten sie einen Teil des Gartens, der weniger überwachsen war als der Rest. Als sie unter dem Laubdach hervortraten, konnten sie im roten Glühen des Himmels wieder mehr sehen und entdeckten das gesuchte Tor.

Der goldene Widderkopf auf dem Holz schimmerte gespenstisch. Khardan hatte das unbehagliche Gefühl, daß die Augen ihn feindselig beobachteten, doch als er vortrat, um das Tor aufzustoßen und einzutreten, hielt Auda ihn davon ab.

»Einen Augenblick«, sagte der Paladin.

»Was ist denn? Du warst es doch, der es nicht erwarten konnte hierherzukommen«, fauchte Khardan gereizt.

»Warte«, lautete ibn Jads ganze Antwort.

Zu Khardans Verwunderung sank der Schwarze Paladin vor dem goldenen Widderkopf auf die Knie, dessen Augen heller denn je zu leuchten schienen. Auda holte etwas aus seinen Kleidern, hielt es in der gereckten rechten Hand. Khardan sah, daß es ein schwarzer Medaillon war, mit dem silbernen Abbild einer durchtrennten Schlange darauf.

»Von diesem Augenblick an«, sagte Auda ibn Jad deutlich, »liegt mein Leben in deinen Händen, Zhakrin. Ich schreite voran, den Blutfluch zu erfüllen, der von dem sterbenden Catalus über diesen Mann namens Feisal verhängt wurde, der nicht nur danach strebte, uns unser Leben und die Freiheit unseres Volkes zu nehmen, sondern auch unsere unsterblichen Seelen.«

Auda griff in seine Robe und holte einen Gegenstand hervor, den Khardan sofort erkannte – den Dolch mit der durchtrennten Schlange. Der Paldain hob ihn mit der Linken auf dieselbe Höhe mit dem Medaillon. »Die Hand, die diesen Dolch hält, ist nicht länger meine Hand, sondern deine, Zhakrin. Führe sie ans Herz deines Feindes.«

Audas dem Licht zugewandtes Gesicht war bleich und kalt wie Marmor, die grausamen Augen dunkel und leer. Ein eisiger Wind kam auf und wehte durch den Garten. Eine Woge des Bösen packte Khardan, so daß er kaum noch aufrecht stehen konnte und nur noch zitternd dastand.

Was tue ich hier eigentlich? dachte der Nomadenprinz voll Grauen. Warst du es, der mich hierhergesandt hat, Akhran, oder bin ich getäuscht worden? Bin ich nur durch List an diesen bösen Mann gekettet worden und wird es darin enden, daß ich in die dunkle Grube des Sul stürze und meine Seele für immer verliere? Welch Unterschied besteht zwischen Auda und diesem Feisal? Welcher Unterschied ist zwischen Quar und Zhakrin? Gewiß würde Zhakrin selbst versuchen, zum einen, wahren Gott zu werden, wenn er nur könnte! Was geschieht eigentlich im Himmel, das mich auf der Erde auf diesen Weg geführt hat?

Im Kampf würde ich diesem bösen Krieger das Leben rauben, aber ich will es ihm nicht im Dunkeln entreißen. Und doch will er sich mir nicht im Kampf stellen, aber wie kann ich mein Volk anders retten?

Hilf mir, Akhran! Hilf mir!

Und dann sprach Auda wieder, und in seiner Stimme klang Sanftheit und Belustigung. »Noch ein letztes Gebet, Zhakrin. Entbinde diesen Mann, Khardan, seines Eids, so wie ich ihn dessen entbinde. Wenn ich tot bin, wird er meinen Tod nicht zu rächen brauchen. Wenn mein Blut ihn berührt, soll es nur als Segen und nicht als Fluch geschehen. Darum bitte ich dich, Zhakrin, als einer, der in der Erwartung voranschreitet, bald bei dir zu sein.«

Auda neigte den Kopf und reckte Dolch und Medaillon noch höher in die Nacht hinaus.

Khardan lehnte sich mt dem Rücken gegen die Mauer,

zitternd und doch in dem Gefühl, daß er irgendwie eine Antwort bekommen hatte. Jedwede Beschränkung war von ihm genommen.

Auda, der sich auf den Boden geworfen hatte, erhob sich wieder. Er küßte den Dolch und ließ ihn in die Falten seines gestohlenen Priesterumhangs gleiten. Dann küßte er das Medaillon und hängte ihn sich um den Hals.

»Man wird ihn sehen«, bemerkte Khardan.

»Ich will auch, daß man ihn sieht«, erwiderte der Paladin.

»Wenn sie dich erblicken, werden sie wissen, was du vorhast, und dich niedermachen.«

»Sehr wahrscheinlich. Ich werde lange genug leben, um mein Ziel zu erreichen, und danach spielt es keine Rolle mehr.«

Auda öffnete die Tür, doch Khardan stellte sich ihm in den Weg.

»Ich möchte diesen Mann erst sprechen sehen und hören«, sagte der Kalif mißmutig. »Ich möchte ihm eine letzte Gelegenheit gewähren, den Befehl für mein Volk zurückzunehmen. Versprichst du mir das, bevor du angreifst?«

»Ich bin nicht der einzige, den sie niedermachen werden«, antwortete Auda mit einem huschenden Gespenst von einem Lächeln auf den bärtigen Lippen.

»Schwöre es, bei deinem Gott!«

Auda zuckte mit den Schultern. »Also gut, doch nur, weil du eine nützliche Ablenkung darstellen könntest. Ich schwöre es.«

Dann nahm Khardan seinen Arm zurück und betrat neben Auda den Tunnel.

Hinter ihnen schloß sich lautlos die Tür.

8

»Nun, das wär's«, sagte Sond und starrte düster auf das Tunneltor, durch das sein Gebieter soeben verschwunden war. »Wir dürfen den geheiligten Ort eines anderen Gotts nicht betreten.«

»Wir könnten hierbleiben und den Rückzug bewachen«, schlug Fedj vor.

»Pah! Gegen wen sollen wir den Rückzug denn bewachen?« versetzte Sond säuerlich. »Alle versammeln sich zur Zeremonie. Nur die Leibwachen des Emirs sind noch da. Nach allem, was ich in Erfahrung bringen konnte, hat Qannadi sie abgestellt, um jene zu verstärken, die die Menge in Schach halten sollen.«

»Wir können ja in die Küche des Emirs gehen und nachsehen, was sie dort zum Abendessen vorbereitet haben«, schlug Usti vor und rieb sich dabei die fetten Hände.

»Habe ich nicht gerade gehört, wie deine Gebieterin nach dir rief?« fragte Sond mit mürrischer Miene.

»Diese List hast du einmal zu oft gegen mich eingesetzt, Sond«, sagte Usti mit hochmütigem Stolz. »Es ist schon lange nach dem Abendessen, es dauert noch ungefähr eine Stunde bis Mitternacht. Wir können hier nichts mehr tun, und ich glaube nicht, daß es etwas schaden könnte, einen Besuch in der Kü ...«

»Usti!«

Es war – ganz eindeutig – eine weibliche Stimme.

»Im Namen Akhrans!« Usti wurde so bleich wie der Bauch eines toten Fischs.

»Leise!« befahl Sond und lauschend. »Das ist keine sterbliche Stimme ...«

»Usti! Sond! Fedj! Wo seid ihr?« Die Namen wurden zugleich drängend und zögernd ausgesprochen, als trüge die Sprecherin einen inneren Kampf mit sich selbst aus.

»Ich weiß! Es ist dieser Engel von Pukah!« Sond blickte erstaunt drein, aber nicht allzusehr erfreut. »Was kann die denn hier ...«

»Du hast den Verrückten vergessen«, unterbrach ihn Fedj. »Schließlich ist sie seine Beschützerin.«

»Du hast recht. Das war mir entfallen.« Der Dschinn furchte die Stirn. »Sie sollte nicht so nach uns rufen. Damit macht sie jeden von Quars Unsterblichen in der Stadt auf uns aufmerksam.«

»Ich gehe zu ihr«, erbot sich Raja und verschwand, um sofort mit dem in seine weiße Robe gekleideten Engel wieder zu erscheinen, der neben dem mächtigen Dschinn klein und zerbrechlich wirkte.

»Promenthas sei Dank, daß ich euch gefunden habe!« rief Asrisal und klatschte in die Hände. »Ich meine ...« Sie errötete verwirrt. »... Akhran sei Dank ...«

»Wie können wir dir behilflich sein, werte Dame?« fragte Sond ungeduldig.

»Zunächst«, warf Fedj mit einem tadelnden Blick auf seinen Artgenossen ein, »möchten wir dir unser Beileid ausdrücken.«

»Euer Beileid?« Asrial wirkte verunsichert und wußte nicht, was sie sagen sollte.

»Entschuldige uns, aber es blieb uns nicht verborgen, daß unser Gefährte Pukah sich einen ganz besonderen und ehrenvollen Platz in deinem Herzen erobert hat – obwohl ich nicht genau weiß wie.«

»Es ist ... töricht von mir, so zu empfinden, fürchte ich«, erwiderte Asrial schüchtern. »Es ist unrecht, daß wir Unsterbliche füreinander Empfindungen hegen ...«

»Unrecht!« Gerührt von ihrer Trauer, nahm Sond ihre Hand und drückte sie tröstend. »Wie soll das Unrecht sein, wenn es doch deine Liebe zu ihm war, die in Pukah die besten Eigenschaften hervorbrachte und ihm die Kraft verlieh, sich aufzuopfern?«

»Glaubst du das wirklich?« Forschend blickte Asrial dem Dschinn in die Augen.

»Das tue ich, werte Dame, von ganzem Herzen«, erwiderte Sond.

»Und ich auch«, rumpelte Raja.

»Und ich auch. Und ich auch«, murmelten Fedj und Usti, die sich eine Träne aus dem dicken Gesicht wischte.

»Aber du hast nach uns gerufen«, warf Sond ein. »Wie können wir dir behilflich sein?«

Asrials Ängste, die sie für einen Augenblick vergessen hatte, kehrten nun zurück und ließen die Farbe aus den ätherischen Wangen entweichen. »Mathew und eure Herrin Zohra! Sie schweben in der schrecklichsten Gefahr. Ihr müßt kommen und ihnen helfen.«

»Aber das dürfen wir nicht. Wir sind nicht gerufen worden«, versetzte Sond, der gleichzeitig besorgt und unschlüssig dreinblickte.

»Das liegt nur daran, daß sie nicht wissen, in welcher Gefahr sie schweben werden.« Asrial rang die Hände. »Aber Mathew spricht davon, die Wachen zu überwältigen, und er hat einen Dolch bei sich, den eine der Frauen ins Gefängnis einschmuggeln konnte. Er versteht überhaupt nichts vom Kämpfen, und die Wachen sind stark und brutal! Ihr müßt mit mir kommen! Ihr müßt!«

»Wir sind hier auf jeden Fall nutzlos«, stieß Fedj ins gleiche Horn.

»Das stimmt.« Sond nagte an seiner Unterlippe. »Und doch sind wir nicht gerufen worden.«

»Doch, das sind wir wohl«, meinte Usti. Er zeigte mit einem juwelenbesetzten Finger auf Asrial. »*Sie* hat uns gerufen!«

»Ein Engel, der einen Dschinn ruft?« Sond sah zweifelnd aus.

»Sollen sie sich beim nächsten Tribunal darüber streiten«, meinte Raja. »Ich jedenfalls werde mit der Dame gehen.« Er verneigte sich, die Hand aufs Herz gelegt, in Asrials Richtung.

»Sind alle dazu entschlossen?« Sond blickte Fedj an, der nur nickte.

»Meine Herrin ist so stur, daß sie mich niemals rufen würde«, bemerkte Usti. »Ich werde gehen.«

»Nicht stur. Intelligent – denn sie weiß genau, was sie bekommt, wenn sie dich ruft«, versetzte Sond. »Edle Dame

Asrial, wir stehen zu deiner Verfügung. Und möge Akhran uns gnädig sein, wenn er jemals herausbekommt, daß wir für einen Engel gearbeitet haben!« hauchte der Dschinn und warf einen besorgten Blick an den Himmel.

Im Zellenblock des Zindan ließ der Gefängniswächter mit verzerrtem Gesicht die Peitsche auf den nackten Rücken seines Opfers niedersausen. Der Junge wand sich in den Armen, die ihn festhielten, stieß aber keinen Schrei aus.

»Schlag ihn noch ein paarmal, damit er seine Stimme wiederfindet«, empfahl einer der Wächter, der den Jungen an den Armen festhielt.

»Ja, heute nacht wird niemand seine Schreie bemerken«, meinte der andere.

Der Wächter schlug noch einmal auf den Rücken ein, der schon mit den Narben früherer Bestrafungen gezeichnet war. Der Junge zuckte zusammen und rang nach Luft, schluckte aber seinen Schrei herunter und schaffte es, seinen Peinigern einen triumphierenden Blick zuzuwerfen, obwohl ihm das Blut aus dem Mund rann und er genau wußte, daß er beim nächten Hieb für diesen Blick bitter bezahlen würde.

Doch der nächste Hieb kam nicht mehr. Der Wächter blickte verblüfft drein, als eine riesige, körperlose Hand die Peitsche aus seinem Griff riß und sie zur Decke emporführte.

Die drei Gefängniswärter standen vor der Außentür des Zellenblocks, wo sie Ausschau nach etwaigen Soldaten des Emirs halten konnten. Dieser Teil des Gebäudes war ihr üblicher Standort für »Bestrafungen«, was die zahlreichen Blutflecken auf dem Fußboden bezeugen konnten. Von drei Mauern umgeben, war es kein großes Gebäudeteil, und es wurde dadurch noch kleiner, daß es von den massigen Leibern vier riesiger Dschinnen ausgefüllt wurde.

»Ach, du hast etwas fallengelassen«, sagte Raja und ließ die riesige Peitsche zwischen Daumen und Zeigefinger baumeln. »Gestatte mir, sie dir zurückzubringen, *Sidi*!« Mit flinken Fingern wickelte er die Peitsche um den Hals des Wärters.

Der Wärter kämpfte und mühte sich, konnte es aber mit dem Dschinn nicht aufnehmen und war schon bald vertäut wie ein Huhn, wie Usti bemerkte, während er sich mit der Zunge über die Lippen fuhr.

»Befehl ihnen, den Jungen loszulassen«, sagte Raja.

Der Wärter blickte den Dschinn vernichtend an. »Ich nehme keine Befehle von dir entgegen, Kafirbrut. Und ich fürchte mich auch nicht vor euch. Wenn Quar euch erst in die Finger bekommt, werdet ihr euch wünschen, nie geboren worden zu sein!«

»So intelligent wie stattlich«, bemerkte Sond ernst. »Sehen wir doch mal, ob er es sich nicht noch einmal überlegt.«

Raja nickte und verpaßte der Peitsche eine Drehung und einen Zug, die den Mann heftig über den Boden wirbelte, bis er schließlich mit dem Kopf gegen die gegenüberliegende Wand prallte. Sein erschlaffter Leib sank zu Boden. Die beiden anderen Wärter ließen plötzlich den Jungen fahren, der sofort ins Taumeln geriet und zu ihren Füßen zu Boden ging.

Der Junge war aber rasch wieder auf den Beinen und beeilte sich noch mehr, als er Sond auf sich zueilen sah. Der Dschinn musterte den Jungen eindringlich. »Ein Hrana?« fragte er.

»Ja, o Dschinn«, erwiderte der Junge vorsichtig, nachdem er Sond genau gemustert und als einen Unsterblichen wiedererkannt hatte, der zu seinem Feind gehörte. Als er Sond in Gesellschaft von Fedj erblickte – dem Unsterblichen seines eigenen Stamms –, wußte der Junge nicht so recht, was er davon halten sollte.

»Du bist tapfer, Hrana«, sagte Sond anerkennend. »Wie heißt du?«

»Zaal.« Beim Lob des Dschinn begann das gequälte Gesicht des Jungen zu strahlen.

»Wir haben Verwendung für dich, sofern du gehen kannst.«

»Mir fehlt nichts«, sagte der Junge, obwohl sich bei jeder Bewegung sein Gesicht verzerrte.

Sond verbarg sein Lächeln. »Wo bewahren diese Hunde die Schlüssel zu den Zellen auf, Zaal?«

»An ihren fetten Körpern, o Dschinn«, antwortete Zaal mit einem Blick verbitterten Hasses.

Sond schritt hinüber, um nachzusehen. »Du scheinst tatsächlich eine gewaltige Last mit dir herumzuschleppen, *Sidi*«, sagte der Dschinn zu dem gegen die Mauer gesackten Wachtposten. »Ich werde dich um dieses Gewicht erleichtern, Sidi.«

Der Wärter, der wieder zu sich kam, antwortete mit einer üblen Verwünschung, indem er Sond empfahl, eine anatomische Unmöglichkeit mit sich selbst zu vollführen.

Mit einer schnellen Rückhand rammte Fedj den Kopf des Manns gegen die Mauer. »Was sind denn das für Ausdrücke, he? Wie soll der Junge denn bloß Respekt vor dem Alter lernen, wenn du so daherredest, *Sidi*?«

»Mir reicht es jetzt«, knurrte Raja ungeduldig. »Bringen wir ihn um und nehmen wir uns die Schlüssel.«

»Oho!« heulte der Wärter und blickte sie böse an. »Ihr jagt mir keine Angst ein! Ich weiß, daß ihr Dschinnen kein Menschenleben nehmen dürft, ohne die Erlaubnis eures Gotts dafür zu haben. Aber wo steckt denn der Wandernde Akhran dieser Tage? Er scheint tot zu sein, nach allem, was wir hören!« Der Wärter spuckte aus. »Wir werden schon bald kurzen Prozeß mit seinen Anhängern machen!«

»Er hat nicht ganz unrecht«, warf Fedj ein. »Wir dürfen kein Menschenleben nehmen.«

»Ja, aber ist das auch ein Mensch?« erkundigte sich Usti entgegenkommend. »Ist das überhaupt irgend jemand von diesen ... diesem ... Abschaum?«

»Eine interessante Feinheit«, bemerkte Fedj.

Die beiden anderen Wärter blickten ihren Anführer furchterfüllt an, der seinerseits immer rot anlief.

»Was soll das heißen? Natürlich bin ich ein Mensch!« polterte er. »Versucht bloß, mich umzubringen, dann werdet ihr schon sehen, in welche Schwierigkeiten ihr kommt!«

»Ist das ein Befehl, *Sidi*?« fragte Sond höflich. »Wenn ja, so werde ich eilen, zu gehorchen ...«

»N-nein!« stammelte der Wärter, als er begriff, was er da gesagt hatte. Seine Stimme wurde zu einem schrillen Quieken, als der Dschinn sich vor ihm aufbaute. »Nein!«

»Die Schlüssel, *Sidi*, wenn du die Güte hättest?« Raja streckte eine riesige Hand aus, die mühelos den ganzen Hals des Manns hätte umschlingen können.

Mit einem bösartigen Fauchen zog der Wärter die Schlüssel und schleuderte sie fluchend zu Boden. Auf Sonds Wink sprang Zaal herbei, um sie aufzunehmen und dem Dschinn zu bringen.

In diesem Augenblick ertönte ein Klappern an der Tür, die sofort unter dem Ansturm von Mathew und mehreren Nomadenfrauen aufbrach, die sich sodann, Dolche in den Händen, im Raum verteilten.

Mathew stockte der Atem; er starrte den riesigen Dschinn an. Seine Miene war grimmig. Er hatte sich offensichtlich darauf eingestellt, entweder seinem Tod zu begegnen oder sein Ziel mühsam zu erkämpfen, und diese unverhoffte Verschnaufpause raubte ihm buchstäblich den Atem.

Sond trat vor, verneigte sich tief vor dem erstaunten Hexer und streckte ihm die Schlüssel entgegen. »Es sind die deinen, o Hexer, verfüge darüber nach Belieben. Bedarfst du heute nacht noch weiterer unserer Dienste?«

»Ich ... ich ... ihr dient mir doch gar nicht«, sagte Mathew stockend.

»Nein, Gebieter Hexer. Wir dienen jemandem, der dir dient.« Sond deutete zur großen Verwirrung des Jungen zu einer Stelle über Mathews Schulter hinüber. »Der Dame Asrial.«

»Wartet!« sagte Zohra. »Ja, wir haben Verwendung für euch. Die Tore ...«

»Raja, kommt mit! Pst!« Sond legte lauschend den Kopf schräg. »Mein Gebieter!« rief er mit hohler Stimme und verschwand.

Raja verschwand ebenfalls. Fedj und Usti blieben zurück und starrten einander unschlüssig an.

Dann vernahmen sie das Geräusch – ein fremdartiges und gespenstisches Geräusch, das allen Anwesenden im Raum einen Schauer über den Rücken jagte.

Das wilde Gebrüll eines marodierenden Mobs.

Und es kam immer näher.

9

Der Tunnel verlief vom Palast aus tief unter die geschäftige Hauptstraße von Kich, bis er sich dem neuerbauten und üppig verzierten Tempel des Quar entgegenhob. Der Tunnelboden war glatt, sauber und trocken, zweifellos von den Dienern des Imam entsprechend gepflegt. An der Wand hingen Fackeln in gußeisernen Haltern, und sie begannen in der Zugluft, die durch das Öffnen des Gartentores entstand, zu qualmen und zu flackern. Als Khardan den kühlen Tunnel betrat, staunte er über den Frieden und die Ruhe unter der Erde, wo doch alles über ihm nur Lärm und Durcheinander war.

In schnellem Schritt durchquerten der Kalif und der Paladin der Nacht den schmalen Tunnel. Es war eine weite Strecke. Als er zurückblickte, konnte Khardan den Eingang nicht mehr erkennen. Der Boden ging in eine Steigung über, und da wußten sie, daß sie sich dem Tempel näherten. Nun bewegten sie sich noch vorsichtiger und leiser – mehr aus Instinkt als aus echter Notwendigkeit. Bei der kreischenden Menschenmenge unmittelbar über ihren Köpfen hätten sie hier unten getrost ein Spiel *Baigha* veranstalten können, einschließlich der dazugehörigen Pferde, ohne daß irgend jemand sie gehört hätte.

Schon bald konnten die beiden im Flackern der Fackeln die glitzernden Augen eines weiteren Widderkopfs erkennen. Da wußten sie, daß sie am Ziel waren. Auda musterte eindringlich die Tür. Sie war aus einem einzigen, massiven Marmorblock geschnitten und versiegelte den Tunneleingang. Khardan konnte keine Fugen ausmachen, keinen in das Gestein eingelassenen Ring, mit dem man sie aufziehen konnte, und er wollte gerade enttäuscht darauf hinweisen, daß ihr Weg blockiert war, als Auda die Hände zu beiden Seiten des goldenen Widderkopfs anlegte und drückte.

Ein Klicken, und schon erzitterte die steinerne Tür leicht, dann begann sie sich um eine unsichtbare Mittelachse zu drehen. Auda trat zurück und wartete in offensichtlicher Ungeduld darauf, daß der Stein sich richtig öffnete. Hinter der Tür konnte Khardan eine Stimme vernehmen, und er wähnte, daß sie entdeckt worden seien. Doch schon bald erkannte er an dem Tonfall und den wenigen Worten, die er aufschnappen konnte, daß es der Imam war, der anscheinend vor dem Auftritt vor der Menschenmenge zu seinen Priestern sprach.

Niemand hatte sie bemerkt.

»Woher wußtest du, wie du das bedienen mußt?« flüsterte Khardan.

»Was, die Türöffnung?« Auda musterte ihn, das ehrfürchtige Staunen des Nomaden schien ihn zu erheitern.»Ich habe schon Hunderte von komplizierteren Mechanismen bedient. Im Palast zu Khandar muß man schon ein mechanisches Genie sein, um auch nur aus dem eigenen Schlafzimmer ins Bad zu gelangen.«

»Was ist mit der Tür auf dem Rückweg?« fragte Khardan beunruhigt und sah wieder hinter sich, obwohl sie schon lange aus der Sichtweite verschwunden war. »Wird die Tür verschlossen sein? Vielleicht müssen wir schnell hindurch!«

»Als wir durch diese Tür eingetreten sind, gab es dort keine derartige Vorrichtung. Ich bezweifle, daß *du* bei deiner Rückkehr eine vorfinden wirst.« Kühl betonte der Paladin die Einzahl. »Diese Tür ist sehr viel neuer, sie ist später erbaut worden als der Tunnel selbst, der wahrscheinlich so alt sein dürfte wie der Palast. Wer weiß, wohin er früher führte. Wahrscheinlich zu irgendeinem geheimen Spielplatz des Sultans, würde ich denken.«

Das Steintor hatte seine Umdrehung fast abgeschlossen.

»Aber warum dann hier einen Verschluß anbringen und keinen im Palast?« wandte Khardan ein.

Auda machte eine unwirsche Geste. »Der Eingang wird zweifellos von den Posten des Emirs bewacht, Nomade. Außer in dieser einen Nacht, da man sie brauchte, um die Menge in Schach zu halten. Oder ...« Seine dünnen Lippen spannten sich zu einem grimmigen Lächeln. »... vielleicht hat Qannadi den Wachen ja auch Anweisung gegeben, sich woanders aufzuhalten.«

Verbringe doch den kalten Winter hier drin, kleine Maus, sagte der Löwe und zeigte auf seinen Rachen. *Dort drin ist es warm und sicher, sehr sicher ...*

Khardan erschauderte und schob sich an Auda vorbei durch den Spalt im Stein, der gerade groß genug war, daß ein Mann seitlich hindurchschlüpfen konnte.

Er gelangte in einen von Gemurmel und Geflüster erfüllten Raum, wo es nach Duftölen roch und nach Weihrauch und Kerzenwachs. Der Raum wurde erhellt vom Licht vieler, vieler Kerzen, die irgendwo auf dem Altar in der Mitte des Raums flackerten. Khardan bekam den Altar nur ganz kurz zu sehen, denn die Soldatenpriester versperrten seinen Blick. Sie hatten dem Kalifen den Rücken zugekehrt und starrten mit steifer Inbrunst den Imam an, der in ihrer Mitte stand. Niemand hatte das Öffnen der Steintür vernommen, was nicht weiter überraschend war, wenn man die widerhallende Stimme bedachte, die sie in ihren Bann geschlagen hatte. Doch sie mußten die Stoß kühler Luft in ihrem Rücken spüren, und plötzlich begriff Khardan, daß die Tür verschlossen werden mußte. Hastig sah er sich in dem Altarraum um und versuchte einen Orientierungspunkt auszumachen, damit er die Tür wiederfinden würde, die sich im geschlossenen Zustand wieder nahtlos in die Wand einfügen würde. Doch zu seinem Erstaunen ließ Auda sie offenstehen. Der Paladin nahm den Nomaden am Arm und drängte Khardan weit vom Eingang fort. Sie bewegten sich lautlos, den Rücken an die Wand gepreßt, bis sie fast die Hälfte des großen Raums durchmessen hatten.

Natürlich, dachte Khardan bei sich, spielt es keine Rolle,

ob sie entdecken, daß jemand ihr Heiligtum betreten hat, oder nicht. Sie werden es in wenigen Augenblicken ohnehin feststellen, und so ist unser Rückweg gesichert.

»... Suls Wahrheit, geschaut in Quar«, sagte der Imam in diesem Augenblick. »Die Welt im Dienst an dem einen, wahren Gott vereint. Eine Welt, die von den Schwankungen und der Einmischung der Unsterblichen befreit ist. Eine Welt, wo alle Unterschiede ausgeräumt sind, wo alle gleich denken und gleich glauben ...«

Solange sie denken und glauben wie Quar, fügte Khardan stumm hinzu.

»Eine Welt, in der es Frieden gibt, wo der Krieg veraltet sein wird, weil es nichts mehr gibt, um das es sich zu kämpfen lohnt. Eine Welt, wo für jeden Menschen gesorgt wird und keiner hungrig bleibt.«

Auch für Sklaven wird in gewissem Sinne gesorgt, und nur selten läßt man sie hungern, da das ihren Nutzen beeinträchtigt. Eine Goldkette bleibt immer noch eine Kette, gleich wie schön sie auf der Haut aussehen mag.

Khardan blickte sich zu Auda um, wollte sehen, wie der Paladin darauf reagierte, und entdeckte plötzlich, daß ibn Jad nicht mehr neben ihm stand. Der Paladin der Nacht war von der Dunkelheit verschlungen worden, die sein Geburtsrecht war, die Dunkelheit, die über ihn wachte und ihn führte.

Khardan war allein.

»Wir werden hinfortgehen!« fuhr Feisal fort, und Khardan sah, wie sich die Arme des Priesters beschwörend hoben. »Wir werden hinfortgehen und unserem Volk diese Botschaft bringen!«

Khardan setzte sich in Bewegung, von der Angst getrieben, daß ibn Jad zuschlagen würde, bevor der Kalif sprechen konnte, um diesen blinden Narren die Augen zu öffnen und einen letzten Versuch zu unternehmen, sein Volk zu retten.

»Vor Quars Angesicht sind alle Menschen Brüder!« Feisals Stimme steigerte sich zu einem Schreien.

»Wenn dem so ist«, erwiderte Khardan, und sein eigener Ruf hallte von den Wänden wider, »wenn dem so ist, dann beweise es, indem du deine Brüder – mein Volk – freigibst, die doch zusammen mit der Dämmerung sterben sollen.«

Schreckensschreie rasten durch die Menge. Die Soldatenpriester reagierten mit einer Schnelligkeit die Khardan erstaunte. Bevor überhaupt jemand begreifen konnte, wer er war, drehten sie sich schon zu ihm um. Grobe Hände packten ihn an den Armen, Stahl schnitt ihn in den Rücken, eine Schwertklinge legte sich an seine Kehle.

»Laß ihn uns jetzt töten, o Heiliger!« bat einer der Soldatenpriester. »Er hat unseren Tempel entweiht!«

»Nein«, erwiderte Feisal mit sanfter Stimme. »Ich kenne ihn. Wir haben schon miteinander gesprochen, dieser Mann und ich. Er nennt sich den Kalifen seines Volkes. Der Kalif barbarischer Banditen. Und doch gibt es auch für ihn noch Hoffnung auf Erlösung, und ich will sie ihm nicht verweigern. Bringt ihn zu mir.«

Dem Befehl wurde Folge geleistet, und so warf man Khardan dem Imam vor die Füße, wo er, von Stahl umringt, am Boden liegenblieb.

Während Khardan sich auf die Knie stemmte, hob er seinen Blick langsam und sah in die lodernden Augen des Priesters. Er hätte sich lieber aufrecht vor den Mann gestellt, doch die Hände der Soldatenpriester drückten gegen seine Schulter.

»Ja, du kennst mich«, sagte Khardan schwer atmend. »Du kennst mich, und du fürchtest mich. Du hast eine Frau ausgesandt, um mich zu ermorden ...«

Ein Aufschrei der Empörung quittierte diese Worte. Ein Schwertknauf schlug gegen Khardans Mund, Schmerz stach ihm durch den Schädel. Benommen schmeckte er das Blut seiner geplatzten Lippe, spuckte es aus und hob den pochenden Kopf, um Feisal wieder in die Augen zu sehen. »Es ist wahr«, sagte er. »So wird Quar herrschen. Liebliche Worte bei Tag und Giftringe in der Nacht ...«

Diesmal war er auf den Hieb vorbereitet und ertrug ihn mit Fassung. Er wandte den Kopf im letztmöglichen Augenblick ab, damit man ihm nicht den Kiefer zertrümmerte.

»Aufhören!« sagte Feisal, dem die Gewalt offensichtlich

ehrliches Unbehagen bereitete. Er legte seine zarten Finger auf Khardans blutenden Kopf. Die Berührung war heiß und trocken, und die Finger zitterten auf der Haut des Nomaden wie die Beine eines Insekts. Die brennenden, vom Eifer wahnsinnigen Augen blickten in Khardans, und so stark war die Kraft und die Macht der Seele in dem zerbrechlichen Körper des Priesters, daß der Kalif sich vor der feurigen Sonne über ihm immer kleiner fühlte.

»Dieser Mann ist uns gesandt worden, meine Brüder, um uns die überwältigenden Schwierigkeiten vor Augen zu führen, mit denen wir zu tun bekommen werden, wenn wir in die Welt hinausziehen. Aber wir werden sie meistern.« Die Finger streichelten Khardan mit betäubender Sinnlichkeit. Das Kerzenlicht, der Schmerz, der Lärm, der Geruch des Weihrauchs, all das ließ seinen Blick verschwimmen. Sein einziger Brennpunkt waren noch die Augen des Priesters. »Wer ist der eine, wahre Gott, Kafir? Nenne ihn, verneige dich vor ihm, und dein Volk ist frei!«

Die Finger trösteten und streichelten. Feisal war sich seines Triumphs sicher, seiner eigenen Macht und der Macht seines Gotts. Den Soldatenpriestern stockte der Atem, als sie ein weiteres Wunder erwarteten. Hatten sie nicht schon oft mitangesehen, wie der Imam eine arme, unwissende Seele nach der anderen ans Licht führte?

Khardan brauchte nur Quars Namen auszusprechen. Das Leben seines Gotts lag in seinen Händen. Der Kalif schloß die Augen, betete um Mut. Er wußte, daß er, indem er die nächsten Worte aussprach, sich selbst und sein Volk dem Untergang weihte. Doch Akhran würde er damit retten.

»Ich weiß nichts von einem, wahren Gott, Imam«, keuchte er. »Ich kenne nur *meinen* Gott. Den Gott *meines* Volkes, *Hazrat Akhran*. Noch mit unserem letzten Atemzug werden wir seinen Namen ehren!«

Die Berührung der Finger in seinem Gesicht wurde kalt. Die Augen blickten auf ihn herab, nicht voll Zorn, sondern voll Trauer und Enttäuschung. »Gebt mir ein Messer!« sagte Feisal leise und streckte die Hand seinen Priestern entgegen. »Der Tod wird die sterblichen Augen dieses Manns schließen und dafür die Augen seiner Seele öffnen. Haltet ihn fest, damit ich es schnell vollziehen kann, ohne ihm unnötiges Leiden zu bereiten.« Die Soldatenpriester packten Khardans Arme. Einer von ihnen riß seinen Kopf zurück, legte seine Kehle bloß.

Khardan wehrte sich nicht. Es war zwecklos. Er konnte nur noch beten, mit seinem letzten bewußten Gedanken, daß Zohra dort erfolgreicher sein würde, wo er selbst versagt hatte ...

»Gebt mir ein Messer«, wiederholte Feisal.

»Hier, mein Herr«, sagte eine Stimme, und der Körper des Imams zuckte plötzlich zusammen, während er erstaunt die Augen aufriß.

Auda zog die Klinge wieder hervor. Gerade hob er die Hand, um erneut zuzustoßen, als Feisal herumfuhr und ihn anblickte. Auf dem Rücken der Kutte des Priesters breitete sich ein Blutfleck aus.

»Du willst mich tatsächlich ermorden?« fragte er und starrte Auda erstaunt an.

»Der erste Stoß war für Catalus«, sagte Auda kühl. »Den zweiten führe ich im Namen Zhakrins.« Der silberne Dolch, dessen Heft mit einer zerteilten Schlange verziert war, blitzte im Schein der Kerzen auf dem Altar des Quar und stieß in die Brust des Imams.

Feisal schrie nicht, noch versuchte er dem Stoß auszuweichen. Er breitete die Arme aus und empfing die tödliche Klinge in einer Art von Ekstase. Der Dolchgriff ragte aus dem Fleisch hervor. Der Imam packte ihn, taumelte und hob den Blick gen Himmel. Er hob die Hände hoch, leuchtendrot von seinem eigenen Blut, und versuchte verzweifelt zu reden.

»Quar!« Er stürzte auf den Altar und fiel in seiner letzten Verneigung vor seinem Gott.

Gelähmt vor Schreck und Entsetzen, starrten die Soldatenpriester den Leichnam ihres Führers an. Es schien unmöglich, daß er sterben könnte, und so erwarteten sie, daß er wieder aufstand, erwarteten sie ein Wunder. Auda riß sich den schwarzen Medaillon vom Hals, schleuderte ihn auf den Leichnam – dann sprang der Paladin vor und bekam Khardan zu fassen. Es gelang ihm, den Nomaden aus dem gefühllos gewordenen Griff seiner Peiniger zu reißen und ihn stolpernd der Tür in der Wand entgegenzuschieben, bevor der Sturm losbrauste.

»Sie haben den Imam getötet! Der Imam ist tot!« Das Jammern war schrecklich anzuhören, schwoll zu einem schrillen Schrei wahnwitzigen Zorns an, als die Soldatenpriester begriffen, daß ihr Wunder nicht geschehen würde. »Tötet sie!« ertönte ein Ruf. »Nein«, riefen andere, »nehmt sie lebendig fest! Spart sie für den Folterer auf!« Und ein weiterer, anderer Ruf: »Erschlagt die Gefangenen! Das Blut der Kafiren soll hierfür bezahlen! Erschlagt sie jetzt! Wartet damit nicht erst bis zum Morgen!«

Ein Schwert blitzte vor Khardan auf. Der Kalif hieb dem Kämpfer die Faust ins Gesicht und riß ihm die Klinge aus der Hand. Fast im selben Augenblick stieß er sie in den Leib und lief weiter, ohne anzusehen, wie sein Feind zu Boden ging. Die Tür stand weit offen. Der Weg dorthin war frei. Niemand hatte daran gedacht, ihn zu versperren.

»Nomade! Hinter dir!« ertönte ein hohler Schrei.

Khardan fuhr herum, wehrte gerade noch rechtzeitig einen Schwertstoß ab, um zu sehen, wie der Paladin zu Boden sank, während ihm ein Soldatenpriester ein Schwert in den Rücken stieß.

Mit wildem Brüllen schlug Khardan auf die Priester ein und tötete sie beide. Andere, die sich danach sehnten, zu Märtyrern zu werden und zusammen mit ihrem Imam zu sterben, mißachteten die Gefahr seiner blitzenden Klinge und stürzten sich auf ihn. Khardan packte Auda und zerrte den verwundeten Mann wieder auf die Beine.

Aus dem Augenwinkel sah der Kalif, wie einer der Priester ein Messer hob, doch wurde es ihm von einem anderen aus der Hand geschlagen, der ihn dabei anbrüllte: »Bringt sie nicht um! Der Scharfrichter soll sie büßen machen! Tausend Tage und Nächte sollen sie Qualen leiden! Nehmt sie lebendig gefangen!«

Wilde böse Gesichter scharten sich um Khardan. Er hörte Klingen herabsausen, sah sie blitzen und wehrte sie ab, wobei er sich Zoll um Zoll zur Tunneltür vorkämpfte. Mit einer Hand hielt er den Paladin fest, und er gab sein Bestes, um Auda zu schützen, doch er konnte nicht überall sein, und so hörte er ein weiteres Stöhnen von den Lippen des Manns und spürte, wie sein Leib erzitterte.

»Sond!« rief Khardan verzweifelt, obwohl er doch wußte, daß die Dschinnen den Tempel nicht betreten durften.

»Sond!« Feuer fuhr über Khardans Arm und riß sich durch seine Schulter. Doch er hatte die Tunneltür erreicht, hatte es in die Sicherheit geschafft.

Da erst begriff er verzweifelt, daß er keine Ahnung hatte, wie er die Tür verschließen könnte. Khardan drehte sich vor dem Eingang um, entschlossen, die Gegner dazu zu zwingen, ihn umzubringen oder selbst umgebracht zu werden, als eine riesige Hand ihn packte und durch die Öffnung zerrte.

Sond schleuderte Khardan in den Tunnel. Dann griff der Dschinn noch einmal in den Tempelsaal hinaus, packte Auda und zerrte auch ihn hinein.

»Jetzt?« rief Raja.

»Jetzt!« schrie Sond.

Mit einem Stoß seiner mächtigen Hände drückte der riesige Dschinn die steinerne Tür zu. Ein protestierendes Kreischen und Malmen, ein schnappendes Geräusch, welches anzeigte, daß der Mechanismus zerstört war. Sie hörten, wie von der anderen Seite schwere Hiebe auf die Tür niederprasselten.

»Wie lange kannst du sie zuhalten?« Khardan rang um Luft.

»Zehntausend Jahre, wenn mein Gebieter das verlangt!« prahlte Raja mit breitem Grinsen.

»Ein paar Momente werden genügen«, hauchte Khardan und stöhnte auf vor Schmerz.

»Du bist verwundet, *Sidi*«, sagte Sond besorgt und beugte sich über den Kalifen.

»Keine Zeit dafür!« Khardan schob den Dschinn beiseite und erhob sich taumelnd. »Sie werden unser Volk ermorden! Habt ihr gehört? Ich muß zu ihnen und ...« Doch was sollte er gegen eine tobende Menschenmenge ausrichten können? »Ich muß zu ihnen«, fügte er mit der Düsterkeit der Verzweiflung hinzu. »Begib dich zum Tunneleingang und kümmere dich um alle etwaigen Wachen!«

»Jawohl, *Sidi*«. Und schon war Sond verschwunden.

Khardan wandte sich zu Auda um, der immer noch an derselben Stelle saß, wo Sond ihn zurückgelassen hatte. Sein Gewand war blutbedeckt. Er preßte die Hand auf eine Wunde, die Finger glitzerten feucht im Fackellicht. Khardan kniete neben ihm nieder. »Komm, schnell! Sie werden die Wachen schicken ...«

Auda nickte matt. »Ja, sie werden die Wachen schicken. Du mußt dich beeilen.«

»Komm schon!« sagte Khardan stur. »Du hättest dich selbst retten können. Du hast dein Leben aufs Spiel gesetzt, um mich zu retten. Schwur oder nicht Schwur, ich schulde dir ...« Als der Kalif dem Paladin den Arm um den Rücken schob, spürte er, wie sein Ärmel sofort feucht wurde.

Langsam erhob sich Khardan.

»Ich kann nicht mehr weiter«, sagte Auda. »Laß mich zurück, Nomade. Du schuldest mir nichts. Du mußt ...« Er hustete. »... dein Volk retten.«

Khardan zögerte.

»Geh schon!« Der Paladin runzelte die Stirn. »Weshalb bleibst du noch? Unser Eid ist aufgelöst.«

»Niemand sollte allein sterben«, sagte Khardan.

Auda ibn Jad blickte zu ihm auf und lächelte. »Ich bin nicht allein. Mein Gott ist mit mir.«

Seine Augen schlossen sich, er sackte gegen die Wand – ob tot oder ohnmächtig, wußte Khardan nicht zu sagen. Er musterte den Paladin, seine Gedanken waren ein Durcheinander aus Trauer und Zorn.

Der Kalif wandte sich an Raja, der mit dem Rücken zur Tür

dastand, die Arme vor der Brust verschränkt, so unbeweglich und ungerührt, als sei ein Berg über dem Tunnel eingestürzt. »Sorge dafür, daß sie ihn nicht lebendig bekommen«, befahl Khardan. »Und dann folge mir, sobald du meinst, daß es sicher sei. Ich werde dich brauchen.«

»Jawohl, *Sidi*«, sagte Raja mit grimmiger Miene. Seine Hand schloß sich um den Griff seines Krummsäbels.

Mit einem letzten unglücklichen Blick auf den bewußtlosen Paladin lief der Kalif den Tunnel entlang.

Auda ibn Jad öffnete die Augen und sah dem Nomaden hinterher. »Viele prächtige Söhne ...« sagte der Paladin leise und starb.

10

Die jungen Männer der Nomadenstämme kamen aus ihren Zellen im Zindan und blinzelten benommen. Dann weiteten sich ihre Augen vor Erstaunen, als sie ihre Mütter, Schwestern und Frauen erblickten, die sich in dem kleinen Blockhaus drängten. Es gab einen kurzen Augenblick der Freude, die vor dem Lärm der Menschenmenge schnell wieder verblaßte – ein fürchterliches Anheulen des silbrigen Monds, der am schwarzen Himmel so hell schien wie die Sonne, als hätten die Götter diese grimmige Szene eigens beleuchtet, um nur nichts zu verpassen.

»Fedj, sieh nach, was geschehen ist«, befahl Zohra. Der Dschinn floh gehorsam, und die Prinzessin der Hrana zupfte unruhig an den Ringen auf ihren Fingern, während sie voller Furcht und Ungeduld auf seine Rückkehr wartete. Tief in ihrem Inneren wußte sie, weshalb die Stimmen vor Zorn heulten und vor Trauer jammerten. Doch sie wartete gefaßt auf den Dschinn und betete mit jedem Herzschlag zu Akhran darum, daß sie sich irren mochte.

»Prinzessin!«, rief Fedj, als er mit einem Knall wieder

erschien, der das ganze Zellengebäude erschütterte. »Der Imam ist tot! Ermordet!«

»Tot!« Keine Freudenrufe, nur bleiche Gesichter und furchterfüllte Augen. Sie alle wußten, was das für sie bedeutete. Mütter schlangen fest den Arm um ihre Säuglinge, Brüder ergriffen Schwestern, Männer faßten ihre Frauen.

Fedj sprach ihre Angst laut aus. »Es hat ein Attentat auf Feisal in Quars Tempel gegeben, und nun kommen seine Soldatenpriester, um an unserem Volk Rache zu üben.«

»Die Täter«, sagte Zohra mit dünner, verspannter Stimme. »Was ist mit den Tätern?«

»Die Menge wird jeden Augenblick hier sein, Prinzessin!« sagte Fedj drängend. Schweiß glitzerte auf seinem Gesicht. »Wir müssen uns verteidigen ...«

»Was ist mit den Mördern des Imams?« beharrte Zohra kalt.

Fedj seufzte und schüttelte den Kopf. Er hatte diese Nachricht nicht überbringen wollen. »Die Priester rufen dem Mob zu, daß die beiden verantwortlichen Männer gefangengenommen wurden und ... daß man sie getötet hat.«

»Ah!« Das Messer, das Feisal niedergestreckt hatte, hätte sich ebensogut in Mathews Herz bohren können. Er preßte die Hände ineinander und blickte den Dschinn flehend an, als wollte er den Unsterblichen darum bitten, seine Worte zurückzunehmen.

Zohra spürte, wie etwas in ihr erstarb, etwas, von dem sie überhaupt nicht gewußt hatte, daß es lebte. Ihr erster Gedanke war der Wunsch, ebenfalls zu sterben, anstatt sich dem Entsetzen zu stellen, das nun folgen würde. Die auf ihre Tapferkeit sonst so stolze Prinzessin der Hrana war plötzlich ebenso verängstigt und verloren wie ein neugeborenes Lamm, das blökend in der Dunkelheit neben dem von Wölfen zerrissenen Leichnam seines Beschützers stand.

Prinzessin der Hrana.

Er ist tot, und jetzt trage ich die Verantwortung für das Volk.

Schon konnte Zohra die stampfenden Schritte vernehmen. Die Gefängniswärter hatten Meldung über das Nahen der Menschenmenge erhalten. Unter den Wärtern würde es Verwirrung geben, vielleicht sogar Panik, denn es könnte sein, daß ein Mob sich nicht die Zeit nahm, um zwischen Gefangenen und gefangenen Wärtern zu unterscheiden.

»Volk des Akhran, hört mir zu!« rief Zohra und ihre von Trauer erfüllte Stimme erregte die Aufmerksamkeit ihres Volks. »Die Menge kommt, um uns im Namen Quars zu ermorden. Es gibt noch Hoffnung, doch nur, wenn wir denken und handeln wie eins. Männer, jetzt liegt euer Leben in den Händen eurer Frauen. Dies ist eine Zeit für Zauberei und nicht für Schwerter. Hört auf eure Frauen, folgt ihren Anweisungen. Euer Leben und das Leben all jener, die euch lieb sind, hängt davon ab!«

Zohra ergriff Mathew und schob den jungen Mann vor. Sein Kopfschleier hatte sich gelöst, und das rote Haar loderte im Fackelschein wie eine Flamme. Immer noch in Frauenkleider gehüllt, hätte er einen lächerlichen Anblick bieten können, wäre seine eigene Trauer nicht ebenso groß wie Zohras gewesen, um ihm eine Würde und Macht zu verleihen, die viele dazu veranlaßte, ihn in ehrfürchtigem Staunen zu betrachten.

»Von diesem Augenblick an ist Mat-hew – ein mächtiger Hexer in seinem Heimatland – euer Anführer. Er kommt zu euch in ...« Sie atmete zitternd ein, sprach aber ohne zu stocken weiter. »... Khardans Namen. Gehorcht ihm, wie ihr dem Kalifen gehorchen würdet. Jedj, Usti.« Sie winkte den Dschinnen. »Geht und kümmert euch um das Öffnen des Tors.«

Die Dschinnen verneigten sich tief vor ihr, was an sich schon viele Zweifler beeindruckte.

Weil sie befürchtete, daß sie nicht weitersprechen könnte, ohne dabei zusammenzubrechen und zu offenbaren, wie schwach und verängstigt sie in Wirklichkeit war, machte Zohra kehrt und trat schnell aus dem Blockhaus hinaus auf den Gefängnishof. Sie hatte zwar gesehen, wie die Männer mißmutig die Stirn runzelten, doch hatte sie keine Zeit für Streitereien übrig. Hinter sich hörte sie die Stimmen der Frauen, wie sie alles in eiligem Flüsterton erklärten. Zohra hoffte, die Männer würden ihnen folgen. In diesem Augenblick hatten sie keine andere Wahl. Sie besaßen keine Waffen bis auf die wenigen, die sie den Wärtern des Zellenblocks hatten abnehmen können. Wenn der Zauber erst einmal einsetzte, würden sie schon sehen, daß er wirkte.

Zohra hörte, wie Mathew einige wenige Worte zu den Frauen sprach. Das Schreien und Brüllen der Menge kam immer näher. Als Zohra durch die hohen Tore hinausblickte, sah sie den Widerschein ihrer Fackeln am Himmel. Der Kommandant befand sich oben auf der Befestigung, rannte mal zum einen, mal zum anderen, schrie sich widersprechende Befehle, die seine Männer in kopfloser Verwirrung umherrasen ließen. Gelegentlich konnte man ihn sehen, wie er der nahenden Menge die Faust entgegenschüttelte. Doch Zohra wußte, daß er dem Mob die Tore öffnen würde.

Wir werden bereit sein. Bete zu Akhran, bete zu Sul, bete zu Mathews fremden Gott, daß es klappt!

Die Frauen strömten aus dem Gefängnis, formlose Gestalten in ihren Gewändern und Schleiern, bewegten sich lautlos auf ihren Sandalen. Ihre Männer folgten ihnen. Grimmig gehorchten sie ihrer Prinzessin mehr aus der Gewohnheit heraus, ihren Befehlshabern Gehorsam zu zollen, denn weil sie begriffen hätten oder ihrer Meinung gewesen wären. Die Nomaden hatten viele Jahrhunderte dadurch überlebt, daß sie ihren Scheichs gehorsam gewesen waren.

Eine Berührung an ihrem Arm ließ Zohra den Kopf wenden. Mathew war lautlos herbeigekommen und hatte sich neben ihr aufgestellt. Der junge Hexer war sehr bleich, doch er wirkte ruhig und auf gelassene Weise zuversichtlich. Die beiden tauschten einen vielsagenden Blick – teilten einen inneren Schmerz miteinander. Für mehr blieb keine Zeit. Sie trennten sich, Zohra begab sich an ihren Platz in der Mitte der Frauen, die sich nun aufreihten, wie Mathew es angeordnet hatte. Der Hexer stellte sich an ihre Spitze.

Ihre Kinder und Männer versammelten sich um sie, und dann kniete jede der Frauen auf dem Gefängnishof nieder. Vor jeder stand eine kostbare Schale Wasser, die sie sich bei der Abendmahlzeit aufgespart hatten. Hände nestelten hier und dort, holten die Pergamente hervor, die sie am Nachmittag mühsam kopiert hatten mit der einzigen Tinte schreibend, über die sie verfügten: ihr eigenes Blut. Die Wärter hatte dieses Unterfangen erheitert, da sie es nicht begriffen, und sie hatten grobschlächtige Witze über die Kafiren gerissen, die ihr eigenes Testament verfaßten.

Alle Frauen hielten die Pergamente über die Schalen, wie Mathew es ihnen beigebracht hatte. Alle versuchten, sich zu konzentrieren und den Lärm des nahenden Grauens aus ihrem Geist zu verbannen, doch es war schwer und für einige auch unmöglich. Mathew vernahm mitunter ein gedämpftes Schluchzen oder das tröstende Murmeln einer Frau, die eine Schwester beschwichtigte und sie bat, ihren Mut zusammenzunehmen. Und er vernahm auch die Todin, die in schrecklichem Aspekt nahte, und er wunderte sich über seinen eigenen Mangel an Furcht.

Doch er kannte die Antwort darauf. Er war beschützt, befand sich wieder einmal in den tröstenden Armen Suls.

Vor ihm stand sein eigener Becher mit Wasser. Mathew begann damit, die Worte des Zaubers im Singsang zu sprechen. Er sprach sie laut aus, damit die Frauen ihn hören und sich der schwierigen Aussprache erinnern konnten. Er sprach sie laut, damit seine ruhige Stimme dabei helfen mochte, das Gebrüll der herannahenden Soldatenpriester auszulöschen.

Er hörte, wie die Frauen seine Worte nachsprachen, zuerst langsam und stockend, dann mit wachsender Zuversicht immer lauter.

Mathew sang den Zauberspruch dreimal, und nach dem dritten Rezitieren begannen die Worte auf seinem Pergament zu zappeln und zu kriechen, um ins Wasser herabzustürzen. Das plötzliche Stocken der anderen sagte ihm, daß zumindest die meisten Frauen auf dem Gefängnishof dasselbe erlebten.

Die Worte fielen in die Schale, das Wasser begann zu brodeln, und dann hob sich, ganz langsam, eine Wolke in die Höhe. Mathew ließ den Blick über den Hof schweifen. Der Jubel und das Stampfen der Füße sagten ihm, daß die Menge inzwischen auf Sichtweite an das Gefängnis herangekommen war. Der junge Hexer drehte sich nicht um, sondern stand weiter mit dem Gesicht zu seinen Leuten da und sang. Nun konnte er bereits Hunderte von Tentakeln aus Nebel sehen, die sich in die Luft hoben. Er hörte das tiefe Murmeln der Ehrfurcht unter den Männern, das sich mit den entzückten Schreien der Kinder vermengte, die von der Magie begeistert waren, die ihre Mütter da vollzogen.

Der Nebel trieb in einer Spirale von Mathews Becher hoch und umkreiste ihn wie eine freundliche Schlange.

Auch um die Frauen zogen sich die schützenden Schlingen Suls. Der Nebel dämpfte jedes Geräusch und ließ die schrecklichen Schreie der Menschenmenge harmlos scheinen. Die Nomaden verloren ihre Furcht und scharrten sich zusammen.

Die Nebelwolke schwoll an und breitete sich mit einer Schnelligkeit aus, die Mathew erstaunte. Er hatte gedacht, daß sie von Glück sagen konnten, wenn sie nur jede Frau und jene, die sich in ihrer Nähe hielten, umhüllte. Doch der im Mondlicht gespenstisch leuchtende Nebel schob und wälzte sich über den Hof mit einer Zielstrebigkeit, als suchte er etwas und würde nicht zufrieden sein, bevor er dieses Ziel nicht erreicht hatte.

Doch dann bohrte sich ein Stachel des Zweifels in Mathew. Er mußte wieder an die Warnung denken, die in roter Tinte im Buch geschrieben stand. *Eine große Gruppe von Magi sollte niemals diesen Zauber ausführen, es sei denn unter den dringendsten Umständen.* Und plötzlich erinnerte er sich der Worte, die darauf folgten, Worte, die in seinem Land völlig bedeutungslos, ja fast lächerlich gewirkt hatten:

Man stelle eine reichliche Zufuhr an Wasser sicher.

Jetzt begriff Mathew. Er wußte, was er erschaffen hatte, und weshalb die Warnung in dem Buch geschrieben war. Klar und entsetzt sah er, was nun geschehen mußte, doch konnte er es nicht mehr aufhalten.

Der magische Nebel kroch über den Boden – zarte weiße Arme mit dünnen, langen, gekrümmten Fingern, geführt von einer tastenden Intelligenz. Einige der Gefängniswärter hatte die Beine in die Hand genommen. Andere waren von der Mauer gesprungen und versuchten die Tore zu öffnen, die sich aus irgendeinem Grund aber nicht bewegten – nicht solange die Körpermasse eines unsichtbaren Usti dagegenlehnte. Der Kommandant stand oben auf der Befestigung und beschimpfte seine Wachen wegen ihrer Langsamkeit oder rief dem Mob pompös zu, daß er hier das Sagen habe.

Der von den Soldatenpriestern angeführte Mob ignorierte ihn. Die Leute stürmten die Mauern und begannen damit, sich gegen die Holztore zu werfen, um sie dadurch aufzubrechen.

Der Kommandant gewann langsam den Eindruck, daß ihm doch niemand zuhörte und daß es vielleicht besser wäre, sich zu entfernen. Da ertönte ein panischer Schrei eines seiner Wärter, und er fuhr herum, um mit hervorquellenden Augen auf den Gefängnishof hinunterzublicken.

Seine Gefangenen waren fort! Verschwunden in einer Wolke, die anscheinend vom Himmel gefallen war und sie verschluckt hatte. Der Kommandant traute seinen Augen nicht. Er spähte in den wabernden Nebel hinein, konnte aber nicht das leiseste Lebenszeichen ausmachen. Sein fetter Leib begann zu zittern, bis ihm die Zähne klapperten. Er hegte keinen Zweifel daran, daß der Gott dieser Leute zu ihrer Rettung herbeigeeilt war, und jedermann wußte, daß Akhran eine rachsüchtige, zornige Gottheit war. Die Menschenmenge warf sich noch immer gegen die Tore; deren Holz begann unter dem Ansturm Hunderter, die dagegendrückten, zu splittern und zu brechen.

Die Wärter auf dem Gefängnishof musterten furchterfüllt den Nebel, dessen zarte Finger nach ihnen zu greifen schienen. Usti und Fedj, denen vor der Magie Suls fast ebensosehr grauste wie den Wärtern, hatten ihre Posten verlassen und blickten einander hilflos an. Verzweifelt versuchten die Wärter die Tore aufzusperren. Doch die Menschen auf der anderen Seite drückten dagegen, und so blieb die Tür verschlossen. Die Wärter konnten nicht fliehen und mußten in stummem Entsetzen mitansehen, wie sich die ersten Tentakel um ihre Füße wanden.

Ihre Schreie fuhren durch die Stimme des Mobs wie eine sirrende Schwertklinge, so entsetzlich, daß selbst die Fanatischsten und Blutrünstigsten jenseits der Gefängnismauern verstummten und lauschten.

Oben auf der Mauer sah der Kommandant mit an, wie sich der Nebel um Beine und Leiber seiner schreienden Männer schlang, sah, wie sie von greifenden Fingern aus schimmerndem Weiß umhüllt wurden. Die Schreie erstarben. Der Nebel hob sich und glitt weiter, dichter als vorher.

Auf dem Boden vor den Toren lagen mehrere Haufen Staub.

Eine reichliche Zufuhr von Wasser!

Ein Hexer vollführt seinen Zauber in einem Land voller tiefer Brunnen und feuchter Luft und kann sich in Sicherheit innerhalb dieser Wolke bewegen, deren Zauber um ihn herum Wasser ansaugt. Wenn viele Hexer den Zauber zusammen vollführen, geschieht das gleiche, nur daß die Kraft sehr viel größer ist, der Zauber sehr viel stärker, so daß er auch nach mehr Wasser verlangt, um wirken zu können. In einem Land mit üppiger Vegetation, mit riesigen Bäumen und grünem Gras, einem Land der rauschenden Bäche und tobenden Flüsse bekommt der Zauber alles Wasser, dessen er bedarf.

Doch verhängt man den Zauber in einem trockenen Land, einem Land des Sands und des Felsgesteins, wo das Wasser in kostbaren Tropfen gemessen wird, und wird der Zauber hungrig, saugt das Leben aus jeder Quelle, die er vorfindet.

Mathew sah die Wärter fallen, hörte ihre Schreie. Er sah den Kommandanten voller Entsetzen auf der Mauer hin- und herlaufen, sah, wie er den Greifern des Nebels zu entkommen suchte, um schließlich mit einem gräßlichen Jammer doch noch zu ihrem Opfer zu werden. Mathew sah mit an, wie die Magie auch die allerwinzigsten Wassermengen aus dem Holz des Tors absaugte, sah, wie die Balken schrumpften und welkten. Er hörte, wie die Jubelrufe der Menge zu Schreien des Erstaunens wurden, und er vernahm das erste Geheul jener, die vom Nebel eingefangen wurden, das schreckliche Kreischen, als sie spürten, wie ihnen das Leben aus dem Leib gesaugt wurde.

Mathew, der schon wegen des Todes eines einzigen schreckliche Gewissensbisse gehabt hatte, würde nun für den Tod von Hunderten verantwortlich zeichnen!

Zohra trat neben ihn, ergriff seinen Arm.

»Mat-hew!« Ihre Augen glitzerten im Nebel. »Wir haben es geschafft! Sie laufen vor uns davon!«

Sie hatte es nicht gesehen, oder sie hatte es nicht verstanden. Vielleicht war es ihr aber auch gleichgültig. Schließlich hatte die Menschenmenge ihrem Volk einen ebenso gräßlichen Tod wie jenen bescheren wollen, dessen Opfer sie nun selbst wurde.

Zohra führte ihr Volk weiter. Umgeben von der Magie, schritten die Nomaden gelassen durch die Gefängnistore und zertraten den Staub ihrer Feinde unter ihren Füßen. Der immer stärker werdende Nebel umwallte sie – eine silbrige, tödliche Wolke, die sich durch die Straßen der Stadt Kich wälzte.

11

Da Sond ihn nicht davor warnte, daß der Tunnelausgang bewacht war, sprang Khardan leichtsinnig durch die offene Tür in den Lustgarten des Emirs hinaus. Plötzlich stand der Kalif vor einem Soldaten in Helm und Rüstung, dessen nackte Schwertklinge hell im Mondlicht blitzte. Mit einem verbitterten, vorwurfsvollen Blick auf den Dschinn, der in der Nähe stand, hob Khardan seine blutverschmierte Waffe zum Angriff.

»*Sidi*«, sagte Sond ruhig, »Es ist dein Bruder.«

Khardan ließ das Schwert sinken und starrte ihn an.

Langsam entfernte der junge Mann den Helm und ließ ihn auf die Pflastersteine fallen, wo er klappernd unter einen

Strauch rollte. Ohne den Helm, der sein Gesicht verdeckt hatte, konnte Khardan die Züge seines Halbbruders zwar erkennen, und doch war er zu einem Fremden geworden. In jeder anderen Hinsicht war dieser hochgewachsene, von Kriegsnarben übersäte junge Krieger dem Kalifen fremd.

Und obwohl Achmed seinen Helm hatte fallenlassen, hielt er noch immer sein Schwert.

»Ich wußte, daß du es sein müßtest«, sagte er mit tonloser Stimme, seine Augen waren wie dunkle Schatten in dem bleichen Gesicht. »Ich wußte es, als ich hörte, daß der Imam niedergemacht wurde, daß du es getan hast, und ich wußte, wo ich dich finde. Die anderen Wachen sind zum Tempel gelaufen, aber ich ...«

»Achmed«, sagte Khardan heiser, »die Priester sind losgezogen, um unser Volk zu ermorden!«

Der junge Soldat nickte. »Ja«, sagte er, weiter nichts.

Khardan vernahm zornige Schreie und das Klirren von Waffen. Er warf Sond einen schnellen Blick zu, worauf der Dschinn hilflos mit den Schultern zuckte, als würde er flehen: »Ich will dir gern gehorchen, *Sidi*, aber was soll ich für dich tun?«

Ich könnte den Dschinn gegen die Menschenmenge werfen, dachte Khardan hastig, doch es würde ganzer Heerscharen von Ifrits bedürfen, um diese Fanatiker aufzuhalten. Er könnte Sond befehlen, ihn von diesem Ort wegzubringen. Doch was war dann mit seinem Bruder? Achmed gehörte auch zu seinem Volk. Mußte er ihn für immer verlieren, ganz und gar?

»Komm mit mir!« Khardan streckte die Hand aus. »Wir werden kämpfen ...«

»Nein!« Achmed starrte die ausgestreckte Hand an, und Khardan sah, daß sie von Blut bedeckt war. Seinem eigenen, Audas, dem Blut des Imams ... Die Worte des jungen Soldaten hallten hohl in seiner Kehle. »Nein!« wiederholte er, und obwohl die Nachtluft kühl war, sah Khardan Schweißperlen auf dem Antlitz seines Bruders glitzern. Achmed blickte hinter sich, zu dem Gefängnis hinüber, obwohl hinter den hohen Palastmauern nichts zu erkennen war. In seinen

Augen stand Entsetzen, und es war offensichtlich, daß er nicht die Gegenwart, sondern die Vergangenheit schaute. »Es gibt nichts, was du tun kannst! Nichts, was ich tun kann! Nichts!«

»Achmed«, sagte Khardan verzweifelt, »deine Mutter ist in diesem Lager!«

»Vielleicht.« Der junge Mann versuchte mit den Achseln zu zucken. »Vielleicht ist sie bereits tot. Ich habe sie schon seit Monaten nicht mehr gesehen und nichts von ihr gehört.«

»Also gut, Bruder«, sagte Khardan kalt, »ich gehe jetzt. Wenn du mich daran hindern willst, mußt du mich schon umbringen, denn das ist die einzige Möglichkeit ...«

Die vom Grauen verdunkelten Augen richteten sich erneut auf ihn. Jetzt waren sie wieder kühl und ausdruckslos. Achmed ging in Kampfstellung. Khardan tat es ihm gleich; Schmerz schoß ihm durch die verwundete Schulter. Es würde kein ausgeglichener Kampf sein. Der Kalif spürte, wie seine Kräfte nachließen. Das einzige, was ihn noch auf den Beinen hielt, war die Furcht um sein Volk. Er konnte sich nicht konzentrieren. Er konnte nicht anders, er mußte seinen Blick in die Richtung des Gefängnisses schweifen lassen, und so hätte er beinahe den ersten Stoß seines Bruders übersehen. Mondlicht blitzte auf der Klinge. Die Reaktion des entsetzten Dschinns, der zwischen die beiden sprang, retteten Khardan das Leben.

»*Sidi!* Ihr seid doch Brüder!« keuchte Sond, während er die blanken Klingen beider Krummsäbel mit seinen Händen auseinanderhielt. »Im Namen des Gotts ...

»Predige mir nicht von den Göttern! Ich habe mitangesehen, was im Namen der Götter alles getan wurde!« schrie Achmed wütend und versuchte seine Waffe loszureißen. Doch ebensogut hätte er versuchen können, rohes Erz aus dem Berg zu ziehen, wo sie geschmiedet worden war. »Es gibt keine Götter. Die sind doch nur eine Ausrede für den Ehrgeiz des Menschen!«

»Wie erklärst du dann Sond? Einen Unsterblichen?« rief

Khardan zornig. Der Lärm sagte ihm, daß der Mob das Gefängnis erreicht hatte.

»Sond redet sich ein, daß er unsterblich ist«, entgegnete Achmed. »Schau nur, er blutet!« Es stimmte: Blut troff dem Dschinn die Arme hinab, wo sich die Klingen tief in sein ätherisches Fleisch schnitten. »Genau wie wir Sterblichen uns vorgemacht haben, daß es unsterbliche Wesen gäbe!«

Khardan war erledigt. Er trat einen Schritt zurück, ließ den Griff seines Schwerts fahren, worauf es dem Dschinn aus den blutigen Händen fiel. »Sond, bring mich zu ...«

Eine Explosion erschütterte den Boden, ein Windstoß fuhr durch den Tempel, gefolgt von einem Rumpeln und einem weiteren Krachen umherfliegender Felsen und Trümmer. Keuchend und hustend spähten beide Brüder durch die Staubwolken im Tunneleingang, als sie Raja aus der Ruine hervortreten sahen, von oben bis unten mit Staub bedeckt.

»Um Verfolger aus dieser Richtung brauchst du dir keine Sorgen mehr zu machen, *Sidi*«, sagte der Dschinn und verneigte sich vor Khardan. »Und«, fügte Raja ernster und feierlicher hinzu, »es ist ein angemessenes Grabmal für jenen, der darin ruht. Nur die Todin wird ihn jetzt noch finden können.«

»Möge sein Gott mit ihm sein«, erwiderte Khardan gedämpft. Er blickte Achmed nicht an, sondern kehrte dem jungen Mann den Rücken zu und beugte sich vor, um sein Schwert aufzunehmen. »Sond, du und Raja kommt mit mir ...«

Er verstummte, hob den Kopf, um deutlicher hören zu können. Der Lärm der Menge hatte sich verändert – er war nicht mehr drohend, sondern klang bedroht.

»Was ist das?« fragte Khardan verwundert.

»Große Magie wird bewirkt, *Sidi*«, sagte Sond ehrfurchtsvoll. »Es ist, als sei Sul persönlich in diese Stadt gekommen!«

Voller Hoffnung lief Khardan den Weg durch den Garten entlang, der Maueröffnung entgegen. Er hatte nicht auf seinen

Bruder gewartet, hörte lange Zeit keine Schritte hinter sich, um dann zu seiner Erleichterung doch die gestiefelten Füße zu vernehmen, die ihm folgten.

»Hier entlang«, sagte Achmed, als ob Khardan in seiner Aufregung und Verwirrung in dem mondbeschienen Garten den falschen Weg genommen hätte.

Zusammen erreichten sie die Stelle, wo sich der Dornenstrauch auf einer Plattform beiseite schieben ließ, um das Paneel in der Mauer freizugeben. Zu Khardans Erstaunen und Verärgerung klaffte das Loch weit auf. Dabei hätte er schwören können, daß der blinde Bettler es hinter ihnen verschlossen hatte, als er mit Auda eingetreten war. Vorsichtig verlangsamte der Kalif seinen Schritt. Achmed jedoch stürmte vor und war schon draußen auf der Straße, bedeutete Khardan zu folgen.

»Der Weg ist frei, *Sidi*«, sagte Sond, der sich auf dreißig Fuß Höhe aufgebläht hatte und über die Mauer spähte. »Die Straße ist leer bis auf den Bettler.«

»Was ist mit dem Gefängnis?« wollte Khardan wissen, als er schließlich neben dem entspannt dasitzenden alten Mann auf der Straße stand.

»Es ist bedeckt mit ... mit einem wallenden Nebel, *Sidi*«, sagte Sond mit staunend aufgesperrten Augen. »So etwas habe ich in all meinen Jahrhunderten noch nie gesehen!«

»Das wirst du auch nie wieder sehen!« sagte der Bettler kichernd.

Khardan wollte loslaufen, doch eine Hand packte ihn am Umhang und riß ihn mit solcher Gewalt zurück, daß er fast gestürzt wäre. In dem Glauben, daß es Achmed sei, fuhr der Kalif zornig herum – und sah in die milchweißen Augen hinunter, die im Mondlicht in schrecklicher Helligkeit glitzerten. Eine knochige, ausgemergelte Hand griff hinauf und packte eine Handvoll Tuch.

»Es wird dein Tod sein, wenn du dich ihm näherst, denn obwohl die Magie jene rettet, die in ihr sind, tötet sie jene, die sich außerhalb befinden. Schau nur! Schau nur! Da kommt es!«

Wie die blinden Augen es sehen konnten, sollte Khardan

nie erfahren, doch am Ende der Straße krochen lange weiße Fangarme über das Pflaster, schlängelten sich zwischen den verschlossenen Basarständen und benetzten alles durstig, was sie berührten. Stände stürzten krachend ein, ihr Holz seiner letzten Flüssigkeit beraubt. Ein Mann, der auf die Straße hinausstürzte, wurde von den silbrigweißen Händen gepackt und das Wasser wurde ihm aus dem Leib gewrungen wie einem Kleidungsstück am Waschtag. Der Nebel zog weiter, hinterließ ein Häuflein Staub, das erst Augenblicke zuvor noch lebendes Fleisch und Blut gewesen war.

Khardan begann zurückzuweichen, die Augen in Ehrfurcht und Entsetzen auf die nahenden Nebelschwaden gerichtet. »Wir müssen laufen!«

»Es gibt kein Entkommen«, sagte der blinde Bettler mit seltsamer Befriedigung, »außer für jene, die sich im Schutz dicker Steinmauern befinden. Und für jene, deren Herzen eins sind mit jenen, welche die Magie handhaben. Schnell, nimm Platz neben mir!« Der alte Mann zupfte gebieterisch an Khardan. »Setz dich neben mich und führe den Namen eines Menschen auf den Lippen, der deinem Herzen teuer ist und sich durch diesen Nebel in Sicherheit bewegt und an dich denkt!«

»Sond, hat er recht?« fragte Khardan, unfähig, den Blick von dem dahinschwebenden, tödlichen Nebel abzuwenden.

»Ich denke, das ist deine einzige Hoffnung, *Sidi*«, erwiderte der Dschinn. »Ich kann nichts machen. Das hier ist Suls Werk.« Er wechselte einen unruhigen Blick mit Raja, der die Augen weit aufgesperrt hatte. »Tatsächlich werden wir dich für einen Augenblick verlassen, *Sidi*. Wir kehren zurück, sobald Sul fort ist!«

»Sond!« rief Khardan furchterfüllt und empört, doch die Dschinnen waren bereits verschwunden.

»Schnell!« rief der alte Mann und zerrte den Nomaden zu sich herunter.

Der Nebel hatte ihn schon fast erreicht. Khardan erblickte Achmed, wie er neben dem alten Mann niederkauerte. Das Gesicht seines Bruders war aschfahl.

»Der Name!« setzte der Bettler in schrillem Drängen nach.

»Sprich einen Namen, wenn einer in deinem Herzen lebt, und bete darum, daß sie an dich denkt!«

Khardan fuhr sich mit der Zunge über die ausgetrockneten Lippen. »Zohra«, murmelte er. Als würde er der von Flüssigkeit strotzenden Leiber gewahr, kam der Nebel auf ihn zugejagt. »Zohra!« wiederholte er und schloß unwillkürlich die Augen, denn der Anblick war ihm unerträglich. Er hörte, wie auch der alte Mann Zohras Namen murmelte, und erinnerte sich mit einem Schrecken, wie der Bettler ihm diesen Namen als Lohn für das Öffnen der Mauer abverlangt hatte. Neben ihm flüsterte Achmed den Namen seiner Mutter mit einem Schluchzen in der Kehle.

Eine Kälte wie in einer Höhle packte den Fuß des Nomaden und ließ ihm das Mark in den Knochen gefrieren. Der Schmerz war heftig, und Khardan konnte nur mit Mühe einen Schrei unterdrücken. Fieberhaft wiederholte er immer und immer wieder den Namen, und dabei entstand ein Abbild Zohras vor seinem geistigen Auge. Er sah, wie sie ihr Pferd durch die Wüste ritt, wie der Wind ihr das Kopftuch fortriß und wie das schwarze Haar hinter ihr herwehte – ein stolzes, triumphierendes Banner. Er sah sie auf ihrem Brautlager, das Messer in den Händen, Triumph in den glitzernden Augen, und er spürte die Berührung ihrer Finger, leicht und zart, wie sie die Wunde in seinem Fleisch heilte, die sie ihm selbst zugefügt hatte.

»Der Nebel zieht vorbei«, sagte der Bettler mit schwerem Seufzen.

Khardan öffnete die Augen, blickte um sich und sah, wie der Nebel sich zurückzog. Eine unheilvolle Stille legte sich über die Stadt.

»Dein Volk ist in Sicherheit, Mann, der nach Pferd *und* Tod riecht«, sagte der Bettler. »Sie sind durch das Tor geschritten und befinden sich draußen auf der Ebene. Und es ist niemand mehr am Leben, der sie verfolgen könnte.«

Trotz aller Dankbarkeit erschauerte der Kalif. Der Nachtwind begann zu wehen, und mit einem Schreck sah er eine Wolke, die sich hoch in den Nachthimmel hob. Es war kein Nebel. Es war eine Staubwolke – aus schrecklichem, öligem

Staub. Zitternd stand Khardan auf und sah wieder zu dem Bettler hinunter.

»Ich muß zu ihnen. Wird das gehen?«

»Wenn sie erst einmal begriffen haben, daß sie frei sind, wird sich der Zauber auflösen.«

Khardan wandte sich an Achmed. »Kommst du mit mir, Bruder? Kommst du mit nach Hause?«

»Dies hier ist mein Zuhause«, sagte Achmed. »Alles, was ich liebe, ist hier.«

Khardan blickte, als würde er von dem einsamen Licht im Palast angezogen. Er konnte den Umriß eines Manns erkennen, der am Fenster stand und ... ja wohin blickte? Auf sie hinab? Aus seiner heimgesuchten Stadt hinaus?

»Du weißt, daß das Krieg bedeutet«, fuhr Achmed fort, der Khardans Blick folgte. »Der Emir kann dir das nicht ungestraft durchgehen lassen.«

»Ja«, erwiderte Khardan zerstreut, sein Geist war viel zu sehr mit der Gegenwart beschäftigt, um sich auch mit der Zukunft zu befassen. »Ich nehme es an.«

»Dann werden wir uns auf dem Schlachtfeld wiedersehen. Lebewohl, Kalif.« Achmeds Stimme war kalt und förmlich. Er drehte sich um, und machte Anstalten, durch die Maueröffnung zu treten.

»Lebe wohl, Bruder. Möge Akhran mit dir sein«, sagte Khardan ruhig. »Ich werde deiner Mutter Nachricht von dir geben.«

Der gepanzerte Rücken versteifte sich, der Körper zuckte. Einen kurzen Augenblick lang blieb Achmed stehen. Dann richtete er die Schultern und trat wortlos durch die Mauer. Hinter ihm schloß sich wieder die Steintür.

»Du solltest dich besser beeilen, Nomade«, riet der Bettler. »Die Soldatenpriester sind zwar tot, aber in dieser Stadt sind noch viele am Leben, die deinen Kopf fordern werden.«

»Zuerst möchte ich dich fragen, wer du bist, Vater«, sagte Khardan und blickte den alten Mann eindringlich an.

»Ein bescheidener Bettler, sonst nichts!« Der alte Mann

kauerte sich auf einer zerlumpten Decke zusammen wie ein Straßenhund. »Und jetzt geh, Nomade!«

Der Bettler schloß die Augen, und schon begann er zu schnarchen.

Nachdem seine Furcht, auf Menschen zu treffen, verschwunden war, merkte Khardan, wie ihn eine gewaltige Müdigkeit überkam. Seine Schulter brannte vor Schmerz, sein Arm hatte sich versteift und war nicht mehr zu gebrauchen. Jede Bewegung bereitete ihm Mühe, und als er sich durch die mondbeschienenen Straßen schleppte, hielt er die Hand über den Mund, um den gräßlichen Staub nicht einzuatmen, der ihm in den Augen stach. Die Stadt Kich machte den Eindruck, als sei sie das Opfer eines marodierenden Heeres geworden – eine Armee, die Holz und Wasser und Pflanze und Mensch angriff und nur Gestein übrig ließ.

Als er die Stelle wiedererreichte, wo er die Pferde zurückgelassen hatte, erblickte Khardan dort nur große Staubhaufen. Seine letzten Kräfte schwanden immer mehr, und er wußte, daß er zu Fuß nicht weit kommen würde. Die Trauer um das stattliche Tier, das ihn einst in den Triumph wie auch in die schändliche Niederlage getragen hatte, zerriß ihm das Herz – da vernahm er plötzlich ein schrilles Wiehern, das ihn fast betäubte. Er hastete voran und fand schließlich alle vier Pferde wohlbehalten vor. Sie tänzelten vor Ungeduld, diesen schrecklichen Ort endlich zu verlassen.

In einem der Verschläge lag zitternd vor Furcht der Junge, den der Kalif mit ihrer Bewachung beauftragt hatte.

»Ach, *Sidi*!« Der Junge sprang auf die Beine, als er Khardan erblickte. »Die Wolke des Todes! Hast du sie gesehen?«

»Ja«, erwiderte Khardan und ließ sich von seinem Pferd stupsen.

»Ich habe sie gesehen. Ist sie hierhergekommen?«

»Sie ist gekommen, und dann sind sie ... sind sie alle gestorben!« Der Junge sprach mit verträumter Stimme, er war noch völlig benommen. »Alle außer mir! Das waren die Pferde, *Sidi*! Ich schwöre es, sie haben mir das Leben gerettet!« Der Junge vergrub das Gesicht in der Flanke des Hengsts. »Ich danke dir, du Edler! Danke!« schluchzte er.

»In ihrem Herzen wissen sie, wer sie gern hat«, sagte Khardan und strich dem Jungen liebevoll über den Kopf. »Wie wir alle«, murmelte er lächelnd. Und nun geh nach Hause zu jenen, die dich gern haben, junger Mann!«

Der Kalif sprang auf den Rücken des Tiers und führte das Pferd aus seinem Verschlag, gehorsam gefolgt von den anderen. Und dann kamen auch wieder die Dschinnen, um ihm zu helfen. Gemeinsam ritten sie aus der Stadt Kich, galoppierten durch die Tore, die nun offenstanden, die riesigen Holzpfähle zusammengeschrumpft und vertrocknet.

12

Als Khardan zum Tel zurückkehrte, wurde er von einem ganzen Heer erwartet. Es war nicht das Heer des Emirs.

Es war das Heer des Kalifen selbst.

Der Ritt zurück von Kich war für die *Spahis* ein wildes, fröhliches Vergnügen gewesen, nun da sie wieder mit ihren Familien vereint waren. Mit Lobgesängen auf Akhran hatten sie ihre Banner hoch über den Köpfen geschwenkt, hatten die Tugenden ihres Propheten und ihrer Prophetin gepriesen, die Reiter der Akar, die Schäfer der Hrana und die *Meharistе* der Aran, endlich vereint in dem ruhmreichen Sieg über ihren gemeinsamen Gegner. Die einzigen, die während dieses säbelschwingenden Ritts nicht trunken von Triumph gewesen waren, waren der Prophet, die Prophetin und der junge Mann, den die Nomaden nunmehr Marabu nannten, ein Begriff, der bei ihnen eine Art verrückten Heiligen bezeichnete.

Ehemann und -frau begrüßten einander förmlich und kühl, als sie wieder vereint waren, um sich dann wieder abzuwenden und getrennte Wege zu gehen. Verwundet und erschöpft, von den Dschinnen gestützt, vermißte Khardan das Aufblitzen der Freude in Zohras Augen. Zohra ihrerseits bemerkte nicht den Stolz und die Bewunderung in Khardans Augen, als er sie wegen ihrer Tapferkeit und Geschicklichkeit bei der Errettung ihres Volkes pries. Eine Mauer stand zwischen ihnen, die keiner der beiden offenbar zu überwinden bereit oder fähig war. Sie war über Monate hinweg aufgebaut worden. Jeder Stein war ein zorniges Wort, eine abwertende Bemerkung, ein verbitterter Augenblick. Keiner der beiden wußte, wessen es bedurfte, um die Mauer niederzureißen, obwohl jeder in den kühlen, sternenerfüllten Nächten wach dalag und die Angelegenheit lange und angestrengt überdachte.

Es war nicht das einzige, über das jeder von ihnen grübelte. Gegen den Emir in den Krieg zu ziehen, wenn der Tod gewiß war und die Nomaden alles zu gewinnen und nichts zu verlieren hatten, war eine Sache. Aber in den Krieg zu ziehen, nachdem ihre Familien wieder bei ihnen waren, war etwas völlig anderes. Und doch wußte Khardan, daß ihm keine andere Wahl blieb. Qannadi konnte es nicht wagen, diese Herausforderung ungestraft hinzunehmen. Der Emir mußte den besiegten Städten des Bas deutlich machen, was jenen widerfahren würde, die sich gegen ihn stellten. Khardan fragte sich, ob er seine Kräfte sammeln, die Initiative an sich reißen und die Stadt angreifen sollte, solange dort noch Verwirrung herrschte, oder ob er in der Wüste warten sollte, um seine eigene Stärke aufzubauen und seinen Gegner dazu zu zwingen, ihn aufzusuchen und auf eigenem Boden gegen ihn zu kämpfen.

Zohra hatte ihre eigenen Probleme. Die plötzliche Fähigkeit, sich selbst als Frau zu sehen und stolz darauf zu sein, war ihr in diesem frühen Stadium noch unbehaglich und unvertraut. Deshalb hielt sie sich während des Ritts abseits von den anderen Frauen, obwohl diese keinen Hehl aus der Tatsache machten, daß sie sie nun als eine der ihren akzeptierten. Einige wenige machten zwar Bemerkungen, daß sich ihre Prinzessin überhaupt nicht verändert hätte, doch Badia fuhr ihnen sofort über den Mund; sie glaubte, als einzige begriffen zu haben, welcher Kampf in der Brust ihrer

Schwiegertochter tobte. Der Kampf um die Selbsterkenntnis ist wie die Auseinandersetzung mit einem Gegner, der niemals vor einem steht, sondern immer nur von hinten angreift. Nur wer das größte Glück hat, kann ihn überwinden.

Was Mathew anging, so sah er jedesmal, wenn er die Augen schloß, wieder die Menschen, die um ihn herum überall starben. Er fragte sich, ob er die Ereignisse lieber umgekehrt hätte, um von der Hand seiner Feinde zu sterben. Doch er wußte, daß die Erinnerung an jene welkenden Gesichter, die er unscharf durch den Nebel geschaut hatte, ihn bis ins nächste Leben verfolgen würde, und daß er dort dafür Rechenschaft würde ablegen müssen.

Nach und nach war jedes seiner hehren Ideale, an die Mathew geglaubt hatte, zerstört worden. Mathew hatte versucht, seine alten Glaubenssätze wieder zum Leben zu erwecken, doch es war unmöglich, auch nur ihre Gespenster zu zitieren. Er hatte sich von dem Jungen, der einst das waldige, wasserreiche Land Aranthia durchwandert hatte, so weit entfernt, daß er zu einem gänzlich anderen Wesen geworden war. Was er aber während jener langen Nächte, da er nichts zu tun hatte, als nachzudenken und die Sterne anzustarren, als wahrhaft erstaunlich und verwirrend empfand, war die Tatsache, daß er zwar wehmütig und traurig auf diesen Jungen zurückblickte, aber nicht mehr mit Bedauern. Vielleicht war er kein besserer, mit Sicherheit aber ein klügerer Mensch.

Die einzige Frage, die ihm noch blieb, war die, was seine Zukunft noch für ihn bereithalten mochte. Mathew begann zu begreifen, daß der Weg, dem er folgte, sich seinem Ende näherte, und in der Tiefe seines Herzens wußte er, daß er schon bald eine Entscheidung treffen mußte. Der Emir hatte von Schiffen gesprochen, die zum Kontinent Tirish Aranth segeln würden. Er könnte nach Aranthia zurückkehren, ins Land seiner Geburt, oder in Tara-kan bleiben, dem Land seiner Wiedergeburt. Im Augenblick hatte er nicht die leiseste Vorstellung, wie er sich entscheiden würde.

Die anderen Mitglieder der drei Stämme brauchten sich

mit solchen Fragen nicht zu befassen. Die drei Scheichs ritten Seite an Seite vor ihrem Volk dahin und waren die allerbesten Freunde, die engsten Vettern, die liebevollsten Brüder. Anstatt mit Beschimpfungen miteinander zu wetteifern, versuchten sie sich in Schmeichelei zu übertreffen.

»Nur durch die Tapferkeit der Hrana konnte unser Volk aus dem Gefängnis fliehen«, sagte Majiid großmütig und schlug Jaafar eine freundschaftliche Hand auf die Schulter.

»Aber ohne die Stärke der Akar wäre die Tapferkeit der Hrana nichts gewesen«, meinte Jaafar und beugte sich in seinem Sattel vor, um Majiids Gewand zu zwicken, ein Zeichen der Ehrerbietung.

»Ich darf wohl mit Sicherheit sagen«, fügte Zeid von seinem schnellen Kamel herab hinzu, »daß ohne die Tapferkeit der Hrana und die Stärke der Akar die Aran nun Schakalfutter wären.«

»Ah«, riefen beide anderen Scheichs mit einer Stimme, »aber ohne die Weisheit der Aran wären *wir* es, an denen sich die Schakale laben würden.«

Und so weiter und so fort, bis die Dschinnen schon mit den Augen rollten und Khardan die ganze Sache so anzuwidern begann, daß er lieber am Ende des Trupps ritt.

So kam es, daß die Scheichs und so ziemlich alle Mitglieder der drei Stämme den Gipfel der riesigen Dünen erreichten, die über den Tel blickten, und plötzlich stehenblieben und mit lauten Ausrufen des Staunens in die Tiefe blickten und nach ihrem Propheten riefen.

In der aberwitzigen Befürchtung, daß Qannadi ihn im Gewaltmarsch überholt hatte, um nun am Tel seiner Rückkehr zu harren, trieb Khardan sein Pferd im halsbrecherischen Tempo auf die Düne.

Vor ihm breiteten sich Zelte jeder Form und Größe in solcher Anzahl über die Wüste, daß es schon eine riesige Stadt war. Zudem schien während ihrer Abwesenheit Regen gefallen zu sein, denn die Oase war grün und üppig. Frauen drängten sich um den Brunnen, Kinder spielten in den Pfützen. Pferde, Kamele, Esel und Ziegen waren angepflockt. Am Tel selbst war der unter dem Namen Rose des Propheten bekannte Kaktus ergrünt, obschon noch keine Blüte zu sehen war.

Offensichtlich hatte man ihre Rückkehr erwartet – eine Reitergruppe verließ das Lager und jagte auf die Düne zu. In den Händen hielten sie *Bairag* – Stammeswimpel und keine Waffen. Khardan ritt zusammen mit den Scheichs hinunter, um sie auf dem Wüstenboden zu begrüßen, während die Leute auf der Düne zusahen.

»Wir suchen jemanden, der als Prophet von Akhran bekannt ist«, rief ein Mann in der Uniform eines Soldaten einer unbekannten Armee.

»Mich nennt man den Propheten von Akhran«, sagte Khardan und ritt mit düsterer Miene vor. »Wer seid ihr und wer sind jene, die hier um den Brunnen der Akar lagern?«

»Jene, die gekommen sind, dir die Ehre zu erweisen, Prophet«, sagte der Soldat und senkte seinen Wimpel zu Boden, wie es auch seine Begleiter taten. »Wir sind gekommen, um mit dir in die Schlacht gegen den Emir von Kich zu ziehen!«

»Aber woher kommt ihr?« fragte Khardan, der so überrascht war, daß es ihn überhaupt nicht gewundert hätte, wenn der Mann ihm in aller Bescheidenheit mitgeteilt hätte, er wäre vom Mond herabgefallen.

»Aus Bastine und Meda, aus Ravenchai und den Großen Steppen – von überall, wo der Kaiser den Menschen seinen Stiefel in den Nacken drückt.«

Als er ein vertrautes Gesicht erblickte, winkte Khardan einem alten Mann, der auf einem älteren Pferd saß – beide, Mann wie Tier, hatten schon zahlreiche Generationen ihrer Nachkommen überlebt. »Abdullah, komm hierher.«

Der *Aksakal*, einer der Stammesältesten der Akar, führte sein altes Tier zu den Scheichs. Wissend, wo es war und wen es auf dem Rücken trug, hielt das Pferd den Hals stolz gereckt.

»Was soll das, Abdullah?« fragte Khardan den alten Mann streng. »Du hattest in unserer Abwesenheit die Aufsicht. Weshalb hast du das zugelassen?«

»Es ist so, wie der Mann sagt, o Prophet unseres Gotts«, verkündete der *Aksakal* würdevoll. »Sie kamen schon fast am selben Tag, als du gingst, und seitdem kommen regelmäßig immer mehr von ihnen. Ich wollte sie erst abweisen, doch in jener Nacht tobte ein Gewitter, wie ich es zu dieser Jahreszeit noch nie erlebt habe. Das Wasser fiel aus dem Himmel. Es regnete vier Tage und vier Nächte, und nun ist der Brunnen gefüllt, sind die Teiche tief und kühl, blüht die Wüste, und wir haben ein Heer zur Verfügung. Hätte ich so verrückt sein sollen, *Hazrat* Akhran seinen Segen ins Gesicht zurückzuschleudern?«

»Nein«, erwiderte Khardan. Er war beunruhigt und fragte sich, weshalb ihm das Herz schwer war, wo sich doch alle Lasten von ihm lösten. »Nein, du hast recht getan, Alter, und wir sind dir dankbar.«

»Heil, Prophet des Akhran!« rief der Soldat, und die Wüste hallte von dem Jubel der Menge wider.

Sie halfen Khardan vom Pferd und trugen ihn auf den Schultern zum größten, luxuriösesten Zelt des Lagers. Zohra widerfuhr keine geringere Ehre, obwohl sie davor geflohen wäre, hätte sie nur gekonnt. So aber mußte sie auf einer reinen weißen Eselin zu ihrem eigenen Zelt geführt werden, das kaum weniger prunkvoll als Khardans war. Hier wurde sie von Frauen begrüßt, die reiche Seide und Edelsteine, Speisen und Süßigkeiten in den Händen hielten. Usti befand sich in einem Zustand der Verzückung und weigerte sich, sich von seiner ›lieben Prophetin‹ zu trennen, gleich welche Drohungen sie gegen ihn ausstieß.

Auch Mathew bekam ein eigenes Zelt, obwohl sich niemand erbot, ihn dorhinzutragen oder es überhaupt auch nur wagte ihn zu berühren, denn statt dessen starrten ihn alle in stillem, ehrfürchtigem Staunen an, als er vorbeiritt. Den Scheichs wurde dieselbe Ehre zuteil wie ihren Kindern, und selbst Jaafar sah zum erstenmal in seinem Leben glücklich aus. Zeid erinnerte sich plötzlich der Tatsache, daß er der Onkel sowohl des Propheten als auch der Prophetin war, wiewohl niemand wußte, wie das eigentlich sein konnte; doch waren alle nur zu froh über jeden Vorwand, irgend jemanden zu ehren, und so bekam der rundliche Scheich, was ihm zustand.

Kaum hatte Khardan sich in seinem Zelt niedergelassen und sich müde überlegt, ob er zu Bett gehen solle, als sich die Leute draußen in Reihen aufstellten und eine Audienz bei ihrem Propheten verlangten. Khardan konnte es ihnen nicht abschlagen, und so kamen sie einer nach dem anderen mit ihren Sorgen, ihren Wünschen, ihren Bitten, ihren Vorschlägen, ihren Geschenken, ihren Opfergaben, ihren Töchtern, ihren guten Wünschen und ihren Gebeten. In der Zwischenzeit schmiedeten die Scheichs und die Dschinnen in einem anderen Zelt freudig Pläne, in den Krieg zu ziehen.

13

Die Gespräche und die Feierlichkeiten dauerten bis tief in die Nacht. Das Geschrei und Gelächter veranlaßte Mathew, sich in die Ruhe und Abgeschiedenheit seines Zelts zurückzuziehen. Wie er durch das dichtbevölkerte Lager streifte, taub von dem ganzen Lärm, ertappte er sich dabei, daß er die Geräusche der nächtlichen Wüste vermißte – den beharrlichen, gespenstischen Gesang des Winds; das kehlige Knurren von Nachttieren, die ihrem Geschäft nachgingen; das rastlose Gemurmel zwischen den Pferden, die die Witterung eines Löwen wahrnahmen.

Wie viele Nächte, so fragte er sich, hatte er im Zelt gelegen und diesen Geräuschen voller Entsetzen und Einsamkeit gelauscht und sie verabscheut? Jetzt aber sehnte er sich wieder nach ihnen.

Auf dem Weg zu seinem Zelt kam er an Zohras vorbei und beschloß, einzutreten und mit ihr zu sprechen. Sie war während der Reise so still und zerstreut gewesen. Seit jener schrecklichen Triumphnacht von Kich hatten sie kaum mehr als ein paar Worte miteinander gewechselt. Als er in das Zelt spähte, sah er Zohra von Frauen umringt. Sie redeten und lachten und bestaunten die eingetroffenen Geschenke: Duftstoffe, Schmuck, Ballen von Seide und Wolle, kandierte

Rosenblätter, Sklaven und Messinglampen. Usti, dessen fettes Gesicht soviel Wärme abstrahlte, bis sie schon daran dachten, die Lampen zu löschen, umschwebte die Prophetin, begutachtete die Gaben und trieb seine Herrin beinahe in den Wahnsinn, indem er ihr unentwegt ins Ohr flüsterte, wieviel eine jede davon wert war.

Mathew blieb unbemerkt stehen und sah zu. Die Prinzessin Zohra, die Mathew gekannt hatte, wäre aus diesem parfümierten Gefängnis ausgebrochen, hätte ihr Pferd gepackt und wäre zwischen die Wanderdünen davongaloppiert. Als seine Gedanken sie berührten, hob Zohra die dunklen Augen und blickte ihn an. Sehnsucht war in ihren Augen zu lesen. Doch Mathew sah auch Resignation, erzwungene Geduld und Selbstbeherrschung. Man mußte ihm sein Erstaunen ansehen können, denn sie lächelte ein wehmütiges, schiefes Lächeln und zuckte leise mit den Schultern, als wollte sie sagen: »Was soll ich sonst tun?« Ich bin schließlich die Prophetin des Akhran.«

Mathew erwiderte das Lächeln, verneigte sich vor der Prophetin und ging. Und ebenso, wie er den Wind und den Gesang und das Grollen des Löwen vermißte, vermißte er auch die herrische, unberechenbare Prinzessin.

Erschöpft von dem langen Ritt, legte Mathew sich auf seine Kissen. Er fragte sich, ob es sich lohnen würde, seinen *Chirak* abzulegen und auf etwas Schlaf zu hoffen, als die Zeltklappe plötzlich aufgeschlagen wurde. Eine dunkle Gestalt, das Gesicht mit dem *Haik* verdeckt, kam hereingehuscht. Sie wich dem Licht der Lampe aus und verschmolz schnell mit den Schatten. An den Schwarzen Paladin erinnert, hob Mathew beunruhigt den Blick. Doch die Gestalt hob eine beschwichtigende Hand, schob das Gesichtstuch ein Stück beiseite, damit er ihre Züge sehen konnte.

»Es ist nur Khardan«, ertönte eine müde Stimme.

»*Nur* der Prophet«, erwiderte Mathew mit einem sanften, ironischen Lächeln.

Khardan stöhnte und warf sich zwischen die Kissen. Sein stattliches Antlitz war gefurcht unter den Augen waren dunkle Ringe zu erkennen, und schon bald wich Mathews Freude echter Besorgnis.

»Geht es dir gut? Hast du irgendwelche Schmerzen? Vielleicht deine Verwundung?«

Khardan wischte alles mit einer Geste beiseite. »Die Wunde ist verheilt. Ich habe sie verbinden lassen, sofort nachdem ich ins Lager kam. Wie lang ist das schon her? Eine Woche? Es scheint mir wie ein Jahr, wie tausend Jahre!« Seufzend lehnte er sich zurück und schloß die Augen. »In meinem Zelt tummeln sich Geschichtenerzähler und Teetrinker, Geschenkträger und Ratgeber. Soldaten und Tanzmädchen – und alle starren mich so ausgehungert an, als wäre ich irgendeine Art von Eintopf, in den jeder seine Finger schieben kann, um sich auch ein Stück zu nehmen! Ich hätte Sond ja befohlen sie hinauszuwerfen, aber die Dschinnen sind schon wieder verschwunden. Also habe ich den Vorwand vorgebracht, einem Ruf der Natur zu folgen, und bin hierhergekommen.«

Irgendwo draußen rief eine Stimme: »Der Prophet? Hast du den Propheten gesehen?«

Khardan verhüllte sein Gesicht, als die Stimme, die unmittelbar vor Mathews Zelt angelangt war, um Erlaubnis bat, eintreten zu dürfen. »Verzeih, Marabu, daß ich deine Ruhe störe. Hast du den Propheten gesehen?«

»Er ist in diese Richtung gegangen«, sagte Mathew und deutete direkt auf Khardan.

Der Nomade dankte ihm wortreich und schloß die Zeltklappe. Sie hörten, wie er auf die Oase zulief.

»Danke, Mat-hew.« Khardan begann sich zu erheben. »Du warst im Begriff dich auszuruhen. Es ist mitten in der Nacht. Ich störe dich.«

»Nein, bitte!« Mathew ergriff Khardans Arm. »Ich konnte nicht schlafen, nicht bei all diesem Lärm. Bitte bleib.«

Es bedurfte keiner allzugroßen Überzeugungskraft, um den Kalifen dazu zu bewegen, wieder zu seinen Kissen zurückzukehren. Seine eindringlich auf Mathew gehefteten dunklen Augen glitzerten im Lampenlicht.

»Würdest du etwas für mich tun ... sofern ud nicht zu müde bist?« fragte Khardan plötzlich.

»Gewiß, Prophet«, erwiderte Mathew.

Khardan hielt stirnrunzelnd inne. Das, worum er bitten wollte, fiel ihm offensichtlich schwer, und er grübelte noch immer darüber nach, ob er fortfahren sollte oder nicht.

»Du kannst deine Magie benutzen, um ...« Der Kalif räusperte sich. »... in die Zukunft zu schauen?«

»Ja, Prophet.«

»Nenn mich bitte Khardan! Ich bin dieses Titels müde.«

Mathew verneigte sich.

»Du kannst es also?« fragte Khardan ungeduldig.

»Ja, natürlich. Mit Vergnügen, Pro ... Khardan.«

Nach seiner Ankunft hatte Mathew die kostbaren magischen Gegenstände, die er während seiner Reisen erworben hatte, sorgfältig ausgepackt und an einer sicheren Stelle verborgen. Dazu gehörte eine Schale aus poliertem Holz, die er im Lager der Hrana in den Gebirgsläufern entdeckt hatte. Obwohl Mathew ihm angeboten hatte, ihm dafür ein Schmuckstück zu geben, war der Besitzer überglücklich gewesen, es ihm als Gastgeschenk zu überreichen.

Mathew holte die Schale aus ihrem Versteck neben seinem Kopfkissen, wobei er sie liebevol berührte und sich an dem glatten Holz erfreute, das in der Wüste eine Seltenheit darstellte. Er legte sie zwischen sich und Khardan auf den Zeltboden und tat so, als würde er das erste, unwillkürliche Zurückzucken des Kalifen nicht bemerken.

Mathew griff nach der *Girba*, die draußen vor dem Zelt hing, um das Trinkwasser kühlzuhalten, und füllte daraus die Schale. Draußen hatte eine Stimme damit begonnen, ein Loblied auf den Propheten zu singen und alle seine kühnen Taten zu rezitieren. Mathew beugte den Kopf und schien in das Wasser zu blicken. Doch unter den Wimpern sah er zu Khardan hinüber, der gleichzeitig mit einer gewissen Freude, aber auch einer beinahe hilflosen Gereiztheit zuhörte.

Mathew begann zu sprechen. »Die Visionen, die ich in der Schale schaue, zeigen nicht unbedingt das, was geschehen wird.« Während er darauf wartete, daß das Wasser sich glättete, sprach der Zauberer die in seinen Texten vorgeschriebene Warnung aus. »Sie werden lediglich zeigen, was geschehen wird, wolltest du dem Pfad folgen, den du im Begriff bist zu gehen. Es könnte klug sein, sich abzuwenden und einen anderen Pfad zu wählen. Es könnte ebenso klug sein, auf diesem Weg zu bleiben. Sul gibt keine Antworten. In vielen Fällen wirft Sul nur noch mehr Fragen auf. Es liegt bei dir, über die Vision nachzudenken und zu deiner Entscheidung zu kommen.«

Beinahe hypnotisiert nickte Khardan. Seine Miene verriet Ehrfurcht und Angst. Mathew konnte sein eigenes Atmen hören, das viel zu schnelle Pochen seines Herzens. Er riß seinen Blick von Khardan, richtete ihn auf das Wasser und begann mit dem Singsang. Er wiederholte die Formel dreimal, und auf der glatten Oberfläche der Flüssigkeit erschienen die ersten Bilder.

»Ich schaue zwei Falken, die beinahe gleich aussehen. Jeder Falke fliegt an der Spitze einer riesigen Schar kriegerischer Vögel. Die Scharen treffen aufeinander, es gibt einen wilden Kampf, und viele Vögel stürzen in die Tiefe und sterben.« Mathew schwieg einen Augenblick und sah zu. »Nach dem Ende der Schlacht ist einer der Falken tot. Der andere hebt sich immer höher in den Himmel, bis er mit Gold gekrönt wird und eine goldene Kette um den Hals trägt, und viele Vögel kommen und gehen auf seinen Befehl.«

Er hob den Kopf, lehnte sich auf seine Fersen zurück und blickte Khardan an. »Das ist die Vision des Sul.«

Der Kalif runzelte die Stirn und zeigte mit angewiderter Geste auf die Wasserschale. »Was nützt das?« fragte er barsch. »Soviel hätte ich auch selbst sehen können, wenn ich eine in Schale *Qumiz* geschaut hätte! Es wird eine Schlacht geben. Die eine Seite wird siegen, die andere verlieren!« Er seufzte schwer, dann warf er, weil er glaubte, Mathews Gefühle verletzt zu haben, einen entschuldigenden Blick in seine Richtung. »Es tut mir leid.« Er legte eine Hand auf seine Schulter. »Ich bin müde ...«

»Und du hast Schmerzen!« ergänzte Mathew. »Laß mich

nach deiner Wunde sehen, während ich diese Vision deute. Sie ist nicht ganz so klar, wie du meinst, Khardan«, fügte er hinzu und verbarg dabei ein Lächeln.

Geduldig unterwarf sich Khardan Mathews sanfter Berührung. Der junge Mann zog die Gewänder des Kalifen beiseite und legte die Wunde frei, die keineswegs verheilt war, sondern entzündet aussah.

»Du hast sie *nicht* behandeln lassen«, sagte Mathew streng und tauchte ein Tuch in die Wasserschale. »Leg dich hin, damit ich sie bei Licht betrachten kann.«

»Es war keine Zeit dafür«, sagte Khardan ungeduldig, doch er legte sich nieder und streckte sich in voller Länge auf dem Bauch auf den Kissen aus.

»Die Frauen waren vom Gebrauch ihrer Magie erschöpft. Ich habe mir schon öfter Wunden zugezogen. Mein Fleisch ist sauber und verheilt schnell.«

»Ich werde tun, was ich kann, aber ich bin nicht geübt in der Kunst des Heilens. Du solltest sie von Zohra behandeln lassen ...«

Khardan zuckte zusammen. Mathew hatte die Hände auf den groben Verband gelegt; er hatte die Wunde nicht berührt, hatte dem Mann keine Schmerzen zufügen können, und so wunderte er sich über die Reaktion des Kalifen. Dann begriff er. Er hatte nicht die vom Stahl zugefügte Wunde berührt, sondern eine andere, die dem Herzen viel näher lag.

Khardan starrte vor sich hin. Obwohl er es nicht sehen konnte, stand Zohras Zelt in der Richtung seines Blicks. »Warst du jemals verliebt, Mat-hew?« lautete die nächste, völlig unerwartete Frage.

Die sanften Finger unterbrachen ihr ruhiges Tun. Es dauerte nur einen Augenblick, bis sie wieder ihre Berührung herstellten, doch dieser Augenblick war lang genug, um Khardans Aufmerksamkeit zu erregen. Er drehte sich um und warf Mathew einen scharfen, eindringlichen Blick zu.

In Mathews Augen stand die Wahrheit.

Der junge Mann schloß sie sofort, doch zu spät, um zu verbergen, was darin zu sehen gewesen war.

»Mat-hew ...«, erklang zögernd die Stimme des Kalifen. Eine Hand berührte seinen Arm, und Mathew wich zurück, senkte den Kopf, während ihm das rote Haar ins Gesicht fiel.

»Sag es nicht!« Mathew keuchte. »Sag gar nichts! Du verachtest mich, ich weiß es! Ja, ich liebe dich! Ich habe dich vom selben Augenblick an geliebt, da du das Schwert über meinen Kopf hieltest und mich auffordertest, das Leben zu wählen, mich nicht dem Tod zu überantworten! Wie sollte ich dich da nicht lieben? So edel, so stark. Und dann auf der Burg: Du warst in Qualen, dem Tode nahe, und doch hast du an mich gedacht und an meinen Schmerz, der doch nichts, überhaupt nichts war verglichen mit dem, was du durchmachtest!« Den hastigen Worten folgte ein langes Schluchzen.

Eine Hand, rauh und schwielig und doch sanft, legte sich auf die bebende Schulter. »Mat-hew«, sagte Khardan, »von allen wertvollen Geschenken, die ich in dieser Nacht empfangen habe, ist dieses, das du mir da darbietest, das allerkostbarste.«

Verwirrt hob Mathew sein tränenüberströmtes Gesicht. »Du haßt mich nicht? Aber dein Gott verbietet doch diese ...«

»*Hazrat* Akhran verbietet keine Liebe, die frei entboten und frei angenommen wird. Wenn er das täte, wäre er des Vertrauens und des Glaubens nicht würdig, mit dem wir ihn bedenken«, sagte Khardan. »Vor allem nicht die Liebe eines so tapferen und klugen Herzens, wie es in deiner Brust schlägt, Mat-hew.« Khardan ergriff den jungen Mann, zog ihn zu sich herab und preßte ihm die Lippen auf die brennende Stirn. »Diese Liebe wird mich für den Rest meines Lebens ehren.«

Mathew verbeugte sich, als empfinge er einen Segen. Die Hände mit dem feuchten Tuch zitterten, und er verbarg sein Gesicht darin, während Tränen der Freude und Erleichterung die bittere Pein fortspülten. Seine Liebe ließ sich nie erwidern, nicht genau so, wie er es sich manchmal erträumte. Doch es war eine Liebe, die auf Respekt traf und in Vertrauen erwidert werden würde.

Während er sich wieder auf den Bauch rollte, um dem jungen Mann die Gelegenheit zu geben sich zu fangen, meinte Khardan mit gelassener Beiläufigkeit: »Und jetzt sag mir, Mat-hew, wie du diese Vision deutest.«

14

Mathew wischte sich die Augen und tat einen tiefen Atemzug, dankbar für die Gelegenheit, das Thema zu wechseln.

»In der Vision ging es, wie du dich erinnerst, um zwei Falken ...«

»Schon wieder Vögel«, sagte Khardan.

»... die feindliche Heere anführten«, fuhr Mathew streng fort, um Khardan an die Ernsthaftigkeit ihres Unterfangens zu gemahnen.

»Ich und der Emir.«

»Die Falken sahen einander sehr ähnlich«, sagte Mathew. Säuberlich verband er den verwundeten Arm des Manns. »Diese Falken stehen für dich und deinen Bruder.«

»Achmed?« Besorgt wandte Khardan den Kopf.

»Lieg still. Ja, Achmed.«

»Aber der könnte doch nicht an der Spitze eines Heers reiten!« höhnte Khardan. »Dafür ist er zu jung.«

»Aber nach allem, was ich gehört habe, reitet er mit dem Emir, der ein Heer anführt. Diese Visionen sind nicht immer wörtlich zu verstehen, das darfst du nicht vergessen. Sie stellen das dar, was das Herz sieht, nicht das Auge. Wenn du gegen das Heer des Emirs kämpftest, wären deine Gedanken zwar bei dem Mann Qannadi, der an der Spitze seiner Truppen reitet, aber dein Herz wäre doch wohl bei deinem Bruder, nicht wahr?«

Khardan kauerte und legte sich wieder in die Kissen, das Kinn auf die Arme gestützt.

»So«, sagte Mathew, während er den Verband richtete. »Ist er zu fest? Nicht? Nun zur Schlacht. Beide Seiten erleiden schwere Verluste. Es gibt viele Opfer. Es wird ein blutiger Krieg.« Seine Stimme stockte. »Einer der Falken stirbt ...«

»Und?« setzte Khardan nach.

»Der Überlebende wird zu einem großen Helden. Er wird mit den Schwingen von Adlern emporsteigen. Alle möglichen Leute werden unter sein Banner eilen, und er wird den Kaiser von Tara-kan herausfordern und schließlich als Sieger hervorgehen, mit einer goldenen Krone und um den Hals eine goldene Kette.«

»Also ...« Khardan vergaß für einen Augenblick seine Wunde, zuckte mit den Schultern und schnitt eine schmerzerfüllte Grimasse. »... der Sieger wird zu einem Helden.«

»Ich habe nicht ›Sieger‹ gesagt«, versetzte Mathew sanft, »ich habe gesagt ›Überlebender‹.«

Es brauchte eine Weile, bis er die Wahrheit begriff. Mit langsamen Bewegungen setzte Khardan sich auf, sah dem jungen Zauberer ins Gesicht, der ihn mit ernster und bekümmerter Miene musterte. »Du sagst damit, Mat-hew, daß wenn mein Bruder und ich in der Schlacht aufeinandertreffen, einer von uns sterben wird.«

»Ja, das legt die Vision nahe.«

»Und der andere wird ... Kaiser?« Khardan sah ihn finster und ungläubig an.

»Natürlich nicht sofort. Ich habe den Eindruck, daß noch viele, viele Jahre vergehen werden, bevor das geschieht. Aber ansonsten – ja, der Überlebende wird schließlich eine Stellung von großer Macht und Reichtum und gewaltiger Verantwortung einnehmen. Vergiß nicht, der Falke trägt nicht nur die goldene Krone, sondern auch noch die goldene Kette.«

Khardans Gedanken schweiften hinaus, zu seinem Volk und zu jenen, die zu ihm gekommen waren. Erst jetzt, da die Nacht ihren Zenit schon lange überschritten hatte und sich dem Morgen zuneigte, begannen sie daran zu denken, ins Bett zu gehen. Zur Morgendämmerung würde der Prophet von Akhran vor einer weiteren Schlange von Männern und Frauen stehen, die mit ihren Wünschen und Begierden, ihren Hoffnungen und Ängsten kommen würden.

»Vielleicht kann er ihnen helfen«, sagte Khardan mit einem scheuen, zögernden Stolz. »Vielleicht wurde er, obwohl er nicht klug oder gebildet ist, auserwählt, ihnen zu helfen, und er kann nicht leichtfertig aufgeben, was ihm gewährt wurde.«

»Es ist ganz bestimmt seine Entscheidung«, meinte Mathew. »Ich wünschte nur, ich wäre eine größere Hilfe«, fügte er wehmütig hinzu.

Khardan sah ihn an und lächelte. »Die bist du schon gewesen, Mat-hew. Er wünscht sich nur, er wäre so weise wie du; dann würde er wissen, daß er das richtige tut.« Der Kalif erhob sich und wollte gehen, er wickelte sich die Falten seines Kopftuchs ums Gesicht, damit er sich durchs Lager bewegen konnte, ohne bedrängt zu werden. »Da du so weise bist, kannst du mir vielleicht noch eine weitere Frage beantworten.« Im Eingang blieb er stehen.

»Ich weiß nicht, ob ich weise bin, aber ich werde immer versuchen dir zu helfen, Khardan.«

»Auda ibn Jad. Er war grausam und böse. Er hat hilflose Menschen Ungeheuern zum Fraß vorgeworfen. Im Namen seines bösen Gotts hat er Mord und Schlimmeres begangen.«

Mathew antwortete mit einem Schaudern.

»Und doch haben unsere Götter uns aneinandergeschirrt. Auda hat unser Leben gerettet; ohne ihn wären wir im Sonnenamboß verreckt. Er hat mir das Leben gerettet, indem er sich im Tempel des Quar selbst aufopferte. Ich betraure seinen Tod, Mat-hew. Ich betraure, daß er fort ist. Und doch weiß ich, daß es durch seinen Tod um die Welt besser steht. Begreifst du irgend etwas von alledem?«

Nach kurzem Nachdenken sagte Mathew ernst: »Ich verstehe die Wege der Götter nicht. Das tut kein Mensch. Ich weiß nicht, weshalb es das Böse in der Welt gibt oder weshalb die Unschuldigen leiden müssen. Ich weiß nur, daß eine Decke, deren Faden allein in eine Richtung verläuft, uns als Decke nicht sonderlich nützlich ist, oder, Kalif?«

»Nein«, erwiderte Khardan nachdenklich. »Nein, du hast recht.« Er packte die Schulter des jungen Manns. »Schlaf gut, Mat-hew. Möge Akhran ... Nein. Wie heißt dein Gott?«

»Promenthas.«

»Möge Promenthas in dieser Nacht mit dir sein.«

»Und Akhran mit dir«, erwiderte Mathew.

Er sah zu, wie der Kalif aus dem Zelt schlüpfte und sich mit einer Sorgfalt und Vorsicht durch die Anlage seines eigenen Volks schlich, wie er sie nie beim Anschleichen in ein Feindeslager hatte walten lassen. Als er sah, wie Khardan sicher sein Zelt erreichte und wie mehrere Tanzmädchen in Seidenkleidern hinausgescheucht wurden, kehrte Mathew lächelnd und kopfschüttelnd zu seinem Lager zurück.

Der junge Mann hatte seinen Frieden gemacht. Er hatte seine Entscheidung getroffen.

Getröstet vom Singen des Winds schlief Mathew ein.

15

Obwohl Khardan eine rastlose Nacht damit verbrachte, über die Vision nachzudenken, die Mathew ihm erläutert hatte, fand er zu keiner Entscheidung. Und so war es schließlich sein Volk, das den Kalifen in den Wirbelwind des Kriegs hineinriß.

Die Scheichs waren die ersten, die das Zelt des ermüdeten und rotäugigen Propheten betraten. Bevor Khardan auch nur den Mund öffnen konnte, legten die Scheichs ihm ihren Schlachtplan dar, auf den sie sich geeinigt hatten und lehnten sich wieder zurück, um seine glühende Empfehlung abzuwarten.

Der Plan sah durchführbar aus, das mußte Khardan zugeben. Die Meldungen, die zusammen mit einem scheinbar endlosen Strom von Flüchtlingen, Rebellen und Abenteurern eintrafen, wiesen darauf hin, daß die Kräfte des Emirs durch den magischen Nebel, der Kich heimgesucht hatte, erheblich dezimiert worden waren. Jene Soldaten, die es überlebt hatten, waren damit beschäftigt, das Stadttor und andere beschädigte Befestigungsanlagen wieder aufzubauen. Zudem hatten sie einen Aufstand in der Stadt niederwerfen müssen, als sich das Gerücht ausbreitete, daß die Nomaden drohten, den tödlichen Nebel gegen ihre Bürger zu entfesseln, wenn Kich nicht kapitulieren sollte.

Die Scheichs deuteten an, daß es ein vernünftiger Vorschlag sein könnte, den Nebel einmal mehr zu rufen, worauf Khardan sie grimmig fragte, ob sie nun vorhätten, ihre Frau in jede weitere Schlacht voranzuschicken, die sie zu schlagen gedachten.

»Pah! Du hast recht!« erklärte Majiid. »Ein dummer Gedanke. Es war seine Idee.« Mit einem Wedeln der Hand deutete er auf Jaafar.

»Meiner!« Jaafar sprang auf die Beine. »Du weißt genau ...«

»Genug!« sagte Khardan. »Fahrt fort.«

Den Meldungen zufolge hatte Qannadi Boten in die südlichen Städte geschickt, um Verstärkung anzufordern, doch würde es noch viele Wochen dauern, bevor diese Truppen eintrafen. Ein schneller und tödlicher Überfall auf Kich, und der Prophet würde die Stadt einnehmen, um sie als Brückenkopf zu nutzen, von dem aus er den Feind aus dem Bas vertreiben würde.

In Khardans Gedanken entwickelte sich der Plan noch sehr viel weiter, obwohl die Scheichs nichts davon erfuhren. Das Bas würde ihm leicht zufallen. Unter seiner geschickten Führung konnte er sich darauf verlassen, daß das Volk sich gegen die Truppen des Kaisers erheben würde. Standen ihm erst einmal Bas und sein Reichtum zur Verfügung, könnte Khardan die Handelsroute nach Khandar unterbrechen und in aller Ruhe seine Kräfte sammeln. Er würde Khandar aushungern, während er nach Norden marschierte und das unterdrückte Volk von Ravenchai von den Sklavenhändlern befreite, die seine Ländereien plünderten. Er würde sich mit den starken Bewohnern der Großen Steppe verbünden. Zweifellos würde der Gebieter der Schwarzen Paladine bereit sein, seine eigenen Kräfte in die Schlacht zu werfen.

Und dann, wenn er erst einmal stark war, würde er den Kaiser angreifen.

Ja, gestand sich Khardan beinahe zögerlich ein, es ließe sich machen. Mathews Vision war doch nicht so weit hergeholt und wirr, wie es dem Kalifen in den frühen Stunden der Dämmerung erschienen war. Er könnte Kaiser von Sardish Jardan werden, wenn er wollte. Er würde in einem herrlichen Palast mit einem Prunk leben, den er sich im Augenblick nur schwach vorstellen konne. Die schönsten Frauen der Welt würden ihm gehören. Seine Söhne und Töchter würden in die Hunderte zählen. Kein Luxus wäre ihm zu gut. Wasser – er würde jede Menge Wasser zu vergeuden haben. Und was seine Pferde betraf, so würde die ganze Welt kommen und sich darum prügeln sie zu kaufen, denn er könnte sich die allerbesten Zuchttiere leisten und sie mit üppigem Gras füttern und den ganzen Tag damit zubringen, ihre Ausbildung zu überwachen.

Doch nein, nicht den ganzen Tag. Da würde es Audienzen geben und Korrespondenz mit anderen Herrschern und seinen Heerführern. Wahrscheinlich, so vermutete Khardan, würde er lernen müssen zu lesen, da er es nicht wagen würde, sich auf die Übersetzung seines Briefwechsels durch andere zu verlassen. Er würde sich Feinde machen – mächtige Feinde. Es würde Vorkoster geben, denn er würde es nicht wagen, irgend etwas zu trinken oder zu essen, das nicht von irgendeinem armen Kerl vor ihm aus Furcht vor Vergiftung probiert worden war. Leibwächter würden jeden seiner Schritte überwachen.

Natürlich würde er auch Freunde gewinnen, doch die wären in mancherlei Hinsicht schlimmer als alle Feinde. Boten, die ihm auflauerten, Wesire, die für ihn intrigierten, Edelleute, die ihn ihrer größten Liebe versicherten. Und alle bereit, über ihn herzufallen und ihm die Kehle durchzuschneiden, sollte er irgendwelche Anzeichen von Schwäche zeigen. Vielleicht würden seine eigenen Söhne aufwachsen, um Pläne für seinen Sturz zu schmieden, während seine Töchter verschenkt wurden wie andere schöne Gegenstände, um irgendeines Mannes Gunst zu erlangen.

Zohra. Er sah sie als Hauptfrau eines von Frauen wimmelnden Serails, deren Namen er nicht einmal alle behalten konnte. Er sah sie stark in ihrer Magie werden, und er wußte, daß auch dies ihm große Macht bescheren würde. Und dann war da Mathew – der weise Berater –, immer in der Nähe, immer hilfreich und doch niemals aufdringlich.

Ein polterndes Geräusch unterbrach seinen Tagtraum. Blinzelnd hob er die von Erschöpfung brennenden Augen und sah, wie sein Vater ihn anstarrte. »Nun?« sagte Majiid. »Reiten wir heute nacht nach Kich? Oder willst du in dein Bett zu deinen Tänzerinnen zurückkehren?« Seine lüsterne Miene machte deutlich, was er seinem Sohn in der Nacht unterstellte.

Khardan antwortete nicht sofort. Vor seinem geistigen Auge sah er nicht nur den prunkvollen Palast oder die Hunderte von Frauen oder den unschätzbaren Reichtum. Er schaute auch seinen jüngeren Bruder, der mit tränenerstickter Stimme den Namen seiner Mutter flüsterte.

Es ließ sich nicht ändern. Achmed hatte seinen Weg gewählt, und Khardan einen anderen.

»Wir reiten in den Krieg«, sagte er.

Eine Woche war vergangen. Der Tag dämmerte über Kich heran. Das Licht der Sonne hatte kaum mehr als ein blutrotes Glühen am Horizont verteilt, als der Ruf eines Wachtturmpostens dafür sorgte, daß ein Hauptmann herbeigelaufen kam, um selbst nachzusehen. Man schickte einen Boten an den Emir, der seiner jedoch nicht bedurfte, weil er aus seinem eigenen Fenster geblickt und alles selbst mitbekommen hatte.

Er hatte bereits seine Befehle erteilt.

Unten in der Kasbah herrschte Verwirrung, als die Soldaten sich vorbereiteten. Panik tobte in der Stadt, doch auch diese Aufregung hatte Qannadi soweit es ging unter Kontrolle: Männer, Frauen und ältere Kinder bewaffneten sich und bereiteten sich darauf vor, gegen die eindringenden Horden zu kämpfen.

»Schick nach Achmed«, sagte Qannadi zu Hasid, und der alte Soldat machte sich ohne weitere Fragen auf den Weg.

Abul Qasim Qannadi schritt zu dem Fenster hinüber und blickte über die Ebene auf die niedrigen Hügel. Eine Linie aus Männern, einige auf schnellen, furchtlosen Wüstenpferden, andere auf langbeinigen Rennkamelen, zog sich über die Hügel. Sie hatten sich noch nicht in Bewegung gesetzt, warteten aber geduldig auf den Befehl ihres Propheten, hinabzureiten und den Stadtbewohnern von Kich den Tod zu bringen.

Während er sich über seinen ergrauten Bart fuhr, blickte Qannadi zu dem höchsten Gipfel hinüber. Er konnte ihn zwar auf diese Entfernung nicht ausmachen, hatte aber das instinktive Gefühl, daß Khardan dort war, und an diesen Gipfel richtete er auch seine Worte.

»Du hast viel gelernt, Nomade, aber nicht genug. Schlage ruhig mit dem Kopf gegen diese feste Mauer. Am Schluß bekommst du als Lohn für deine Mühe nichts als einen geborstenen Schädel. Ich kann tagelang hier warten, monatelang, wenn es sein muß. Bis dahin sind meine Truppen aus dem Süden eingetroffen, und wenn von deinen Leuten noch irgendwelche übrigsein sollten, dann werde ich dich zwischen dieser Mauer und meinen vorrückenden Truppen fangen und dich zerbrechen wie eine Mandel.«

Zufrieden mit seinen Beobachtungen, ging der Emir im Kopf noch einmal seine Pläne durch, als er sich seinem Schreibtisch zuwandte. Natürlich gab es immer die Möglichkeit, daß der erste Ansturm der Nomaden sich wie eine Springflut über sie ergoß, alle Verteidigungsanlagen beiseite spülte und die Horden der Eindringlinge hinter die Stadtmauern führte, wo Qannadi und seine Leute dann in Stücke gehauen werden würden. Der Emir hatte auch für diese Möglichkeit Pläne gemacht.

»Du hast nach mir gerufen, Gebieter«, sagte eine klare Stimme.

Qannadi nickte, nahm wieder Platz und bemühte sich, möglichst auffällig mehrere Stücke zusammengefaltetes und versiegeltes Pergament in einen Lederbeutel zu geben. »Ich schicke dich, Achmed, mit Depeschen nach Khandar. Sie sind für den Kaiser und den Obersten Befehlshaber bestimmt. Du wirst sie zweifellos beide im Palast vorfinden, wo sie die Pläne für den Angriff auf Tirish Aranth entwikkeln. Hier ist ein Passierschein. Du solltest besser sofort losreiten, für den Fall, daß die Nomaden die Straßen unterbrechen.«

Er sprach ruhig und hob erst wieder den Blick von seiner Arbeit, als alles bereit war. Dann wollte er Achmed das Paket überreichen.

Das Gesicht des jungen Manns war aschfahl. »Weshalb schickst du mich weg?« fragte Achmed mit starren, blutleeren Lippen. »Befürchtest du, daß ich dich verraten könnte?«

»Mein lieber Junge!« Qannadi sprang auf, er ließ das Paket dabei fallen und ergriff die zitternde Hand, die sich um einen Schwertgriff schlang. »Wie kannst du mich so etwas fragen?«

»Wie kannst *du* mir so etwas auftragen? Mich bei drohender Gefahr fortzuschicken wie ein kleines Kind!«

»Wir kämpfen gegen dein Volk, mein Sohn«, sagte Qannadi mit leiser Stimme. »Es heißt, daß Sul jene, die das Blut eines nahen Verwandten vergießen, mit Dämonen heimsucht. Ich weiß nicht, ob das stimmt, aber ich habe Männer gekannt, die jene töteten, die sie liebten. Und ob die Dämonen nun von außen oder von innen kamen, ich sah sie jedenfalls in Qualen bis zum Tag ihres Todes. Ich wollte dir nur so etwas ersparen. Denk nach, mein Junge! Wir werden heute in der Schlacht auf deinen Vater und deinen Bruder treffen!«

Achmed ergriff die Hand des Emirs und hielt sie fest. »Ich werde an der Seite meines Vaters heute in die Schlacht reiten«, sagte er gefaßt. »Ich kenne – habe nie einen anderen gekannt – niemanden sonst.«

Qannadi lächelte und war für einen Augenblick sprachlos. Seine Hand strich über das dunkle, lockige Haar des jungen Mannes.

»Wenn du entschlossen sein solltest ...«

»Das bin ich«, unterbrach Achmed ihn bestimmt.

»... dann unterstelle ich dir die Reiterei. Du kennst deinen Bruder, du weißt, wie er denkt, wie dein Volk kämpft. Mein junger General«, sagte er in einem freudigen Ton, wobei er Achmed in frohem Stolz musterte, »ich hatte letzte Nacht einen seltsamen Traum. Soll ich ihn dir erzählen?«

Der junge Mann nickte. Beide Männer achteten auf Geräusche von außen, die ihnen mitteilen würden, daß der Feind sich in Bewegung gesetzt hatte. Doch bisher war nichts geschehen.

»Mir träumte, daß ich einen jungen Falken entdeckte, der sich in einer Schlinge verfangen hatte. Ich befreite ihn und zog ihn von früh auf. Und er wurde zum kostbarsten Vogel in meiner ganzen Sammlung. Immer und immer wieder ist dieser Falke von meinem Handgelenk davongeflogen, und ich bildete ihn aus, und so wurde aus ihm der kostbarste Vogel in meiner Zucht. Sein Wert war unermeßlich, und ich war stolzer auf ihn als auf gewisse andere Falken, die ich ebenfalls großgezogen hatte. Immer wieder flog dieser Falke von meinem Handgelenk davon und schoß an den Himmel, und doch kehrte er stets wieder zu mir zurück, und ich war stolz, ihn zu Hause willkommen zu heißen.

Und dann kam der Tag, da der Falke zurückkehrte, und das Handgelenk, das er kannte, war still und kalt.« Achmed packte Qannadis Hand und hätte etwas gesagt, doch der Emir bedeutete ihm zu schweigen und fuhr fort. »Der Falke breitete die Flügel aus und hob sich in die Lüfte. Er flog immer höher und höher, so hoch, wie er es sich früher nicht einmal vorgestellt hatte. Ich blickte hinauf und sah, wie das Gold der Sonne seinen Kopf berührte, und ich schloß zufrieden meine Augen.

Ich wünschte, ich könnte deine Zukunft sehen, mein Falke«, fuhr Qannadi sanft fort, »doch irgend etwas sagt mir, daß dem nicht so sein soll. Wenn es nicht diese Schlacht ist, so wird eine andere mein Leben einfordern.« Oder der

Dolch des Attentäters. Es gab welche unter Quars Priesterschaft – ganz zu schweigen von Qannadis Frau Yamina –, die ihm die Schuld für Feisals Tod gaben. Doch das behielt er sorgfältig für sich. »Vergiß nie, daß ich stolz auf dich bin, und so ernenne ich dich von diesem Augenblick an zu meinem Sohn und Erben.«

Achmed starrte sprachlos vor sich hin, dann schüttelte er den Kopf.

»Meine Entscheidung ist gefallen«, erwiderte Quannadi. Er deutete auf den Lederbeutel. »Es ist alles darin, mein Testament in vorgeschriebener Form unterschrieben und bezeugt, alles rechtlich einwandfrei. Natürlich ...« Er lachte wehmütig. »... werden die bezaubernden Söhne meiner Lenden – jedenfalls behaupten meine Frauen, daß sie aus meinen Lenden stammten –, sich niederkauern und heulen, bevor sie ihr Bestes tun, um ihre Zähne in dein Fleisch zu schlagen. Laß dich davon nicht abhalten! Jetzt, da der Imam fertig ist, denke ich schon, daß du mit ihnen *und* ihren Müttern zurechtkommen kannst. Kämpfe gegen sie und wisse, daß du meinen Segen hast, Junge!«

»Das werde ich, Gebieter«, murmelte Achmed benommen.

»Wir senden Hasid ein Testament im Tempel des Khandar niederzulegen. Er ist der einzige, dem ich noch vertraue. Natürlich wird alles geheimgehalten. Mein Reichtum ist beachtlich und den Preis einer vergifteten Weinflasche wert. Nun weiß ich zwar, daß du dir weder aus Gold noch aus Ländereien etwas machst. Aber eines Tages wirst du das tun. Eines Tages wirst du dafür eine Verwendung finden.«

Qannadi erhob sich von seinem Schreibtisch, nahm seinen Helm und den Lederbeutel auf. Achmed war ihm dabei behilflich das Schwert anzulegen.

»Und jetzt bereiten wir uns besser darauf vor, diesem sogenannten Propheten eines zerlumpten Gotts gegenüberzutreten. Ich muß zugeben, mein Sohn, daß ich manchmal den Imam vermisse. Es wäre sicherlich sehr interessant zu wissen, was in diesem Augenblick im Himmel eigentlich los ist.«

Das Buch Sul

1

Im Himmel stand nicht alles zum besten.

Einmal mehr waren die Einundzwanzig zusammengerufen worden. Einmal mehr trafen sie sich auf dem Gipfel des Bergs am Boden der Welt. Einmal mehr stand ein jeder von ihnen in seiner eigenen Facette des Juwels des Sul, von wo er die anderen aus der Sicherheit der eigenen vertrauten Umgebung heraus betrachten konnte.

Promenthas stand in seiner großen Kathedrale, umringt von seinen Engeln und Erzengeln, seinen Cherubim und Seraphim. Der Gott sah besonders ärgerlich aus, die Lippen so fest zusammengepreßt, daß ihr übliches Lächeln sich in dem schneeweißen Bart verlor, der sich über seine Soutane ergoß. Die Engel waren angespannt, murrten und flüsterten untereinander, bis auf einen jungen Schutzengel, der allein im Chorgestühl saß. Sie wirkte unruhig und zerstreut und zupfte unentwegt an ihrem Flügelgefieder, als wünschte sie sich woanders hinzufliegen. Man munkelte unter den Seraphim, und die Cherubim bestätigten es, daß der Schützling dieses jungen Engels in die große Auseinandersetzung unter den Menschen verwickelt war, deren Ausgang durch dieses Treffen der Götter bestimmt werden könnte.

Uevin war anwesend, er fürchtete sich nicht mehr, seinen wunderschönen Palast zu verlassen. Evren und Zhakrin trafen beide ein, standen zu gegenüberliegenden Seiten des Juwels und musterten sich argwöhnisch.

Als die Götter zusammenkamen, sprachen sie miteinander, und es waren Worte der Sorge und der Befürchtung, denn der Juwel war immer noch aus dem Gleichgewicht, taumelte immer noch chaotisch durch das Universum, und wenn die Waage auch in eine andere Richtung ausgeschlagen war, war es doch immer noch unsicher und unausgewogen. Aber die Götter wußten nicht so recht, wie sie dies Ungleichgewicht korrigieren sollten.

Es waren schon alle versammelt, nur Akhran der Wanderer nicht, worin einige ein düsteres Vorzeichen sahen. Da traf Quar ein. In seiner mandeläugigen Schönheit hatte der Gott schon immer zart und zerbrechlich gewirkt. Viele bemerkten, daß seine zarte olivenfarbene Haut einen bleichen, kränklichen Stich bekommen hatte, daß die Mandelaugen in nur mühsam verborgener Furcht hin- und herhuschten.

Quar erschien seinen Artgenossen nicht in seinem Lustgarten, sondern betrat – in unterwürfiger Schüchternheit und Demut – die Heimstätten der anderen Götter. Jene, die einen kurzen Blick auf das Heim des Gotts hatten werfen können, sahen, daß das üppige Laubwerk des Lustgartens unter Dürre zu leiden schien. Die Blätter der Orangenbäume trockneten aus, die duftenden Gardenien waren fast alle verwelkt und abgestorben. Aus den Springbrunnen strömte kein Wasser hervor, und die Teiche waren Schlammpfützen. Gazellen wanderten ziellos umher und keuchten vor Durst. Hier und dort lungerte ein ausgemergelter Unsterblicher, spähte verstohlen zwischen den vertrockneten Bäumen hervor und erzitterte jedesmal, sobald der Name Pukah ausgesprochen wurde – was Quar, zusammen mit einem Fluch, an jedem Tag ungefähr zwanzigmal tat.

»Promenthas – mein Freund und Verbündeter«, sagte Quar herzlich und ging den Mittelgang der Kathedrale auf den Gott zu, während er gleichzeitig zu jedem der anderen Götter dieselben Worte sprach. »Ich komme zu dir in dieser Zeit schlimmer Not! Der Himmel ist durcheinander! Die Welt unten wankt am Abgrund der Katastrophe! Es wird Zeit, kleinliche Konflikte beizulegen und sich gemeinsam gegen die kommende Gefahr zu wappnen.«

Es war ein solch interessantes und ungewöhnliches Schauspiel, mitanzusehen, wie Quar sich seinen Weg in das Heim eines jeden Gotts bahnte, daß Benario einen Augenblick zu lange zögerte, Hurishta einen prachtvollen Smaragd zu entwenden, und diese Gelegenheit auf alle Zeiten verpaßte, während sogar Kharmani für einen Augenblick damit aufhörte, sein Geld zu zählen. Der Gott des Reichtums hob träge ein Auge.

»Ich dachte, *du* wärst die kommende Gefahr«, sagte dieser

Gott achtlos zu Quar. Die Irrungen des Juwels bereiteten Kharmani niemals Sorge, denn bei einem Krieg mußte mindestens einer irgendwo Geld machen.

Ein verunsichertes Lachen unter den jüngeren Engeln begrüßte diese Bemerkung, wurde aber sofort von den älteren Cherubim im Keim erstickt, deren Ernst ihnen die Sorge im Auge ihres Gotts widerspiegelten. Quar lief zornrot an, biß sich aber auf die Zunge – und sprach in verletztem Tonfall.

»Ich wollte doch nur dem Chaos die Ordnung bringen, aber ihr wolltet nichts davon wissen und habt euch von diesem Wüstenbanditen an der Nase herumführen lassen! Jetzt stehen seine Horden zum Angriff bereit! *Dschihad!* Das ist es, was Akhran der Wanderer, der nunmehr Akhran der Schreckliche genannt wird, über euch bringen wird! *Dschihad!* Heiliger Krieg!«

»Ja, Quar«, bemerkte Promenthas trocken. »Wir wissen, was das Wort bedeutet. Wir erinnern uns, es schon einmal von deinen Lippen vernommen zu haben, gleichwohl in einem etwas anderen Zusammenhang.«

Als er jeden Gott einzeln nacheinander gemustert hatte und feststellte, daß sie im schlimmsten Fall feindselig, im besten gleichsüchtig waren, ließ Quar die zuckersüße Honigmaske fallen. Seine Lippen waren zu einer verächtlichen Grimasse geschürzt. »Ja, ich hätte euch beherrscht, ihr ... ihr Narren! Aber meine Herrschaft im Himmel und der Welt darunter wäre gesetzmäßig gewesen ...«

»Nach *deinem* Gesetz«, brummte Promenthas.

»Gerecht ...«

»*Deine* Gerechtigkeit.«

»Ich wollte die Welt von Extremen befreien, dort Frieden bringen, wo Blutvergießen herrschte. Doch in eurem Stolz und eurer Überheblichkeit weigertet ihr euch, das Wohl der vielen zu bedenken, um euch statt dessen mit dem einzelnen zu befassen – mit euch selbst.

Und jetzt werdet ihr dafür bezahlen«, fuhr Quar mit grimmiger Befriedigung fort. »Jetzt gelangt jemand an die Herrschaft, der sich an keinerlei Gesetz hält, nicht einmal an sein eigenes. Anarchie, Blutvergießen, Krieg um des Krieges willen – das ist es, was ihr auf euch selbst herabbeschworen habt. Der Juwel des Sul wird zerbrechen und von seinem Ort im Universum herabstürzen, und alle hier oben so wie alle unten werden dem Untergang geweiht sein!«

Seht!« Als Quar ein Geräusch hinter sich vernahm, fuhr er entsetzt herum und zeigte mit einem zitternden Finger. »Seht – er kommt! Und hinter ihm folgt der Sturm!«

Über die Dünen ritt auf einem Hengst, der so kräftig leuchtete wie das Mondlicht und Sternenstaub hinter sich herzog, der wandernde Gott Akhran. Sein schwarzes Gewand umströmte ihn, die Federn im reichverzierten Kopfschmuck seines Pferds schimmerten in einem hellen Blutrot. Den Gott begleiteten drei hochgewachsene, muskulöse Dschinnen. Die goldberingten Arme vor der breiten Brust verschränkt, blickten sie mit grimmiger Miene auf die Götter herab.

Akhran der Wanderer führte sein Reittier zum Versammlungsort der Götter, und so mächtig war er geworden und so gebieterisch war seine Gegenwart, daß es den anderen Göttern schien, als müsse ihre Heimstatt von den Böen des Südwinds namens *Schirokko* davongeweht werden.

Akhran zügelte sein Pferd, so daß sich das Tier auf den Hinterläufen aufrichtete und lauten Triumph trompetete. Gleichzeitig schlüpfte Akhran geschickt aus dem Sattel. Der *Haik* bedeckte Nase und Mund, aber die Augen des Gotts loderten wie Blitze, und diese Augen schauten niemanden, gewährten niemandem ihre Aufmerksamkeit außer Quar. Langsam schritt Akhran der Wanderer über den Sand, den Blick auf den mandeläugigen Gott gerichtet. Der Wandernde Gott legte die Hand an den Knauf seines Krummsäbels und zog ihn aus seiner reichverzierten Scheide. Sonnen, Monde, Planeten – alle spiegelten sich in der schimmernden Silberklinge, die von einem heiligen Licht loderte.

»Da!« keuchte Quar, fuhr sich mit der Zunge über die Lippen und ließ einen verbitterten Blick durch die Runde seiner Artgenossen schweifen. »Da, was habe ich euch gesagt? Er will mich ermorden, wie seine vermaledeiten Anhänger meinen Priester ermordet haben! Und ihr ...« Er sah die anderen Götter böse an. »... ihr werdet die nächsten sein, die seine Klinge an der Gurgel zu spüren bekommen!«

Wäre Quar nicht in einem solchen Zustand des Entsetzens gewesen, hätte er mit größter Befriedigung das Anschwellen der Furcht und der Sorge in den Augen des Promenthas bemerkt, die Rückkehr des Entsetzens in die Augen des Uevin, das lustvolle Glitzern in den Augen des Benario. Doch Quar stolperte umher, er versuchte Akhrans Zorn zu entgehen und bemerkte nichts. Aber es gab keine Fluchtmöglichkeit, und so fand er sich mit dem Rücken am Rand eines tiefen, dunklen Brunnens wieder. Er war in der Falle. Er konnte nicht weiter zurückweichen, ohne in Suls Abgrund zu stürzen. Mit einem hilflosen Fluch auf den Lippen kauerte Quar zu Füßen Akhrans nieder und funkelte den Gott mit unversöhnlichem Haß an.

Als er schließlich vor dem sich windenden Gott innehielt, hob Akhran den Säbel über Quars Haupt, der vom Licht der Ewigkeit funkelte. Er hielt ihn einen Augenblick hoch, und auf Erden wie im Himmel blieb die Zeit stehen. Dann, mit aller Kraft und Macht, ließ Akhran der Wanderer die scharfe Klinge herabsausen.

Quar schrie auf. Promenthas wandte den Blick ab. Der Engel im Chorgestühl vergrub das Antlitz in den Händen.

Und dann lachte Akhran – ein tiefes, dröhnendes Gelächter, das wie Donner durch Himmel und Erde polterte.

In einem Stück, unversehrt, stand Quar geduckt vor ihm. Die Klinge des Krummsäbels hatte den Gott um eine Winzigkeit verfehlt. Sie stak mit der Spitze im Sand zwischen seinen in Sandalen gekleideten Füßen.

Während Akhrans Belustigung noch durch das ganze Universum hallte, kehrte er den anderen Göttern den Rükken zu und rief sein Reittier. Mit einem Satz sprang er in den Sattel und gestattete sich einen letzten, erheiterten Blick auf den zitternden, bebenden Quar, dann ließ der Wanderer sein Pferd in den nachtschwarzen Himmel emporspringen und jagte zwischen den Sternen davon.

Einer nach dem anderen gingen die Götter mit gewaltigem Aufseufzen der Erleichterung davon – ein jeder kehrte in seine eigene Facette des Sul zurück, zurück zu ihrem ewigen Zank und ihrer Streiterei über die Wahrheit. Als letzter verließ Quar den Ort der Zusammenkunft, schlüpfte in seinen heimgesuchten Garten zurück, wo er auf einer zerborstenen Marmorbank Platz nahm und Rachepläne schmiedete.

Promenthas entließ Cherubim und Seraphim und alle anderen, um ihren vernachlässigten Pflichten nachzugehen, dann nahm er die schmale Wendeltreppe zum Chorgestühl, wo der Engel saß, voller Angst hinzusehen.

»Kind«, sagte Promenthas gütig, »es ist alles vorbei.«

»Ja?« Sie hob ihre zugleich furchtsame wie hoffnungsfrohe Miene.

»Ja. Und hier sind welche, die mit dir sprechen möchten, meine Liebe.«

Als Asrial aufsah, erblickte sie zwei große, stattliche Dschinnen in üppigen Seidengewändern, die auf sie zukamen. Neben einem der Dschinnen schnitt eine schöne Dschinnia.

»Löbliche Dame Asrial«, sagte Sond und verneigte sich galant, »wir wissen, daß wir niemals den Platz Pukahs in deinem Herzen einnehmen können, doch wir würden uns geehrt fühlen, wenn du mit uns kämst, um unter uns in der Welt der Menschen unten und auf unserer unsterblichen Ebene oben zu leben.«

»Meint ihr das ehrlich?« Asrial blickte sie verwundert an. »Ich darf also bei euch bleiben und kann in der Nähe ... in der Nähe von ... Pukah sein.«

»Bis in alle Ewigkeit«, erwiderte Nedjma, deren Augen von Tränen glitzerten.

»Wer weiß,« fügte Fedj mit einem Lächeln hinzu. »Eines Tages finden wir vielleicht noch einen Weg, den ...« Eigentlich wollte er ›kleinen Störenfried‹ sagen, hielt es aber angesichts der Umstände doch für das beste, großmütig einen anderen Ausdruck zu wählen: »... den großen Helden zu befreien.«

Asrial richtete ihren flehenden Blick auf Promenthas.

»Geh mit meinem Segen ... und mit dem Menschen, den du so tapfer beschützt und verteidigt hast. Ich denke, daß deine Bewachung Mathews nunmehr gelockert werden kann, denn wenn ich mich nicht sehr täusche, werden sich schon bald auch andere um ihn kümmern.«

»Danke, Vater!« Asrial beugte das Haupt, empfing Promenthas' liebevollen Segen, dann ging sie mit den Dschinnen und der Dschinnia hinaus in die Wüste.

2

Hoch oben auf einem Felsvorsprung mit Blick über die ummauerte Stadt Kich saß Khardan auf seinem Streitroß und blickte über die Ebene. Es war nach Sonnenaufgang. Die lodernde Kugel, die am Firmament leuchtete, spiegelte sich in den gezogenen und schimmernden Klingen der *Spahis*, der Schäfer, der *Mehariste*, der *Gume*, der Flüchtlinge, der Söldner, der Rebellen und all jener, die mit dem Propheten des Akhran ritten.

Khardan richtete seine Aufmerksamkeit auf die befestigte Stadt. Sie war in einiger Entfernung von der Stelle, wo er und sein Heer bereitstanden, wie Raubvögel über sie zu kommen. Doch der Kalif konnte den Tempel des Quar erkennen. Er fragte sich, ob die Gerüchte, die darüber die Runde machten, wohl stimmten. Es hieß, daß der Tempel verlassen sei. Die Flüchtigen hatten Geschichten davon erzählt, daß er verflucht worden sei – der tödliche Nebel hing noch immer in seinen Gängen, und manchmal konnte man das Gespenst des Imam hören, wie es Priestern predigte, die ebenso entkörpert waren wie es selbst. Ob es mit diesem Fluch nun seine wahre Bewandtnis haben mochte oder auch nicht, der größte Teil des Tempels war jedenfalls seines Golds und seiner Juwelen beraubt worden, denn die Anhänger des Benario hegten nur wenig Respekt für die Flüche anderer Götter.

Der Blick des Kalifen schweifte rastlos vom Tempel zum

Sklavenmarkt hinüber, und in Gedanken kehrte er zu dem Mann mit den grausamen Augen in der weißen Sänfte zurück, zu einer Sklavin mit rotem Haar. Er musterte die *Souks*, die Häuser. Seine Augen fuhren zu dem Palast mit seinen dicken Steinmauern hinüber. Er hätte schwören können, daß er den blinden Bettler an seiner gewohnten Stelle ausmachen konnte, er sah eine blonde Frau in rosa Seide, die in seinen Armen schmachtete. Und da kamen Qannadi und Achmed, deren Rüstung im Sonnenlicht blitzte, um von den Jubelrufen der Soldaten empfangen zu werden, die vielleicht vorübergehend den Glauben an ihren Gott, nicht aber an ihren verehrten Befehlshaber verloren haben mochten.

Khardan blinzelte, wunderte sich über diese unmöglichen Visionen. Jetzt hätte er schwören können, die Stadt zu riechen, und er rümpfte angewidert die Nase. Er kam zu dem Schluß, daß er sich niemals daran gewöhnen würde, und vermutete düster, daß Khandar – die Hauptstadt eines Reichs, eine Stadt in der nicht Tausende, sondern Millionen von Menschen lebten – sondern millionenfach schlimmer riechen mußte.

Und er würde diesen Schatz um den Preis des Lebens seines Bruders erringen. Als Kind hatte Achmed seine ersten Schritte aus den Armen seiner Mutter zu Khardan getan. In diesen Armen würde Achmed der Vision zufolge den Tod finden.

Das Pferd des Propheten war unruhig. Es witterte Schlachtgetümmel und Blut und wollte vorpreschen, doch sein Herr rührte sich nicht. Khardan verstand die Rastlosigkeit des Pferds und streichelte mit zitternder Hand seinen Hals. Noch nie in seinem Lebne hatte der Kalif vor einer Schlacht Furcht empfunden, doch nun begann er um Luft zu ringen, als würde er ersticken. Khardan hob den Kopf und sah sich wirr nach irgendeiner Fluchtmöglichkeit um.

Flucht vor einer Schlacht, in der er mit Sicherheit obsiegen würde.

Sein Blick traf auf die heftigen Augen des Scheichs Majiid, der zur Rechten des Propheten ritt und seinen Sohn ungeduldig anfunkelte, ihn stumm nach dem Grund für diese

Verzögerung fragte. Der Plan hatte eigentlich einen Angriff im Morgengrauen vorgesehen, und nun war schon fast eine ganze Stunde verstrichen, ohne daß der Prophet sich in Bewegung gesetzt hätte.

Zur Linken des Propheten saß Scheich Jaafar mit düsterer Miene. Links von Jaafar war Sayah, Zohras Halbbruder und der älteste Sohn des Scheichs, der verstohlene triumphierende Blicke auf Khardan warf, als hätte er schon die ganze Zeit gewußt, daß der Prophet ein Betrüger war.

Rechts von Majiid ragte Zeid prachtvoll auf seinem langbeinigen Kamel hoch über den Männern zu Pferde auf; seine blinzelnden Augen wurden immer berechnender, je länger er hier saß, wo er auf dem Felsvorsprung dem Gegner ausgeliefert war.

Hinter den Scheichs begann sich das Heer des Propheten zu fragen, was wohl vorgefallen sein mochte – und eigene Antworten darauf zu finden, die aus Halbwahrheiten bestanden und Unwahrheiten. So steigerten sie sich langsam in einen Zustand der Verwirrung und Entmutigung. In einiger Entfernung, abseits von den Männern, sahen Zohra und Mathew zu und warteten – das Herz des einen wunderte sich über Khardan, das Herz des anderen wußte um ihn und war voller Mitleid, aber auch Vertrauen.

Plötzlich erschienen die drei Dschinnen in der Luft, Fedj, Raja und Sond. Sie verneigten sich tief vor Khardan, lobpriesen ihn im Namen von *Hazrat* Akhran, der seinem Volk seinen Segen sandte.

»Wird aber auch Zeit«, sagte Zeid laut.

»Haben wir auf die die ganze Zeit gewartet?« fragte Majiid seinen Sohn und wedelte mit einer Hand in Richtung der Dschinnen. »Nun, jetzt sind sie zurück. Dann laß uns angreifen, bevor wir noch alle vor Hitze in Ohnmacht fallen!«

»Ja«, murmelte Jaafar düster. »Bringen wir die Sache hinter uns, nehmen wir die Stadt, plündern wir, was wir haben wollen, und kehren wir nach Hause zurück.«

»Du …«, donnerte Majiid und zeigte dabei auf Jaafar, »… hast ja überhaupt keine Weitsicht! Wir werden die Stadt einnehmen, plündern, was wir wollen, und sie niederbrennen. *Dann* können wir nach Hause zurückkehren.«

»Bah!« schnaubte Zeid. »Was soll das Gerede vom Einnehmen einer Stadt? Da sitzen wir hier und schlagen langsam Wurzeln in diesem gottverdammten Fels! Wenn der Prophet uns nicht anführt, werde ich es eben tun!«

»Ja, aber wer wird dir folgen?« fragte Majiid und fuhr zornig zu seinem alten Feind herum.

»Das werden wir schon sehen! Attacke!« schrie Zeid. Er entriß seinem Fähnrich den *Bairaq* und schwenkte ihn hoch über dem Kopf. »Ich, Scheich der Aran, sage ›Attacke‹!«

»Attacke! Attacke!« Die Aran wiederholten das Wort ihres Scheichs. Unglücklicherweise waren ihre Blicke dabei jedoch nicht auf die Stadt, sondern auf die Akar gerichtet.

»Ich sage auch ›Attacke‹.« Sayah beugte sich über das Pferd seines Vaters und blickte Khardan hämisch ins Gesicht. »Aber es scheint, daß unser Prophet ein Feigling ist!«

»Feigling!« Wütend fuhr Khardan zu dem jungen Mann herum.

Warte! Überlege! sagte eine innere Stimme ihm. Überlege, was du damit aufgibst.

Der Prophet hielt inne, überlegte. Er sah zu dem blaugoldenen Himmel empor. »Danke, *Hazrat* Akhran!« sagte er leise, ehrfürchtig.

»Attacke!« schrie Khardan, und mit geballter Faust drehte sich der Prophet des Wandernden Gotts in seinem Sattel um und zielte mit der Rechten auf Sayahs Kinn.

Sayah duckte sich, Jaafar nicht. Der Hieb schleuderte Khardans Schwiegervater Kopf über Fuß rücklings vom Pferd.

»Bist du verrückt geworden?« Eine schrille Stimme übertönte die Menge. Zohra kam in ihre Mitte galoppiert, ihr Pferd bäumte sich auf. »Was ist mit Kich? Was ist damit, Kaiser zu werden? Und was fällt dir ein, meinem Vat...«

»Geh mir aus dem Weg, Schwester!« rief Sayah.

»Ach, halt dein Maul!« Zohra drehte sich in ihrem Sattel um und schwang einen bösartigen Hieb gegen ihren Bruder,

der, hätte er sein Ziel getroffen, ihn böse zugerichtet hätte. Doch der Hieb verfehlte ihn. Statt dessen wurde die Prophetin des Akhran aus dem Sattel geschleudert, so daß sie schwer auf ihren Vater stürzte, genau im selben Augenblick, als der benommene, stöhnende Jaafar sich auf die Beine plagte.

»Hund!« Sayah stürzte sich auf Khardan, und die beiden gingen einander an die Gurgel.

Majiid hieb mit Zornesschreien heftig nach Sayah, traf dabei aber Zeid. Das Schwert schlitzte die Schärpe um Scheichs rundlichen Bauch auf.

»Das war meine beste Seidenschärpe! Sie hat mich zehn Silber*tumans* gekostet!« Zeid hatte Schaum vor dem Mund. Er packte seine Standarte mit beiden Händen wie eine Keule, schwang sie in hohem Bogen, wobei er zwei seiner eigenen Männer aus dem Sattel hieb, um sie Majiid kräftig in die Rippen zu stoßen.

»Weißt du, Raja, mein Freund«, sagte Fedj, während er dem riesigen Dschinn einen unfreundlichen Stoß verpaßte, der ihn weit über das Firmament, ja über die Grenze von Ravenchai hinausschleuderte. »Ich war schon immer der Meinung, daß dein Leib eigentlich zu groß für deine kleinmütige Seele ist.«

»Und ich, Fedj, mein Bruder, empfand deine häßliche Nase immer als Beleidigung für alle Unsterblichen überhaupt!« fauchte Raja. Er platzte wieder in die Szene, packte den besprochenen Teil von Fedjs Anatomie und begann schmerzvoll daran zu reißen.

»Und ich ...«, rief Sond und stürzte sich plötzlich und völlig unerwartet auf den friedlichen Usti, »... behaupte, daß du ein Teiggesicht aus Schafskötteln bist!«

»Schon immer mein Reden!« keuchte Usti und verschwand mit einem Knall.

Die Hügel um Kich explodierten in Konfusion. Akar sprangen Hrana an. Hrana schlugen die Aran. Die Aran kämpften gegen die Akar. Reste aller drei Nomadenstämme scharten sich zusammen, um sich auf die empörten Flüchtlinge aus dem Bas zu stürzen.

Während Mathew sich seinen gefährlichen Weg durch das Getrommel der Fäuste und Gesirre der Säbel, der wildgewordenen Pferde und kreischenden Kamele bahnte, hielt er ständig Ausschau nach dem Flattern der blauen Seide, in welche die Prophetin von Akhran gehüllt war. Schließlich entdeckte er sie, wie sie mit dem stumpfen Ende einer Lanze auf einen glücklosen Akar eindrosch, der gleich zum zweitenmal einen benommenen Jaafar ohnmächtig geschlagen hatte.

Zohra hatte ihr Opfer gerade niedergestreckt und blickte keuchend auf der Suche nach einem weiteren um sich, als Mathew vor ihr erschien und ihren Arm festhielt.

»Was willst du von mir? Laß mich los!« forderte Zohra wütend und versuchte sich zu befreien.

Mathew hielt sie jedoch grimmig und entschlossen fest, und Zohra blieb nichts anderes übrig, als ihm zu folgen, wobei sie ihn mit jedem Schritt verwünschte und beschimpfte.

Mit Zohra an der Hand bahnte Mathew sich einen Weg durch das Handgemenge, bis er schließlich eine schwarzgekleidete Gestalt erreichte, die soeben mit einem Säbel auf eine andere schwarzgekleidete Gestalt einschlug.

»Entschuldige mich, Sayah«, sagte Mathew höflich und schob sich zwischen die beiden erschöpften Männer. »Ich muß ein Wort mit dem Propheten wechseln.«

Als er den Marabu durch eine Art trüben Schleier vor den Augen erblickte und sich daran erinnerte, daß dieser Mann nicht nur verrückt, sondern auch noch ein mächtiger Zauberer war, wedelte Sayah in Richtung Khardan, verneigte sich respektvoll vor seinem Gegner und taumelte keuchend auf der Suche nach einem anderen Kampf davon.

»Komm mit mir«, sagte Mathew entschieden und nahm Khardans Arm. Er führte den plötzlich lammfromm gewordenen Propheten und die plötzlich beruhigte Prophetin den Felsvorsprung hinunter, so weit von dem Kampf entfernt, wie es nur ging. Hier, in der Ruhe des Weinbergs, wo sich die Leute erst wenige Wochen zuvor in alleiniger Erwartung ihres Todes versteckt gehalten hatten, drehte Mathew sich zu den beiden Menschen um, die er liebte.

Keiner von ihnen bot einen sonderlich erhabenen Anblick. Zohras Schleier war im Wind davongeflattert. Ihr schwarzes Haar, das wie ein Rabenflügel schimmerte, war zerzaust und wirr und fiel ihr ins Gesicht. Ihr bester Seiden-*chador* war in Stücke gerissen, ihr Gesicht von Blut und Dreck beschmiert.

Khardans Wunde hatte sich wieder geöffnet, ein roter Fleck färbte sein Gewand. Arme und Brustkorb waren von zahlreichen Schnittwunden übersät, ein Hinweis darauf, daß Sayah sich wohl doch nicht als jenen leichten Gegner herausgestellt hatte, für das er den Schafhirten einmal verächtlich gehalten hatte. Seine Wange war zerschrammt und ein Auge geschwollen, doch dafür hielt er das andere – dunkel und wachsam – auf seine Frau gerichtet.

Zohra warf ihm ihrerseits hinter ihrem Haarschleier feurige Blicke zu. Mathew konnte die ätzenden Beschuldigungen schon fast über Zohras Lippen perlen sehen und bemerkte, wie Khardan sich darauf einstellte.

»Ich habe ein Geschenk für euch beide«, sagte Mathew so ruhig, als sei er ihnen gerade am Tag ihrer Hochzeit begegnet.

Aus den Falten seiner schwarzen Zaubererkutte holte Mathew etwas hervor, das er allerdings weiterhin in seiner Hand versteckt hielt.

»Was ist das?« fragte Zohra mürrisch.

Mathew öffnete die Hand.

»Eine tote Blume«, sagte Khardan verächtlich. Unmerklich trat er ein Stück näher an seine Frau heran.

»Eine tote Blume«, wiederholte Zohra. Ihre Stimme war von Trauer gefärbt, und plötzlich trat auch sie einen Schritt an ihren Mann heran.

»Nein, nicht tot«, meinte Mathew lächelnd. »Schaut mal, sie lebt.«

Khardan, Kalif der Akar, und Zohra, Prinzessin der Hrana, beugten sich beide vor, um die Blume anzuschauen, die auf der Handfläche des Zauberers lag. Es geschah zweifellos zufällig, daß sich die Hände von Mann und Frau dabei berührten.

Die zerdrückten Blätter der Blüte glätteten sich und begannen zu leuchten, ihre häßliche braune Farbe wurde immer dunkler, zu einem majestätischen Purpur, während die innere Blütenkapsel sich entfaltete und ein Herz von tiefstem Rot freigab.

»Die Rose des Propheten!« hauchte Khardan ehrfurchtsvoll.

»Ich habe sie am Morgen, als wir in die Schlacht zogen, am Tel wachsen sehen«, erklärte Mathew leise. »Ich habe sie gepflückt und mitgebracht, und nun ...« Er atmete tief durch, sein Blick schweifte von einem geliebten Gesicht zum anderen. »... gebe ich sie euch und gebe euch beide einander.«

Mathew streckte die Rose vor.

Mann und Frau griffen gleichzeitig danach, bekamen sie nicht richtig zu fassen und ließen sie fallen. Keiner der beiden machte Anstalten sie aufzuheben, denn jeder hatte nur noch Augen für den anderen.

Khardan schlang die Arme um seine Frau. »Ich könnte nicht in Mauern leben!«

»Ich auch nicht!« rief Zohra und warf ebenfalls ihre Arme um den Mann.

»Ein Zelt ist besser, Frau«, sagte Khardan. »Ein Zelt atmet im Wind.«

»Nein, Mann«, widersprach Zohra, »Die Jurte, wie sie mein Volk baut, ist eine sehr viel bequemere Unterkunft und ein sehr viel geeigneterer Ort, um Kinder großzuziehen ...«

»Ich habe gesagt – ein Zelt, Frau!«

»Und ich sage, Mann ...«

Der Streit endete – vorübergehend –, als ihre Lippen sich trafen. Dann kehrten sie der fröhlichen Prügelei den Rükken, die noch immer ungebremst am Berghang stattfand. In enger Umarmung und doch noch immer im Streit schritten sie tiefer in den Weingarten hinein, bis sie schließlich im verhüllenden Laub der Rebstöcke verschwanden, deren miteinander verschlungene Stöcke offenbar das Wesen der Liebe darstellen wollten. Die zankenden Stimmen wurden zu murmelnden Seufzern und waren schließlich überhaupt nicht mehr zu vernehmen.

Mathew sah die beiden gehen, mit einem Schmerz im Herzen, der zugleich Freude und Trauer war. Er beugte sich vor und nahm die Rose des Propheten auf.

Als er sie berührte, verspürte er eine Träne, die warm und sanft auf seine Hand fiel, und da wußte er, daß sie aus den Augen eines Engels stammte.

Hier endet die sechsbändige Saga um die Rose des Propheten.

Glossar

Agal: Schnur zum Festbinden des Kopftuchs
Aksakal: weißer Bart, Dorfältester
Andak: Stopp! Halt!
Ariq: Kanal
Arwat: Gasthof
Aseur: nach Sonnenuntergang

Baigha: wildes Spiel zu Pferde, bei dem der ›Ball‹ aus einem Schafskadaver besteht
Bairaq: Stammesfahne oder -banner
Bali: Ja!
Bassourab: Kamelzelt für Frauen auf Reisen
Batir: Dieb, besonders Pferde- oder Rinderdieb; nach einer Meinung der Gelehrten handelt es sich möglicherweise um die Korruption des türkischen Worts ›Bahadur‹ = ›Held‹.
Berkouks: Kugeln aus gesüßtem Reis
Bilhana: Ich wünsche dir Freude!
Bilshifa: Ich wünsche dir Gesundheit!
Burnuß: mantelähnliches Kleidungsstück mit Kapuze

Chador: Frauenkleid
Chirak: Lampe
Couscous: mit Mandeln und Rosinen gefülltes, am Stück geröstetes Lamm
Delhan: Ungeheuer, das sich vom Fleisch schiffbrüchiger Seeleute ernährt
Dhough: Schiff
Diwan: Ratskammer eines Staatsoberhaupts
Dschihad: heiliger Krieg
Dschinn: Lebewesen aus der Mittelwelt zwischen Menschen und Göttern
Dschinnia: weiblicher Dschinn
Djemel: Lastkamel
Dohar: Nachmittagsmitte
Dutar: zweisaitige Gitarre

Effendi: Ehrentitel
Emir: König
Emshi besselema: Abschiedsgruß
Eucha: Zeit des Abendessens
Eulam: nach der Mittagszeit

Fantasia: Vorführung der Reit- und Waffenkunst
Fatta: Gericht aus Eiern und Karotten
Fedjeur: vor Sonnenaufgang
Feisha: Amulett oder Talisman

Ghaddar: Ungeheuer, das Männer anlockt und zu Tode quält
Ghul: Ungeheuer, das von Menschenfleisch lebt; Ghule können jede menschliche Gestalt annehmen, lassen sich aber immer an ihren Spuren in Form eines gespaltenen Eselshufs erkennen.
Girba: Wasserschlauch; in der Regel wird jedes Kamel einer Karawane mit vier davon beladen.
Gum: leichter Reiter

Haik: Verbindung aus Halstuch und Gesichtsmaske, in der Wüste getragen
Harem: ›das Verbotene‹, die Frauen und Konkubinen eines Manns oder ihr Wohnort
Hauz: künstlicher Teich
Hazrat: heilig
Henna: Dornenstrauch und das daraus gewonnene rötliche Färbemittel
Houri: schöne und verführerische Frau

Ifrit: mächtiger Geist

Jurte: befestigtes Zelt

Kafir: Ungläubiger
Kaftan: langes Gewand mit Ärmeln, meist aus Seide gefertigt
Kalif: Prinz
Kasbah: Festung oder Burg

Khurjin: Satteltaschen
Khol: aus Ruß gewonnenes Kosmetikum für Frauen zum Dunkelfärben der Augen

Madrasah: heiliger Ort der Gelehrsamkeit
Makhol: Richtig! (Ausruf)
Mameluken: ursprünglich weiße Sklaven; zum Kriegsdienst ausgebildete Sklaven
Marabu: Priester
Mehara: hochgezüchtetes Rennkamel
Mehari: Mehrzahl von Mehara
Mehariste: Mehara-Reiter
Mogreb: Nachtanbruch

Nesnas: legendäres, furchterregendes Ungeheuer mit der Form eines senkrecht halbierten Manns, mit halbem Gesicht, einem Arm, einem Bein, und so weiter

Paranja: weites Frauenkleid
Pascha: Rang oder Titel

Qarakurt: ›schwarzer Wurm‹, große, tödliche Spinnenart
Quaita: Rohrinstrument
Qumiz: gegorene Stutenmilch

Rabat-bashi: Gastwirt

Saksul: Wüstenbaum
Salaam: tiefe Verneigung mit an die Stirn gelegter Hand
Salaam aleikum!: Sei gegrüßt!
Saluka: schneller Jagdhund
Scheich: Klan- oder Stammeshäuptling
Serail: Frauentrakt des Harems
Shishtick: an einem Spieß gebratene Fleischstreifen
Shir: Löwe
Sidi: Gebieter, Herr
Schirokko: Südwind, Sturm aus dem Süden
Souk: Marktplatz, Basar

Spahi: einheimischer Reiter
Sultan: König
Sultana: Frau eines Sultans, Königin

Tamariske: anmutiger immergrüner Strauch oder kleiner Baum mit fedrigen Ästen und winzigen, schuppenähnlichen Blättern
Tambour: Tamuburin-Art
Tel: Berg
Tuman: Geld

Wadi: Fluß oder Strom
Wesir: königlicher Berater

BASTEI LÜBBE
Das Programm voll Fantasy

MARGARET WEIS & TRACY HICKMAN

Die große Saga um Joram,
den verbannten Königssohn,
und seinen Kampf gegen
Macht und Magie.
Faszinierende Fantasy von den
erfolgreichsten Autoren des Genres.

ISBN 3-404-20159-0
DM 7,80

ISBN 3-404-20161-2
DM 7,80

ISBN 3-404-20171-X
DM 7,80

ISBN 3-404-20173-6
DM 7,80

ISBN 3-404-20183-3
DM 7,80

ISBN 3-404-20185-X
DM 7,80

Band 20 214

Margaret Weis/Tracy Hickman

Das Buch Akhran

Die Rose des Propheten 4

Deutsche Erstveröffentlichung

Seit dem Anbeginn der Zeit beherrschen zwanzig Götter die Welt. Jeder Gott regiert mit seinen ganz besonderen Gaben sein Reich. Dann aber wollen einige Göttliche sich über ihre Brüder erheben . . . der Krieg der Götter ist nahe.
Akhran, der wandernde Gott, hat seine verfeindeten Nomadenstämme geeint, um seinem habgierigen Bruder Quar Einhalt zu gebieten. Der Wüstenprinz Khardan und die schöne Zohra sollen den Machenschaften des finsteren Gottes ein Ende setzen. Doch ausgerechnet die beiden Königlichen geraten in einen Hinterhalt. Als sie aus dem magischen Todesschlaf erwachen, finden sie sich als Gefangene wieder – bei einer schwarzen Zauberin.

MARGARETE WEIS und TRACY HICKMAN sind das erfolgreichste Autoren-Duo der Fantasy. Ihre neue Serie *Die Rose des Propheten* bietet noch schillerndere Charaktere und faszinierendere Schauplätze.

BASTEI LÜBBE

Sie erhalten diesen Band im Buchhandel, bei Ihrem Zeitschriftenhändler sowie im Bahnhofsbuchhandel.

Band 20 225

Margaret Weis &

Tracy Hickman

Das Buch der Nomanden

Deutsche Erstveröffentlichung

Seit dem Anbeginn der Zeit beherrschen zwanzig Götter die Welt. Jeder Gott regiert mit seinen ganz besonderen Gaben ein Reich. Dann aber wollen einige sich über ihre Brüder erheben . . . der Krieg der Götter ist nahe.

Der dunkle Gott Quar und seine Mannen eilen von Triumph zu Triumph. Das Volk der Nomaden, das den Wüstengott Akhran anbetet, ist besiegt worden. Khardan, ihr Prinz, gilt als verschollen, und Achmed, sein Bruder, hat sich mit dem Feind verbündet. Nichts bleibt den Nomaden als die Schmach. Da taucht ein Bote auf und verkündet: Morgen werdet ihr alle sterben. Zum letzten Mal machen sich Akhrans Söhne auf, um gegen ihr erbittertes Schicksal zu kämpfen.

BASTEI LÜBBE

Sie erhalten diesen Band im Buchhandel, bei Ihrem Zeitschriftenhändler sowie im Bahnhofsbuchhandel.

Band 20 227

Piers Anthony

Meeres-Braut

Deutsche Erstveröffentlichung

Xanth? Wo liegt Xanth? Xanth liegt da, wo die Farben der Fantasy schillern, wo die Magie ihre eigenen Träume erschafft. In Xanth gibt es alles: vergeßliche Zauberer, vorlaute Elfen, furchtsame Kobolde und stolze Zentauren. Und eine Meeresbraut namens Mela. Mela ist schön und beliebt, und sie hat ein ganzes Meer für sich allein. Nur eines hat sie nicht: einen Mann. Also macht Mela sich auf die Suche – und sie sorgt dafür, daß das turbulente Leben von Xanth noch ein wenig turbulenter wird. Womit sie das tut? Mit ihren farbenprächtigen Panties – ihrer Unterwäsche!

BASTEI LÜBBE

Sie erhalten diesen Band im Buchhandel, bei Ihrem Zeitschriftenhändler sowie im Bahnhofsbuchhandel.